緣來是冤家 3 完

風 文創 1060

明檀 著

目錄

第五十一章

沈芷寧在秦北霄的懷裡，感受到他胸膛的溫熱，忍不住放聲大哭，哭得悲痛淒慘至極，還有著幾分委屈與酸楚。

她許久沒哭了，她不敢在別人面前哭，更不敢在祖母、母親面前哭，就怕她們擔心，也因為她們到底無法理解她是為了什麼絕望。

而越是這樣，她就越想秦北霄。

他曾是她最大的安心，就如前世他出現在自己面前，給了絕望中的一點希望，後來，無論發生什麼事，有他在，她總是不怕的，可她卻自己把他拋下了，弄丟了。

整整三年，她真的好想他。就算如今抱著他，也還是想他。

不知道現在他是本著過去的情誼安慰她，還是其他的什麼，過了今晚，他是不是也不要她了……不，本就不能要，她是災星啊！

想到這兒，沈芷寧更難過了。手卻是摟得更緊，環著他腰間的手臂於他後背相纏，牽拉得指腹都因用力而些許泛白。

她要放縱一會兒，就一會兒。

這可是她想了三年的人，多少次躲著沈府眾人摸黑走到他曾經住過的明瑟館，尋找他的痕跡，可隨著時間，那都沒有了，又有多少次拿起他寫給自己的信件，他的味道被自己摩挲著，也都消失了。

可如今他人在這兒，觸手可及，她的鼻尖也都是他的味道，她貪戀地抱著他，就像以後再也見不到他。

沈芷寧情緒逐漸緩和下來。

又在秦北霄胸膛前蹭上幾蹭，那雙一直緩緩撫在她後背的手掌一頓，繼而抬手撫向她的髮，一下又一下，沈芷寧確實高興了些，至少他沒有讓自己離開，也沒有特別排斥她。

不排斥就很好了。剛才在暗巷，他還恨得眼紅呢。

畢竟秦北霄被自己傷了整整三年，心裡的恨都要把人淹沒了，至於什麼喜歡不喜歡，她不敢問。

或許真的不喜歡了。不喜歡也好，她不該這麼與他靠近的，對的，她不該如此。

沈芷寧像是要說服自己一般想著，可那個支撐她的災星理由卻越來越單薄。她努力掩著眼中的失落，但失落越大，卻不由自主越想與他更親近，貼著他胸口怎麼也無法抽身。

她覺得自己實在自私極了。

秦北霄目光一直在沈芷寧身上，眸底濃如墨，似乎在壓抑著什麼。

她就在他懷裡啊，依賴著他、親近著他，就好像他是她唯一依靠似的。

他記得以前開玩笑時常喊她沈小菩薩，因他知她性子、明白她脾氣，即使被人欺侮了，仍是為旁人多想一分，這樣的她，認為李知甫的死就是她自己的原因，她到底是怎麼撐下來的？

他無法想像，卻心口抽痛。

三年啊，他居然就任由她一個人撐著，任由她一個人在吳州孤獨地守著李知甫的墓，任由她一個人去面對這件對她來講殘酷至極的事。他既是知她的性子，分明他只要避開他人耳目，私下與她問明白，定能早點弄清楚。或是在他查明情況時，他就該想辦法與她聯繫，讓她知道他會陪著她。

他恨她不信任自己，卻不想他自身也未能予以她信賴。

此刻，他真的恨不得殺了自己。

沈芷寧不知秦北霄到底在想些什麼，只要他沒有推開她那就很好了，不過還有些事她還沒有與他解釋清楚，比如——她與顧家的親事。也不知道他現在還在不在意，不過聽他方才的話，許是在意的，話都說到這裡了，還是說說完吧。

沈芷寧悶著聲開口。「還有，我與顧家的親事……」

「妳不用與我解釋。」他啞著聲，喉頭略微發澀，吐出的聲音顯得有些冷硬。「我不需要妳來與我解釋，妳累了，我抱著妳休息會兒吧。」說著，他將人抱坐於膝上，圈摟於懷中。

沈芷寧雖因這動作一喜，可又被秦北霄的話弄得心裡七上八下。

他若是在乎，又怎會不追問她與顧家的親事？現在她都要開口說了，他卻說不用與他解釋，不需要她來與他解釋，難不成，是根本不想聽嗎？連聽都不想聽了……

沈芷寧失落極了，咬了下唇，輕聲道：「可我想說。」頓了頓，沒給秦北霄拒絕的機會，她又開口道：「其實，不是真訂親了，只是為了——」

為了李氏宗族不爭搶李知甫遺物，藉著顧家撐腰，讓李家人審時度勢後知難而退。

秦北霄心裡的話隨著沈芷寧的話一起浮現。

他確實是不想聽的。他哪有什麼資格聽她的解釋，也不在乎他媽的什麼訂親不訂親的事了，無論是什麼緣由，他都不在意，他只要沈芷寧這個人，那還聽它做什麼？況且這些事，他早就知道了。

沈芷寧繼續道：「所以我這次來京都，主要還是退了顧家的親事。」

說完，抬頭看秦北霄，他的眸底神色不明，似乎在壓抑著很複雜的情緒，她現在摸不準秦北霄的心思。

其實現在被他抱在懷裡，沈芷寧還是感覺到了與以前的不同。他比在吳州時更為挺拔強壯了，以至於坐在他腿上，窩在他懷裡，顯得她個子極為嬌小，他似乎一隻手就可以全然地將她圈住。

他也比在吳州時更淡漠冷靜了，如果那個時候是帶著幾分少年稚氣的冷淡與生人勿近，現在應該是散發著成熟男人的氣場，屬於他獨有的凌厲與鋒銳，逼得人心顫與害怕匍匐。

她實則也是有點害怕，儘管她與齊沅君說不要怕他，可現在的秦北霄對她來說還是陌生居多，夾雜著心中的哀戚，她不得不承認。

「退了好。」秦北霄道。

可不就退了好？本來就算這門親是真的，他也會想盡法子讓它變成假的。就算沈芷寧最後真要嫁進顧家，那成親之日，就是他提劍上顧府大門之時，更別提如今他心結已解了。

聽見他說了這三個字，沈芷寧似是受到了極大的鼓勵，也不將話憋著了，道：「是退了好，本來就不是真的，而且，顧家門第多高呀！我在吳州時府裡其他人不知親事是假的，連大伯都唉聲嘆氣說我嫁過去要受苦了。你也知我大伯那樣的性子，竟說出這等稀奇的話來，要是比沈家門第高上那麼一、兩等，大伯許是要攀上去，可現在是顧家，他哪敢輕舉妄動？」

秦北霄低聲問：「顧家門第高？」

顧家門第不高嗎？沈芷寧聽見秦北霄沈聲的這句輕問，有些迷糊了。

顧家是世家門閥，首先，世家門閥就比一般的侯門貴胄地位都要高出不少吧，更何況還是幾大世家門閥中實力不俗者。

顧家門第可以說是在皇親之下，各大名門之上了。這門第不高嗎？

秦北霄用鐵指尖繞上沈芷寧的秀髮，淡聲道：「這幾年若真要說什麼門第與權勢，新貴有薛家，世家裡有——」

沈芷寧好奇了。「世家中是哪家？」

秦北霄沒說話，沈芷寧的好奇心卻是被提了起來，不滿他說到一半就不說了，也不乖巧在他懷裡了，坐在他腿上的身子也不太安分。聲音細細柔柔，輕哼帶著氣道：「你告訴我啊，秦北霄。」

想了這麼久的人就坐在腿上，離得這麼近，他還是這個年紀，秦北霄哪受得了她這樣，身子略緊繃，左手提醒似地輕拍了她小腿。「妳先下來，我再與妳說。」

下來？好不容易抱上這麼一會兒，指不定過了今晚就什麼都沒了，畢竟她現在都不知他到底是什麼個想法。

不下來，堅決不下來！

沈芷寧立刻搖頭。

「不下來？」秦北霄問。

沈芷寧點頭。「不下來。」

可她這般堅決，卻未看到秦北霄越來越深的眸色。話音落地，他微抱起了她，膝蓋稍稍一使勁讓她的左腿往一旁，使她整個人跨坐在了他的大腿上，可這還不夠，溫熱有力的大掌握緊她的腰間，用力往下一壓。

沈芷寧一下睜大眼睛，不可思議地看著眼前的男人。

秦北霄的手背青筋微起，聲音淡淡卻沁著幾分啞意。「還不下來？」

沈芷寧頓時慌極了，撐在秦北霄肩膀的手也不知該往哪兒放，慌慌張張推搡著他，慌亂的小手落在他胸膛、手臂、小腹，最後總算是下來了。

可她實在有些慌亂，往一旁坐時，身子不穩摔了下去——好巧不巧，摔在了秦北霄的腳邊，正對著他的胯間。

秦北霄深吸了口氣，閉上了眼。

「我……我不是故意的……」沈芷寧快瘋了，欲哭無淚地抬頭道：「你腳在這兒，絆到我了，我前幾日不是腳扭了嗎？」

「妳先起來坐下再說。」秦北霄幾乎是咬著後槽牙說的，一閉上眼，他腦子裡全是她仰望他的芙蓉面與因著說話而一張一合的紅潤檀口。

她真是在折磨他。

沈芷寧被秦北霄一把撈起來，隨後坐在了一側，坐好沒多久，秦北霄就傾身，伸手按在她的腳踝處，輕柔地按捏著，邊揉邊皺眉問道：「腳還疼？疼怎麼還出來？不在府裡好好休養。」

「前幾日尋思著走路沒事，便應了沅君出來逛，未想到其實走久了還是有點發脹疼痛。」沈芷寧回著秦北霄的話，目光雖順著他的眼神看著自個兒的腳踝，餘光卻一直在秦北霄的側臉上。

他怎麼長得越來越好看了。這挺鼻、薄唇……

沈芷寧不知怎的，看得有些臉紅道：「好了，你別揉了，你方才說新貴有薛家，世家中是哪家還未告訴我呢。」

秦北霄未抬頭，還是輕揉著她的腳踝，語氣平靜道：「妳覺得是哪家？」

她怎麼知道是哪家？她這不是才來京都，哪有什麼都知道的道理？

可轉念一琢磨秦北霄的這句話，沈芷寧微彎腰，笑著戳了戳秦北霄的手背。「哦，是你家啊。」

她才說了顧家門第高，他就反問她顧家門第高嗎？他好似對顧家真的很介意。

希望不要是她自作多情啊，希望他……還是很在意她。

這一刻，她覺得自己貪心極了，也實在壞透了。

秦北霄反手將在他手背上戳弄的小手握住，捏了一下，隨後鬆開慢慢道：「至少與顧家相比不會落了下乘。」

秦北霄的這句話，在安靜的馬車車廂內，似是低沈的自語，沈芷寧聽見後，慢慢抬手，最後鼓起了勇氣，微蜷手掌，觸碰了下他的臉頰，輕聲道：「雖說如此，但一路走來，哪裡是容易的？」

前世聽聞他的，皆是他入主內閣前後的風光事跡。

可權力的爾虞我詐，又哪裡是快板一敲，驚堂木一拍，取悅各大老爺、觀眾的說書故事。

像他少時，便不是在眾人期盼下長大，更別談之後經歷的一切，其實她每每到明瑟館，回想他來沈府的那一夜他在木板床上的掙扎，都是不忍與酸楚。

這三年在京都，又是在權力的漩渦中，他走到今日這位置，是付出了多少，她不得而知，可她到底是棄了他又未曾陪伴他，給了他所謂的溫存又狠心將他推離，讓他宛若一頭孤狼回到這名利場廝殺。

念及此，沈芷寧眸光微動，與秦北霄聽完她方才那句話，就認真看向她的眼神對視，隨後伸開手臂，嬌小的身子向前一傾，潔白的藕臂順著衣袖滑出，圈住了秦北霄的脖頸，頭又搭在了他肩上。「你冷嗎？我給你暖暖。」

以前他就見識過她酒後的撒嬌，三年未見，甚至還要更上層樓，也不知她這三年的歲數長哪兒了。他方才還那般冷待她，如今就敢這樣對他撒嬌。

秦北霄覺得好笑，偏心口那塊似化成了一灘水，他偏過頭低聲道：「方才是我給妳暖身子，妳說我冷嗎？」

沈芷寧就當沒聽見這句話，勾得他脖頸更緊，更是親暱。「冷的。」

秦北霄沒說話，就由著她。

沈芷寧抱了他一會兒，想到了什麼，坐直了身子道：「說來，我雖是來京退婚，但以後卻是要定居於此了。你說巧不巧，偏在這一年，父親升了京官，現在在將餘下的事交接，再過些時日就來了，是不是巧極了？」

其實她還有句話沒有問，父親的升遷是不是與他有關。她隱隱感覺到，其實是與他有關的，畢竟這事雖有跡可循，與她父親一樣的官員不少，就算有齊家的幫忙，恐怕也升不到京都來。

可她又不敢問，這話問了，豈不是就是在問他是不是還喜歡著自己一般？

只聽秦北霄嗯了一聲。「確實巧，宅子選好了嗎？」

沈芷寧搖頭。「還未選好呢，所以我近些日子住在舅祖父家。來之前，母親也叮囑我去看看京內的宅子，若是有合適的便買下，等他們過來便可直接搬進來住了，畢竟一大家子人，不好擾著舅祖父家。」

說完這話，駕車的小廝似乎有些猶豫地開口。「大人，方才齊家的丫鬟過來，問表小姐是不是在這裡，小的把人打發回去了。」

沈芷寧一拍腦袋。「忘了沅君了，不早了，我該回去了。」

說著轉頭看秦北霄，抿了抿唇似乎還想說什麼話，卻還是將話吞進了肚子裡。

她將事都解釋清楚了，但他究竟是怎麼想的呢？雖然看來已是不氣了。

將車簾撩開之際，秦北霄又將車簾放下，沈芷寧詫異地看著他。

他的眸底神色不明，她猜不出他要說什麼，卻異常緊張得很，他慢慢道：「這幾日手裡還有幾個案子，我盡快辦完來找妳，我知道有幾處不錯的宅子。」

哦，原來他是要說這個。

沈芷寧剛想笑著說好，眼前人突然傾身，封住了她的唇，摩挲著、撬開了她的唇瓣，吸吮舌尖，沈芷寧下意識抓緊了他的衣袍，只感覺秦北霄的動作從剛開始刻意壓抑的溫柔，到後來放開的肆意。

他這是……

沈芷寧很想思考他這是何意，可被親得意亂情迷，身子發軟，根本想不了什麼。

直到二人分開，車內只有微微喘氣聲。

秦北霄眸色已是極暗，又輕咬了沈芷寧的耳垂，隨後認真道：「阿寧，接下來一切都交給我。」

無論是顧家的親事，還是那余氏，又或是什麼其他，他都會一一解決。

他的阿寧，終於回到他的身邊了。

第五十二章

回齊家的一路上，沈芷寧還想著方才在秦北霄馬車上發生的一切。

他吻了她，喚了她阿寧，與她說接下來一切都交給他……

越想，心跳越快，臉頰更是發燙得厲害，沈芷寧用手背輕拂臉頰，想緩過這一陣，可腦海裡的場景一直不消，只能控制不住地去回想。

「表妹，表妹。」齊沅君連叫了兩聲。

第二聲沈芷寧才回過神，看向齊沅君笑道：「怎麼了？沅君。」

今日的表妹太奇怪了。

笑容與之前也有很大的不同，之前見表妹面上雖是笑的，可從未像今日這般燦爛過，所以表妹今日與秦家那位在馬車上到底說了什麼？兩個人竟還說了這麼久。

齊沅君最想知道的就是這個問題，但有點不好意思問出口，只好撓了撓頭尋了另外一個話題道：「路過了一家蜜餞鋪子，是我平日裡最喜歡的，表妹要不要也帶點回去？」

「沅君若喜歡，我陪妳下去買吧，蜜餞……我不喜太甜的。」沈芷寧說著，就打算拉起車簾喊下人停馬車，被齊沅君攔了下來。

「那不必了，表姊，家中還有，就怕妳不喜我挑的，所以才問妳要不要自個兒挑一些，既然表姊不喜甜，我們就不去了，這時候馬車也不好停。」

沈芷寧看了看齊沅君，哦了一聲，隨後坐回了位置。

齊沅君呼了口氣，呼到一半，聽到表姊開口。「沅君，妳是不是想問我……秦北霄？」

齊沅君差點岔氣了，連忙抬頭，正對上表姊那雙澄澈又帶著笑意的眼眸，比今日外頭的星光還要璀璨，她真是極為好看。

「大家以前都是在西園書塾進學，秦北霄也在。」表姊繼續道：「所以才認識，至於今日為何會談這般久，只是將以前未解開的誤會解開了。」

又是西園書塾。

一個定國公府的世子，一個江太傅，現在還多了個秦家那位！這是個什麼書塾啊？

齊沅君一時吃驚得都不知說什麼好，嘴巴張張合合一會兒，最後坐直了身子，斟酌了語句，好奇道：「那表姊，秦大人，以前也是像現在這樣，嗯……」說到後面，她不知該怎麼開這個口，總覺得在說他壞話，可她只是好奇罷了！

「實際上性子與現在是差不多的。」沈芷寧回想，認真道：「只不過不愛說話罷了。」

果然是因為同窗嗎？所以才會說只不過不愛說話罷了。

那哪裡是不愛說話，他站在那裡，都沒什麼人敢直視他，嚇人得很。

齊沅君不問了，在表姊嘴裡的秦大人和她親身感受到的完全不一樣，於是纏著表姊說起另外的事，表姊今日心情似乎極好，她沒想到表姊聊起來這麼風趣，沒什麼不知道的事，還極會說笑，逗得她笑個不停。

直到府裡，她還意猶未盡。

十幾日後，蕭煒澤登門拜訪秦北霄的府邸，一路風風火火進來，得了府內小廝說秦北霄還在換便衣時，他不可思議地撩袍坐下。「真回來了？我在宮內聽人說秦北霄來覆命了還不信，這才多久啊！你們家大人現在辦事越來越雷厲風行了。」

青州都府的矛盾已是長久，是從上任兵部尚書就存下的病根。

上任兵部尚書乃大名府青州人士，明裡暗裡多少會傾向重用當地人士，以至後來大名府等地的都府軍區貪污腐敗、濫用職權之風盛行，等朝廷有所察覺之時，為時已晚，不知派了多少人去整治，卻都沒有根除。

上月青州又出事，父皇指了秦北霄，蕭煒澤想著是個棘手差事，他好歹在青州得待上幾個月，沒想到一個月不到就回來了。

好像京都有什麼事急著他辦似的。

蕭煒澤坐了會兒，總算是等到秦北霄了，人從屋門進來時，蕭煒澤剛端起茶水喝了一口，一看到秦北霄之後，口中的茶水差點沒噴出來。

「你這……」

蕭燁澤一下把茶杯放在一旁，走到秦北霄面前，震驚道：「你要出門招蜂引蝶呢？」

他今日這裝束，哪是平日一身玄衣的裝扮？

從未見他穿過，一身月白底祥雲紋長袍，束以玉冠，如若是顧熙載來穿，是溫潤如玉的公子，可穿在秦北霄身上，是雪上凜冽，但比之玄衣的壓迫，這身倒是沒那麼讓人懼怕，同時也襯得他極為挺拔俊朗。站在那裡，讓人移不開目光。

所以蕭燁澤張口就說了那句，嘴裡嘖嘖稱奇。

秦北霄要是去了那煙花地，恐怕滿樓紅袖都得湊在窗旁看。

秦北霄不理會蕭燁澤的話，也未坐下來，問道：「何事？」

「何事？父皇將青州的善後工作交予我了，有些事想詢問你一番，可看來你有事要出門。」蕭燁澤好奇極了，試探道：「是誰？」

秦北霄這個人，可以說公事就是他的全部，為著案子日夜不眠那是常態，按照平常他這麼一說，秦北霄肯定會推了其他事，可今日……

眼前人沒答覆，只是皺眉。「要問的公文你留下，等我回來看。」

蕭燁澤心中哦一聲，腦子突然轉了過來，眼睛發亮。「你這是要去找沈芷寧啊？我猜對了是吧！果然是她，也就只有她了。你們和好了是嗎？我終於可以去找她然後不用看你臉色了……」

終於啊！他真是要憋死了！

他哪裡不知道沈芷寧要來京都了，陳沉與江檀也與她聯繫上了，可當初明明她與自個兒玩得最好啊！結果沒辦法，自個兒還有不少案子得靠秦北霄，就怕這個人一動怒就撂挑子不幹了，他只能默默地差人藉著其他人的由頭給沈芷寧送東西。而且不是說她腳扭了嗎？上回那好用的膏藥也不知她用了沒有。

這二人能和好最好，否則他總是偷偷摸摸的實在難熬。

知道秦北霄是要去找沈芷寧，蕭燁澤也不跟著摻和了，與他一道走向影壁時問道：「你可派人與她說了？」

秦北霄嗯了一聲。

他連夜回京，於凌晨才到了城門，進城之後派了人去齊府打聽，結果說今日家中女眷都陪同齊老太太去法華寺上香還願，吃了齋飯再回來，就讓她身邊的丫鬟雲珠告知她，午後他會去尋她。

「午後我去接她。」秦北霄道。

蕭燁澤下意識看了看天色。「還是清晨呢，你這般早出門做什麼？」

秦北霄沒說話，上了馬車，蕭燁澤跟上，聽見秦北霄對馬伕說了一句。「珍翠坊。」

蕭燁澤算是明白了，這是要在與沈芷寧見面之前，好生挑件東西帶去。他憋著笑剛想開口調侃秦北霄，這時卻聽見馬車外，有小廝於秦府門口道：「我家二夫人知曉今日秦大人回京，特地讓小的來請大人去明府用個家常便飯。」

蕭燁澤挑簾，看到了那小廝，道：「明二夫人對你的行蹤還是頗為了解的啊，怎麼知道你今日回府了，還趕在這時候來，巧得很。說來，我來你府裡，十次裡五次都有明府的下人過來請人，你可曾去過一次？」

這明家二夫人是趙氏，也就是秦北霄的生身母親，後又生下了明昭棠與明黛。

秦北霄面色淡漠。「有何好去的。」

他何曾在意過這個，又哪會浪費時間去和那些牛鬼神蛇吃什麼便飯？

蕭燁澤哎了一聲。「你這話就不對了啊！你一人時，無人敢說你什麼不對，可你回頭要是與沈芷寧成親了，別人可都注意到她身上去了。現在府裡沒個長輩，明二夫人是你的生母，也就是沈芷寧明面上的婆母，大夥兒肯定都盯著瞧著，就指望她犯點什麼差錯。明二夫人又不是個好對付的，回頭真想硬給她安上個什麼錯，有苦也說不出啊！我勸你啊秦北霄，多去幾趟，好歹看看你這母親什麼態度。」

秦北霄無情無緒道：「是要去一趟。」

蕭燁澤以為秦北霄聽進去了，可轉頭一看秦北霄的神情，又覺得他聽進去的不會是自己的這番話，而是另有想法。

那說話的明府小廝被告知秦北霄就在馬車上，這會兒上前道：「小的見過秦大人，秦大人安好，今日小的是得了二夫人的話，特地來請大人前往明府用個便飯。」

來秦府請人的，一直都是這個小廝，請人的話其實只說過這一遍，因為每每未見到秦大人就被轟走了，完整說完的就這一次。

本以為這次依舊會被轟走，沒想到簾子內男人的聲音淡淡傳來。「知道了，我中午過去。」

小廝愣了一下，繼而狂喜，忙道：「好、好，小的馬上回去回話！」

小廝馬不停蹄地回了明府，幾乎是衝進了院內，驚得周遭打掃的下人連連看向那個狂奔的背影。

趙氏正與來府裡的顧熙載母親寧氏說著話，小廝衝進來時，趙氏一臉的不悅，還未開口訓斥，那小廝立刻道：「夫人，秦大人、秦大人說今日過來用午飯。」

寧氏哎喲了一聲，笑道：「總算要來了，我就說嘛！哪有孩子不見母親的。好了，今日我也可以見見這秦大人了。」

寧氏邊說著，邊喝茶隱著眼中的情緒。

說來，他們這幾家，雖都是世家門閥，表面上看起來也都光鮮亮麗、無甚區別，可心裡是門兒清，到底哪兩家才是朝中最能說得上話的，現在無非就是秦家與她顧家。這門兒清的同時，自也會比較，比較來、比較去，比得最起勁的就是家中子弟到底有沒有出息。

這般看起來，這一輩最有出息的就是這秦北霄了。

也是不得不承認的事，若有相比的餘地，她怎麼會認為自家的熙載會比其他人差呢？可都擺在明面上了，秦北霄與熙載、還有那趙家趙肅差不了多少歲，就已被任命為都指揮使，更是接管了整個秦家，誰能做到這地步？

更特別的是，還不是他靠家中地位得來的。

她在家中不止一次聽到老爺唏噓，這人哪像是個二十多歲的毛頭小子，聞所未聞、見所未見的能力強，朝中大臣二十多歲時可沒出過這樣的人物。

這趙氏啊！是真的命好，當年與秦家的秦擎鬧出那荒唐事時，正值趙家風頭無二，總算是壓下了，還風風光光嫁到了明家，如今那前面的荒唐事還讓她得了這麼個厲害兒子。

趙氏似乎也沒有想到今日派去的小廝會回這話，本以為今日也與往常一般，如今聽到了，倒是一愣，隨後恢復自然，慢慢對寧氏道：「既是這般，妳便一道留下用飯吧，我也極少見到他，不知怎麼今日就答應了。」

她實則對這個兒子心裡有說不出的複雜。

說是不喜，可還是她辛辛苦苦懷胎生下來的孩子；說是喜歡，每每想到他總會想起以前不堪的過往，提醒著她是以殘破身子嫁進明家的，是個不乾淨的女人。

若二人老死不相往來是最好的，可她表面上還是他的母親，該做的也得做，不能讓外人說道。而且以他目前這般能力，以後更是會權勢在握，對趙家與明家有更大助力，會護著黛兒，也能好好提攜昭棠一把。

「妳是他的母親，他來看妳是應當的，妳心裡也莫要有什麼負擔。聽說他在府邸就一個人，冷冷清清，這兒好歹有妳，有與他有血緣關係的昭棠與黛兒，以後他來的次數會更多的。」說到這裡，寧氏頓了頓，壓低了聲道：「他府邸當真就一人？房內未收人嗎？」

趙氏用茶蓋輕拂了幾下浮在上面的茶葉，未抬眸，嗯了聲。「他府裡下人嘴嚴得很，不過房裡收沒收人這事哪是藏得住的。說是沒有的，至於外面有沒有養我便不知了。」

寧氏聽罷，開口道：「看來真沒有，何須在外頭養著，真喜歡收進屋子裡不是更好？趙家姊姊啊，這事妳得上上心了，得幫他相看相看啊。」

他連明家的門都不願意踏進來，又哪會聽她的話成親？

趙氏微微皺眉，不願再提及這個，而是道：「這事另論。熙載的親事如今怎麼樣了，聽說人來京都了？」

「可不是，一月前就來了，前些日子我沒見到姊姊，也未與妳說，一月前來過顧家一趟，一點規矩都沒有，除了臉好看些，哪點都不值得拿出來一說！」寧氏想到這事就唉聲嘆氣。

「見了第一眼就不喜，以後有的難受。」趙氏搖搖頭，又道：「我看顧老太太是當真昏了頭，竟為熙載定下了這門親事，還是早點想辦法退了好。」

「趙家姊姊，妳別說，這親事我是不可能同意的，這可是熙載一輩子的大事，怎可真娶了那低賤的丫頭，不可能！」寧氏眼裡透著堅決。「等熙載安心過了殿試，我就親自做主去退婚。」

退了好！當娘的哪裡看不出來女兒的心思，黛兒對顧熙載情根深種，好在兩人門當戶對，她何不全了女兒的心願？

「雖說如此，妳可知熙載對這門親事是怎麼想的？」趙氏追問。

寧氏愁雲聚於眉，嘆了口氣。「正愁這事。趙家姊姊，婆母我還好應付，怕就怕熙載對那丫頭上了心，到時候就難辦了。這、這前幾日，妳可知我聽婉婷說了什麼？說她去找哥哥時，好像看到哥哥在畫女子，極像那沈家女子。後來我才知道，那女子來的那一日，竟是撞見了熙載回府，不知怎的就勾得熙載陪同她走了一段，妳說這可怎麼辦？」

第五十三章

「這妳可得弄清楚，到底是真上心還是搞錯了。」趙氏立刻道。

「趙家姊姊，我是想搞清楚啊，可就愁沒這個機會。」

「且看看熙載對她態度如何，自是很容易便可看出，這樣……」趙氏慢慢道：「趙家於郊外有不少園子，今年也未正式隆重的辦上一場遊春會，不如下帖宴請，請的人多些，也加上那沈家女，不會有什麼人起疑的，到時我們便看看。」

寧氏眼睛一亮。「趙家姊姊這法子好……」

二人聊了一個時辰後，明黛來了屋子，先給寧氏乖巧請安。「黛兒見過顧大夫人。」隨後站到了趙氏旁邊，輕捏著趙氏手臂。「娘親，我聽說待會兒大哥要來用便飯。」

「是說要來，妳哥哥呢？」趙氏目露寵愛，拍了拍明黛的手。「他以前不是最想見到他哥哥了嗎？怎麼今日來了人卻不見了？」

明黛笑意難抑道：「他天還未亮就出門了，我也不知去做什麼，不過等他回來要是知道今日大哥來的時候他不在，恐是要懊惱死了。」

趙氏與寧氏相視一笑，三人又說了一會兒的話，下人進來稟告。「二夫人，秦大人已經到大門了。」

明黛連忙開心跑向屋外。「我去接北霄哥哥過來！」

這孩子！趙氏抿嘴笑了笑。

過了一陣子，又聽得明黛歡快的說話聲，想來是秦北霄來了。

寧氏坐直了身子，眼神不自覺瞥向屋門口，等著人進來。

先踏進屋門的是明黛，秦北霄落後明黛一步，然而踏進來的當下，屋內氣氛立即不太一樣了，那些個伺候的丫鬟、婆子沒一個人敢抬頭看，只是站在那裡，沒有穿著官服，偏生能感受到一股威壓。

趙氏也是一怔後道：「先坐吧，喝口茶，大概過半個時辰就可用飯了。」隨後看向寧氏道：「這是顧大夫人。」

秦北霄面色淡淡，向趙氏與寧氏請了安、盡了禮數，便坐了下來，他靠著椅子，略顯慵散，也沒有想要加入三人聊天的意思。

可這人就只是坐在那裡，也無法讓人忽略。

特別明黛的注意力還一直在秦北霄身上，坐在了秦北霄旁邊，不知道該起什麼話題，猶豫了一會兒道：「北霄哥哥，上回在如意樓是我們擾著你了，你不生氣了吧？」

如意樓的事趙氏還不知曉，連顧婉婷也未與寧氏說過，寧氏疑惑開口道：「什麼事啊，還擾著妳大哥了。」

明黛看了秦北霄一眼，隨後將那日在如意樓發生的事以她的角度說了出來，最後道：「後來就是北霄哥哥生氣了，還罰了趙肅哥哥與齊祁哥哥。」

趙氏與寧氏可不在乎罰不罰的問題，只關注著。「那日妳碰到沈家那女子了？」

明黛乖巧點頭。「是啊，沅君帶沈家姊姊出來玩。」

「我看齊家那丫頭真是被鬼迷心竅了，竟還幫著她，那沈家女子沒來的時候你們玩得多好，現在人剛來就攪和得不安生，還爭什麼雅間，同用一個雅間又怎麼樣了？」

秦北霄那戴有玄鐵手套的手隨意搭在椅柄上，左手摩挲著白玉茶杯，也不喝，僅輕輕搖晃著，看杯中茶葉浮沈，眸光又冷又淡。

趙氏倒沒在意這個，反而在意另一點。「妳說有兩個男子護著她？」

「是，當時有兩個男子一直護著沈家姊姊，還說我們的不是呢。」明黛這般回道，卻未將兩個男子的身分告之。

寧氏皺眉，看向趙氏。「真是家門不幸，竟真如此。其實早在他們訂親的時候，我便派人去吳州打聽了，說這沈家女與一男子走得極近，當眾還摟摟抱抱，傷風敗俗！之後我本想著莫聽這些傳言，可沒想到這女子真是這樣的人，剛來京都就與兩個男人弄不清楚，還與我們顧家訂著親呢！把我們顧家的臉都要丟完了！」

「說是傳言，但無風無浪，說什麼走得極近，還摟摟抱抱，定是有人看見了才這麼說。」趙氏嗤笑道：「如此水性楊花的女子，怎可能進門——」

「啪嚓！」

趙氏的話還未說完，一只白玉茶杯就被狠狠摔碎在地上，驚得眾人臉色一變，立刻看向白玉茶杯的主人秦北霄。

他面無表情，冷冷挑起眼角道：「一時失手，來，妳們繼續說，讓我也聽一聽。」

明黛心驚膽戰地從地上的碎瓷片上收回目光，扯著笑容問道：「北霄哥哥，你難道也聽說過沈家姊姊的事嗎？她在吳州時真是這樣與男子糾纏不清嗎？」

「聽說過？」秦北霄無情無緒的眼神掃過全場，道：「我可不是聽說的。怎麼，妳們沒查清楚嗎？當年與沈芷寧傳出流言的人就是我啊。」

趙氏一時未反應過來，立刻道：「你說的什麼話？你哪裡認識的她……」說到一半，頓住了，眼睛微微一睜，似是想到了什麼。

秦北霄確實認識沈家的人。

她從心底裡就有點排斥這兒子，秦擎死的那一年，她自然也不想管那污糟事，秦氏宗族將他帶出牢獄後，她便什麼都未過問，可有些人多嘴，見著她的面偏要說起他的事。

「妳可知道，秦家鬧翻天了，說是族內有人將妳那兒子送到了元岡巷，半死不活地拉回來，族裡幾個族老算是動怒了，畢竟還是嫡支，怎好沒了性命？後一合計，聽說又往江南吳州送去了，好似那邊沈家的書塾不錯……」

元岡巷她未去過，可聽聞是個惡臭地，不少人做人肉交易，還有著地下格鬥場，那時她竟有了那麼一個想法，希望他就這麼從世上消失，可未想到人居然會去了沈家書塾進學。

這麼想來，應該就是那個時候認識這沈家女子……

寧氏心思轉得快，哪裡聽不懂秦北霄的意思？自也一下明白了他這句話的極度冷嘲與不滿，再回想方才那失手摔碎的杯子——那哪裡是失手摔的呀？這就是在發洩怒氣呢！

當著兩個長輩的面就這般，可想是氣到什麼程度了。

可那沈芷寧怎會與秦北霄認識？就是在沈家書塾，也是八竿子打不著關係的人，現在秦北霄還冷著臉動怒，那眼神看過來凜冽得就像冬日寒風。

這是氣謠言傷到了他，還是氣她們在說那沈芷寧？

寧氏更想信前者，不然，那沈家女可與熙載有著婚約呢……連熙載都是高攀，又怎的會讓秦北霄看上？就算有，還真有這能耐讓秦北霄當著兩個長輩的面不顧禮數地摔杯子？她可不信。

趙氏將惱怒藏在眼中，似是極為平靜地為秦北霄的這句話做掩飾。「寧家妹妹，妳不知道，當年他就是在沈家書塾進學的，許是二人熟了些，就有些不知情的傳言傳了出來，我們方才說著，霄兒氣我們也在說這些流言壞了他的名聲呢。」

北霄哥哥不是這個意思。

明黛的臉色還白著。如若她只見過今日一次，或許她也會被娘親這句話給說服，可這樣的事不止一次了，一次可以欺騙自己，可兩次再欺騙自己就是傻子了。

上回在如意樓，她本以為是他們擾了北霄哥哥的清淨，他才那般生氣，可如今看來，根本不是，他就是因為趙肅哥哥與齊祁哥哥對沈芷寧出言不遜，才砸傷齊祁哥哥的額頭，還逼他們兩個道歉，這回也是因為娘親與顧家大夫人說了沈芷寧的不好，北霄哥哥才氣成這樣的……

所以才不是什麼不想說這些流言，這些流言或許就是真的，北霄哥哥說的話也是真的。當年他就是與沈芷寧關係極為親密，以至於現在還惦記著，甚至不允許別人說她半句不好。

明黛眸底暗色不明，直到唇瓣傳來刺痛才知道自己咬得有多深。

她一見鍾情的熙載哥哥，夢裡都念著想著要得到的熙載哥哥，一朝之間成了那女子的未婚夫。以熙載哥哥的性子，婚事真定下，或許就真的承認了，以後就算是出身小門小戶的那女子也可以光明正大的站在熙載哥哥的旁邊，享受著他所有的目光與親密的對待。

她總安慰自己，就算那女子與熙載哥哥訂親，可到底是融不進他身邊，更融不進他們，到時隔閡越大，暴露的短視與缺點越多，尷尬丟臉的也是那女子，如意樓那次她起初就是這麼想的。

可真的沒想到，那女子與她想得不一樣，沒有一臉獻媚地爭著搶著要與他們認識，只是安安靜靜地站在一旁，就算被羞辱欺負，也僅是笑看著，後來才知，原來她與那安陽侯世子、江太傅等人似是有不俗的交情，似乎根本不在乎他們。

如今，北霄哥哥竟也將那女子看得如此重要！

要知道，這可是她的北霄哥哥啊……這般年紀就已是秦家家主，仕途更是蒸蒸日上。別人或許不清楚，可她生在京都、長在京都，經過父親、母親對朝堂等事的耳濡目染，很清楚他有多厲害，他不管是樣貌氣場還是身家地位，都不能讓她在他面前擺譜。

當然，他也從未給過她什麼溫柔的神情與話語。儘管她與他是同一個母親、有著血緣關係的妹妹。她一直以為他的性子就是這樣的高傲冷漠，無人會讓他破例。

可現在看來不是的，那個她不喜歡、每每想起來心裡就覺得堵得慌的女子，居然就是讓她的北霄哥哥破例的人，原來，這麼高高在上，別人連一眼都不敢直視的哥哥，對待放在心上的女子，竟是這樣毫無掩飾、毫無顧忌的保護。

她不想承認，可她快被瘋狂的嫉妒啃噬了全身。

與哥哥離得最近的是她，在娘親說完那句話，她明顯看到了哥哥唇角微微一彎，沁滿了冷笑與嘲意，她總覺得他還會說出什麼讓娘親與顧大夫人難堪的話。

不，是一定。

也不知哪裡來的膽子，明黛立刻轉移話題道：「是啊，顧大夫人，大哥許是不喜那些流言。對了，聽聞您出閣前調香在京內是數一數二的，娘親上次曾說過。我新得了一塊上好的迦楠，卻不知如何調配，不知道顧大夫人能否幫一幫黛兒？」

「自然是可以。」寧氏笑道。

隨後明黛引著寧氏出了屋子。

秦北霄看都未看，懶散地靠著椅子，單手捏起了另一只茶杯的杯壁，隨意置於薄唇畔，嫩翠的茶色還倒映著他未消的冷意。

趙氏等寧氏走了，壓著薄怒道：「你方才是何意？那女人是個什麼東西，讓你甩臉子甩到我這兒來了！當著顧大夫人面前說了這麼荒唐的話，別以為我聽不出來你在護著她！低門小戶的女螞蝗攀上了顧家，攀上了那顧熙載，你還要替她說話——你拔劍做什麼？」

趙氏睜大眼，見秦北霄起身，拔出腰間長劍，肅殺之氣撲面而來。

「你是要弒母?!」

秦北霄冷笑，眼底滿是漠然。「老子的娘妳也配當？妳實在是讓我噁心，我不對女人動手，不如就母債子償，明昭棠呢？讓他受我一劍，今日妳口出妄言之事就算過去了。」

趙氏氣瘋了。「口出妄言？我說什麼了？我不就罵了幾句那女人，罵她怎麼了？你竟然為了那女人對我不尊，還要傷及手足！昭棠是你的親弟弟！」

「兩劍。」秦北霄平靜道。說著，就要提劍出屋門。

趙氏看他的背影就像看地下惡鬼，她知道他絕對做得出來這事，他與他的父親一樣，一樣的令人恐懼與發狂！趙氏撲到他身後，死命抓住他的袖子。「你不能對昭棠動手！你不能啊，他是你的弟弟，你怎麼可以為了一個女人傷他呢？」

「三劍。」

趙氏真的要崩潰了。「你到底想怎麼樣啊？秦北霄，你到底想怎麼樣？怎麼樣你才能放了昭棠？是不是要我給那沈芷寧磕頭認錯，說我說錯話了你才滿意？」

「好啊！」秦北霄偏過身，手中長劍微碰地，鋒利的劍刃於地板上隨著轉身輕劃出了一道劍痕，他的眼眸微垂，睥睨的目光落於狼狽的趙氏身上。「磕頭我怕她折了陽壽，不如就斟茶認錯。」

趙氏哪想到秦北霄真有這打算。

一直以來都是受著他人敬茶的她，竟要給她放都不放在眼裡的女人斟茶認錯？這是天大的羞辱……

趙氏臉色蒼白。「你……」

她對上的是秦北霄凜冽到極致的眼神，他那抑在眸底的不耐與冷漠快壓不住了。「我今日來，不是要跟妳上演什麼母子情深。」

趙氏瞪大了眼。

「本想著以後沈芷寧嫁過來，妳這所謂的婆母好好對她，表面功夫做足，我自會記著這個恩，給明昭棠一條路，推扶他一把，這不就是妳想要的嗎？現在不了。妳記住了，以後若被我知道妳再有今日之言，我有的是法子對付明昭棠，三劍算什麼？」

秦北霄接下來說的話每一個字都像是在剜趙氏的心，可字字句句冷靜至極。

「他少年得志、展望宏圖，就予他垂老之職，上不得進、下不得退，磨光一身利氣到中年寡歡；他身世顯赫、意氣風發，就發放於窮苦之地，食不果腹、衣不蔽體，沈淪其中到俗氣至極；他愛美人、愛風花雪月，就賜不懂風月之女，無人懂他、無人知他。不出三年，世上可還有明昭棠？」

趙氏聽得渾身顫抖，竟一個字都不敢說出來。

他好狠，好毒的心！這是要昭棠的命啊！

趙氏張了張嘴巴，秦北霄已甩袖離去，她看著他的背影，癱軟在地。

第五十四章

齊府。

眾女眷已陪齊老夫人回府，沈芷寧已換了去過寺廟的衣物，雲珠得了話進屋，於沈芷寧耳畔低語了幾句。

「那我去與舅母說一聲，就說去看院子。」沈芷寧掩不住面色欣喜，很快出了屋門。

得到應允後，就往後門走，果見繞過拐角處有秦府的馬車等著，但那在一旁的兩位侍從似乎面色有些不安。

其中一位見著沈芷寧總算是鬆了口氣，忙上前道：「沈小姐，您總算來了。」又壓低了聲。「主子今日心情很不好。」

沈芷寧以前從未見過這侍從，但這侍從好似對她很熟悉，不過雖是疑惑，這會兒她也顧不上這事了，畢竟秦北霄的心情更為重要些。

她看了一眼馬車，也同樣輕聲開口。「發生什麼事了？」

那侍從欲言又止。

沈芷寧笑著擺擺手。

算了算了，她還是自己去問吧，還是要多與秦北霄說說話。

與沈芷寧說話的侍從姓袁名爍，實則是從暗衛中抽調出來安插在她身側的人，也就是當年在吳州時，袁爍就已見過沈芷寧。

可秦北霄的另一位侍從柳芳，雖自幼跟著他，但在秦擎死後被秦家關押，以至於未跟著前去吳州，不知吳州發生何事，只知三年前主子整個人都垮了，就因為這個叫沈芷寧的女人，後來整個府中都禁止提到這三字，沒想到今日來接人，竟就是接這女子。

接也就罷了，袁爍還打算讓她去勸一勸主子，就不怕多嘴被罰板子嗎？

柳芳將滿是不解與疑惑的目光投向袁爍，袁爍倒是一臉安心的表情，給了柳芳一個憨憨的笑容。

沈芷寧這邊，輕巧地上了馬車。

她毫無防備地伸出手去掀開車簾，然而剛一接觸到簾子邊緣，就碰到了男子骨節分明的手，冰冷、堅硬。

觸碰的那一瞬間，二人皆一怔，隨後秦北霄就感覺她炙熱的小手纏了上來，在他的手背跳躍了幾下最後圈裹住他的食指。

怎麼會慣喜歡做撓他心神的事。

「你是聽到我來了，所以要掀簾嗎？」沈芷寧鑽進了馬車，且還握著秦北霄的手指，揚起笑容問道：「你之前離京前差人與我說，我以為要過上兩個月才能見到你，沒想到這般快就回來了。」

「事情辦完就回來了，那地方也沒什麼好待的。」秦北霄冷聲道。

慢慢說著，眼神一直在看沈芷寧，她似乎在認真聽自己說話，可那雙小手還在玩著自己的手指，玩了一會兒，就開始捧著他的手摩挲了幾下，疑惑地嘀咕道：「你的手怎麼還跟以前一樣冷啊？」

在吳州時，沈芷寧就發現秦北霄的身子不似常人溫暖，儘管一直讓他喝藥，可似乎不怎麼見效。後來經過西園那一次，又是受了重傷，可很快人便去了京都。她不知後來如何，本以為他如今身在高位，應有不少的大夫調理他的身子，可怎麼還是這樣啊？

現在就這般，等年紀再大些，身上的苦痛豈不是更耗費心神，到時候人還未到中年就落得個疾病纏身，就算日子過得再好，也被纏得無福消受了。她的秦北霄，有父卻已死，有母似無母，少年時期孤苦，就受著常人無法想像的磨難，就算是硬生生挺過來了，但那些磨難何嘗不是拿他的壽命在換？

她說要給他報恩養身子，卻也沒做好。

沈芷寧越想越覺得辛酸，喉間處酸澀不已，抬眸見秦北霄，他也正看著她，或者說一直在看著她，說道：「許是今天出門穿少了。」

「那我給你暖暖！」

秦北霄覺得這句話很熟悉，回想了一下，是當年在西園時他與蕭燁澤路過玲瓏館時聽到的。那時沈芷寧與一同窗站在一塊兒，二人說笑著，那同窗不知說了句什麼話，他只聽到沈芷寧隱隱傳來很是熱心的話：我給妳暖暖吧！

於是就瞧見她如同今日一般捧著那女子的手，揉搓著，哈著氣。

當時他站了許久，直到被蕭燁澤喊得回了神才抬步走開。

本以為今日她也會像那日一樣，然而下一秒就眼睜睜地看著手被沈芷寧拉到了她的臉畔，手背觸碰到了她的臉頰，細膩滑嫩，還帶著溫熱。

秦北霄的眸底微暗。「妳……」

「是不是臉更暖和些？」她輕笑著問道，又去撥開他的手掌，歪頭時，更熱的唇瓣還不經意擦過他的手心。

她是無意，可他有心。

那唇是極軟的，上回他就體會到了，比豆腐還要軟嫩，軟得他都要抑制不住蹂躪她唇瓣的衝動，舔舐、輕咬時，她不經意之間還會發出小貓一樣的嚶嚀聲，聽得他身子緊繃，不禁更為用力地吮吸舌尖，勾著香甜的味道。

媽的！沈芷寧明明就碰了他一下，還是無意中碰的，他怎麼就跟發情的禽獸差不多了？

沈芷寧沒注意到秦北霄的情況，專注著給他暖手，也暗暗想著那侍從說得沒錯，秦北霄今日確實心情不大好，不然她做了這麼蠢的動作他許是要開口嘲諷了。嘲諷著，還要捏她的臉頰，直到她假裝喊痛才會放開，他一直都是這麼惡劣的。

「暖和是暖和……可沈芷寧，妳別總是動手動腳的。」

他方才任由她拉著，現在看她的眼神還很奇怪，聲音也有點不太一樣，沈了許多，似乎還咬著牙齒。

而且他在說什麼啊，她哪有動手動腳，他上次在馬車上還親她了呢！那會兒怎麼不說自己動手動腳？這會兒倒說起她來了！

「什麼動手動腳，你可別亂說啊！比起你上回……」沈芷寧停頓了一下，又立刻甩開秦北霄的手，嘀咕道：「好的時候喊阿寧，不好的時候叫沈芷寧，什麼都被你占了，好心給你暖手，還辱人清白了。」

秦北霄只聽到沈芷寧的一連串嘀咕，模模糊糊，問道：「妳在說什麼？」

沈芷寧更氣了，大聲道：「我說你辱人清白！」

說著，也不知道哪來的膽子狠狠捏上秦北霄的臉，做了她以前在吳州之時都不敢做的事。他的臉上其實沒有多少肉，稜角分明處都是骨頭，可她還是揉搓著，也不管秦北霄頓時黑沈的臉。

「怎麼就辱人清白了？沈芷寧，放開！」他的臉被她捏來捏去，想抓住她的手，可被躲了過去，身體的動作連帶著扯動他的臉皮，秦北霄的臉色更黑了。「我看妳膽子是越來越大了。」

平日裡他說這話時，沈芷寧心裡多少是有些犯怵的，可這會兒他被捏著臉，便沒了那番讓人害怕的勁，反倒覺得好笑。

「你說我動手動腳，我沒有做這件事，你怎麼不是辱人清白了？」沈芷寧忍著笑，義正言辭道：「我沒有對你動手動腳，再說一遍，我沒有。」說的時候，還特意加大了捏臉的力道。

「這叫沒有是嗎？」秦北霄一把抓住她的手腕，卻沒有強制掰扯她，只是讓她的手遠離自己的臉，又將人拉近了些，看著就像摟在懷裡似的，沈聲道：「這麼會睜眼說瞎話，嗯，我臉上是不是出印子了……手還動，難不成還想捏？」

「我們說的是方才的事，方才可不是動手動腳，現在也不是。」沈芷寧擺脫了秦北霄拽她的手，雖說他沒怎麼用力，輕巧地抬手戳了下他被捏得有些微微泛紅的地方，印子更深了。「沒有出印子，我用的力可輕了。」

說的時候，她一直看著秦北霄，看他稜角分明的面龐，幽深清冷卻似乎有些許神色不明的眼眸，他的薄唇看似冷情，實則摸上去有些炙熱，順著下頜線往下，是頗為突出的喉結。

不知怎的，沈芷寧覺得秦北霄哪一處都吸引著她。

她聲音放輕了。「方才的，實際上都不是我認為的動手動腳。」

他的喉結滾動了幾下。

沈芷寧傾身，手藉著秦北霄胸膛的力，親在了他臉上的紅印處。

他握住她腰間的手頓時一緊。

沈芷寧輕笑出聲，親熱未斷，濕熱的吻密集且輕柔的從臉頰綿延到了他耳畔處，溫熱的氣息縈繞耳畔。「這才是吧？」

「今日不想去看院子，是想折磨死老子了是吧？沈芷寧！」秦北霄將人狠狠扣在腿上，說話聲都帶了點沙啞低沈，摻雜著幾分克制與罵人的衝動。

這熟悉的口氣，與剛才讓她別動手動腳的那句話好像差不多。

沈芷寧頓時明白了……可他也太容易了吧，明明剛剛只是碰了他一下，難道就？

那確實不能靠他太近了，這般想著，推搡著他的胸膛，可好像已經晚了，他的手徑直撫到了她的後腦，大力往他的方向按去，唇瓣被狠狠摩挲輕咬了幾下，弄得一片紅腫。

「你是狗啊？」沈芷寧用力推開他。

「就當是吧。」秦北霄的眸底暗沈，大拇指的指腹抹向沈芷寧紅腫泛光的唇，動作輕柔卻也帶著幾分旖旎曖昧。

哪有人直接承認自己是狗的，還是整日裡罵別人的秦北霄？而且他這眼神也太危險了些，動作似乎也越來越不對勁了。實際上他已不用力扣著她的腰，反而是有意無意在腰間慢揉著，揉得她身子發軟。

這樣下去不得了！

他不需要什麼心情好起來了，他根本就沒有心情不好這回事，方才與她說話有些異樣肯定是想到了不該想的事，不過就算心情不好，現在應該也轉移注意了。

沈芷寧掙脫開秦北霄，掀開車簾，發現正巧經過了一家蜜餞鋪子，於是想趕快離開這馬車內。「停停停！我下去買點東西。」

馬車方停下，沈芷寧就從裡頭鑽了出來。

秦北霄隨之。

「我去買話梅，你跟來做什麼？」沈芷寧下馬車後問道。

秦北霄理了下衣領，負著手跨步走向了蜜餞鋪子。「到蜜餞鋪子還能做什麼？」

沈芷寧總覺得他另有涵義，在他背後做了鬼臉，趁他轉身時又恢復常態。「可不是，秦大人說得對。」說罷，就繞過秦北霄進了鋪子。

在馬車旁邊的柳芳目不轉睛地看著這二人，待人進去後，他轉身瞪著眼問袁爍。「你看到了嗎？主子臉上有一道紅印子。」

袁爍自然看到了，那肯定不是主子自己弄上去的。

要麼是沈小姐弄的，要麼就是他們二人一起……感覺哪種都不太對。

這邊，沈芷寧先一步進了蜜餞鋪子，進來就有各類果乾與梅子香氣撲鼻，好聞極了。周遭的客人不少，有些顯然是府內主子派來採買的，有些則是逛到了便進來瞧一眼帶上一些回去。

「我還未嘗過京都的九製話梅，吳州的偏甜。」沈芷寧用帕子捏了顆試吃的，對旁邊的秦北霄道：「每每我讓雲珠去的那家鋪子都得特地交代一聲，不然那股甜味就會蓋過了酸味，我來嘗嘗這裡的。」

說著，將話梅含進了嘴裡，一下整個小臉就皺在了一起，有些許猙獰，緊接著又帶了一絲美妙的饜足。

「好吃吧？」秦北霄看著她滿足的眯眼，不由覺得好笑，語氣雖與平常一樣淡淡的，但帶著一股的親暱。「就不怕泛酸難受，可莫要像以前吃多了跟我喊牙疼。」

「才不會，我都多大的人了！」沈芷寧順嘴回道。

「人是大了，這貪嘴——」秦北霄說著，見沈芷寧一鏟子鏟得都要滿出來，臉徑直黑了。「妳是想回頭酸牙酸得叫大夫？拿這麼多，放點回去。」

「不多，每天吃一點，很快就沒了。」沈芷寧反駁道，可說這話時到底心虛，再瞧見秦北霄的黑臉，還是鬆了鬆手，抖了一點點回去。「好啦，放點回去啦。」

秦北霄見掉落的零散幾顆，臉更黑了。「再多些。」

沈芷寧猶豫了一會兒，再抖掉兩顆。

秦北霄也不與她多說了，伸手就要去接她手中的小鏟子，沈芷寧立刻道：「秦北霄，你是不是沒銀子付所以想讓我少買點？你沒有我有，你不要擔心。」

第五十五章

沈芷寧的話剛說完，秦北霄就感覺到鋪子裡的兩名小二立刻往他身上打量。

他沒銀子？秦北霄都要被氣笑了。

「這麼點確實太少了。」秦北霄牽起一絲笑道。

沈芷寧一喜，以為秦北霄好面子要掙這口氣。

秦北霄又看了一眼沈芷寧，那小聰明得逞的愉悅都快上眉梢了，淡淡道：「但今兒確實沒銀子，妳方才不是也說沒帶銀子出門嗎？」

看起來是兩個貴人的客官，竟然連銀子都沒帶，莫不是穿上好的衣物來騙東西的吧？

兩名小二立刻上前，其中一名還巧妙地奪了沈芷寧的小鏟子，所有的話梅都落回到原來的地方。「這位客官啊……」

沈芷寧簡直是目瞪口呆地看著眼前發生的一切。

秦北霄，是真的越來越惡劣了啊！

幸好只是個玩笑，待秦北霄眼中含笑地掏出一錠銀子遞給小二後，兩個小二互相驚喜對視，馬上轉換了笑容。「客官原是開玩笑的啊，小的們可要嚇死了。」

而他們身後的袁爍與柳芳見狀倒是頗為吃驚地對視了一眼，特別是柳芳。

他自幼跟著秦北霄，主子嘴巴毒得很是真的，也向來不喜玩笑，今兒真是奇了，與這沈小姐說起話來，像轉了性子似的，依舊是往人心窩子戳的話，偏生戳向沈小姐的話裡像是裹著糖霜，細碾後更為香甜。

「客官，咱們鋪子樓上還有新出的幾個口味，要不要上去嚐一嚐？」小二算是看透了，這二位是大主顧，於是盛情邀請。

秦北霄微皺眉，剛想拒絕，就看見沈芷寧握拳放在胸口，可憐兮兮的小眼神。「去嚐嚐吧，若有好吃的喊我。」

秦北霄隨小二上樓了。

上去了一圈，先嚐了一個，但小二遞了一個後便不敢再遞了，因為見他皺眉就有些心驚膽戰，就怕哪裡惹了這位不快，從來沒像今日這般希望鋪子裡的梅子能讓客人滿意。

「哪些偏酸？」

「這兩樣。」小二忙道。

秦北霄分別嚐了一個，選了一個味道較好的，隨後下來，然走至樓梯時便看見了沈芷寧面前站著一人，正是顧熙載。

二人似乎說了一會兒話了，沈芷寧在笑著，他曾見過這顧熙載，性子清冷，也斷然沒有像今日這般柔和。

現在下去，倒像是他攪著這二人了。

沈芷寧未想到在這兒能碰上顧熙載，畢竟京都蜜餞鋪子這麼多，怎就撞到了一塊兒，聽到他叫了一聲自己的名字時，第一反應是這定是家極為有名的蜜餞鋪子。

「我替妹妹來買點零嘴，未想到在此處碰到了沈小姐，不知近來可好？在京都可習慣？」

沈芷寧客氣回答。

顧熙載看重禮數，這會兒貿然上來打招呼確實影響到他人了，也怕沈芷寧尷尬，便不與她多寒暄，說了幾句話就告辭了。

看著顧熙載的背影，沈芷寧呼了口氣，之後就瞧見秦北霄從樓上下來。

那臉色，彷彿誰得罪他了似的。

恐怕是看見她與顧熙載說話了。沈芷寧剛想上前解釋，他們只是隨便說了幾句話。「秦北霄，沒想到剛剛碰見那顧家三公子了，隨便說了幾句話人就走了——」

「這位小姐，您買的九製話梅給您包好了。」這會兒，店家笑呵呵地過來，雙手遞過來一大份用油紙包好的九製話梅。「還有其他口味差不多的，都給您包了一份。」

老天爺，她哪有買什麼話梅啊，方才鏟了一半就見顧熙載來了……

她似乎猜到了是怎麼回事，立刻看向秦北霄，這可不能讓他聽到。

但店家已經開口笑道：「瞧小姐疑惑，是方才那位公子說的，銀子都已經付了，東西有些多，小姐怕是拿不回去，回頭我讓人送到府上，不知小姐是哪個府上的？」

來不及了。

「不用了……我們不要……」沈芷寧欲哭無淚，她都不敢看秦北霄的臉色了。

「要，怎麼不要？」秦北霄輕掃了沈芷寧一眼，淡漠開口道：「你們送到齊府即可。」

隨後未多說什麼，徑直出了鋪子。

沈芷寧連忙追了上去。「秦北霄，不是我要買的，我挑的還未給店家呢！是他自個兒……」

「不用解釋，我未怪妳。」秦北霄停下了腳步，面色淡淡。「畢竟我沒銀子還不讓妳吃話梅，哪像人家顧三，又是偷偷結帳，又是買了好幾樣，就怕妳不夠吃似的，我哪比得上？」

沈芷寧覺得這酸味快沖上天了，比她吃過最酸的話梅還要酸。

秦北霄有時候小心眼起來，是真的心眼小。

他說完就上馬車了，沈芷寧也跟著上去，本想說幾句話，可見秦北霄好像不是很想搭理她的樣子，便閉上嘴不吵他了。

馬車前往另一個街巷，到了一個鋪子，這是間牙人開的鋪子，專門處理買賣宅院之事，秦北霄找的這牙人姓莊名葦，許是京內最好的幾名牙人之一，他手裡頭有不少不錯的宅子。

莊葦前些日子就收到了一大筆錢，是他做這行以來收到過最多的一筆。那位貴人吩咐底下人過來辦這事，他也未見過其人，想著今日總算要見到了，心情竟興奮了不少。

而瞧見馬車旁那兩位明顯訓練有素的侍衛，莊葦收起了興奮的心思，提醒自個兒切莫不上心，先是將手書遞給其中一名侍衛。「這位大爺，咱們今日先看兩座宅子，地址都寫在上頭了，我們先去第一處，在城東菩寧橋畔。」

說完，他上了自個兒雇的馬車，一道前去第一所宅子。

很快到了第一處宅子。

莊葦下馬車後，見到了這位貴人，看過一眼心底便一下子有了成算：可不能怠慢。

隨著這位貴人下來的是一名長相極為出色的女子，莊葦當下想的是，難不成是這位貴人帶外室來挑宅子了？可偷偷打量了幾眼，又覺得不像，哪家外室會與主子並肩走，還一句話都不說的？偏生那貴人似乎在意得緊。

莊葦也不多猜測了，帶著幾人進宅子，一一介紹過去。

沈芷寧雖在認真聽，但也密切關注著秦北霄，好像還在氣著，方才在馬車上也未說話，現在也沒有與她說話。

盯得太久了，好像被發現了。沈芷寧連忙移開目光。

到了廊檐下，看到拐角處，沈芷寧有了一念頭。

那牙人熱情地介紹並轉過拐角後，秦北霄的長袍袖中就伸進了一隻小手，隨後嬌軟的身子鑽到了他懷裡。「你還在吃醋嗎？秦北霄。」

摟住他腰間的那一刻，沈芷寧明顯感受到秦北霄身子一僵，實則他是個極在乎形象的人，私下不管怎麼瘋、怎麼鬧，表面上都是保持完美的形象，這種私下的事放在檯面上，對秦北霄來說，怕是……

「吃醋？話梅都買不起的人哪配吃醋？」秦北霄咬牙輕聲道：「鬆開，現在這麼喜歡刺激？」

酸死了！

「抱一下怎麼就是刺激了？我不鬆開，除非你說不生氣了，並且以後不許提這事。」沈芷寧摟得更緊了。

明明在哄他，倒像是滿足她的意願似的。

沈芷寧不放手，前面的牙人發現沒有人跟上來，已經在喊道：「哎？人呢……」聽著似乎要往這邊走過來了。

腳步聲越來越近。

「好，我不生氣了，以後也不會提這事。」秦北霄終於無奈道。

沈芷寧立刻笑著放開了秦北霄。

「原來在這兒呢！」那牙人過了拐角處，看到二人道：「小的還以為二位跟丟了呢！」

「沒跟丟、沒跟丟，這就來！」

沈芷寧心情極好，往前走了幾步，而當前方牙人再次消失於拐角處時，她被秦北霄拽了回去，拉進懷裡，唇瓣被其薄唇覆上，腦袋被大手緊扣，一點都逃脫不得。

一吻後，秦北霄才放開了她，聲音儘管與平常一般冷淡，可多了一絲啞意。「本來就沒生氣，但現在開心了。好了，走吧，待會兒他又回頭了。」

沈芷寧雙手捂著發燙的臉。

怎麼辦？照這個情況發展下去，秦北霄是要學得爐火純青了。

牙人帶著二人看了兩座宅子，沈芷寧沒有這等經驗，只能跟在秦北霄後頭轉，聽著他問牙人宅子的相地、立基與房宇，最後決定第二個作為備選，接下來幾日再去看幾個。

連著看了三日，沈芷寧都不知秦北霄哪來這麼多時間，按理說他應是極忙的才對。

第三日二人碰面，沈芷寧上馬車時見到秦北霄在翻看公文，偷偷湊了過去，輕聲道：

「你是不是怕我覺得你特別不務正業，才特意拿幾本公文來裝裝樣子的啊？我在西園當先生時常常見到這樣的學生。」

秦北霄聽到這話，差點沒把沈芷寧的臉摁在公文裡。

最後也沒捨得摁下去，只是合上公文後輕打了下她的頭，淡聲道：「妳再說，我讓妳走過去看宅子。」

可使不得，實在太遠了些！

沈芷寧蹭著秦北霄的胳膊，最後鬧得他唇邊多了絲無奈的笑才罷休。

那日最終定下了第五個，那牙人似乎鬆了口氣，簽字畫押拿到房契後，沈芷寧就回家寫了封家書告之此事，且等著父親、母親與兄長過幾月後來京，就可搬入了。

再過些時日，便是快到殿試的時候，秦北霄派了人給沈芷寧送了封信，說要離開京都一段日子，很快就回來。

她不知很快回來是什麼時候，但收到他的信就是極開心的，畢竟之前他給自己寫的信都快被她磨得泛白了。

說來前些日子他來傳消息都是讓下人過來，由雲珠轉達，可後來就變成了寫信，同在一個京都還寫信，恐怕也就只有秦北霄喜歡這樣的情趣了。

大船離開碼頭，駿馬疾馳。

一行人一路向南。馬不停蹄到達吳州，已是落日黃昏，沈淵玄自從一年前調離了吳州後，知州一職便由從隆興府調過來的鄭合敬擔任。

秦北霄在青州處理都府等事時，就已派人送信來吳州。

當時鄭合敬收到信還以為送信人在逗弄他，這新上任的都指揮使秦北霄他聽過無數耳聞，可二人從未打過照面，他也並非京官，更接觸不到那等層次，那位都指揮使又怎麼會來信給他這個地方官？

可展信一看，最後看到這紙上蓋著秦北霄的私印，這才信了，這日便親自帶人等在衙門口，果不其然，黃昏之時就有馬匹以雷霆之勢趕來。

韁繩狠狠一勒，嘶鳴陣陣。馬匹停於衙門前。

鄭合敬忙上前。「下官見過秦大人，下官已於煙雨樓為各位大人設宴接風洗塵，待各位大人休整完畢，下官再帶——」

「秦大人京內還有要事，不能逗留太久。」鄭合敬的話被一道尖利的聲音打斷，正是位於秦北霄右側馬匹之上的一白面男子，著赭色袍、束漆紗籠冠，一派平靜自然之態。「聽說那幾人的屍首葬在弁塵山，是吧，鄭大人。」

「是，是在弁塵山。」鄭合敬是從隆興府西邊偏遠之地升至吳州，自有他的為官之道，而這察言觀色更是練到家了，聽了這白面太監的一番話，也不像京內那些眼睛長到天上去的官員滿是看不起，只頂著笑臉道：「是下官疏忽了，咱們趕緊過去，免得天黑不好找路。」

秦北霄輕掃了一眼一旁的杜硯。這杜硯是一年之前，皇帝派著跟在他身旁做事的，審案、訓人確實了得，腦子也轉得快，他覺得此人只在宮內當個太監可惜了，於是這次又跟皇帝要來跟著辦事，用得很是順手。

念頭一轉，他單手拉韁繩，騎馬直往弁塵山的方向。

鄭合敬也帶著幾人隨著秦北霄的隊伍一起前往。

城內離弁塵山大約騎程兩個時辰，到弁塵山腳時，天色已是極黑，幾名侍衛點燃了火把，於前方帶路。

鄭合敬在隊伍末尾，跟得氣喘吁吁。

沒想到這都指揮使辦事如此雷厲風行，是休息都不帶休息一下啊！從京都趕到這兒，費了多少時日，又是騎馬來城內，來了之後也不坐坐歇息，就直接又騎了兩個時辰到弁塵山了。

天黑後的弁塵山是無人會來的，就算住在山腳下的村民也不會進山。

周遭黑漆漆一片、寂靜無比，唯有一行人的腳步聲，那兩個認路的侍衛帶著秦北霄等人撥開樹枝、跨踩亂叢，終於找到了並排在一起的四個墓。

「按理說，應當由家人收好了屍首葬於宗族公墓，何以葬於這荒郊野嶺？」杜硯抬手折下那隻劃到他脖頸的樹枝，踩在腳下，發出「喀嚓」響聲。

「大人有所不知，這四人查不到來處，連官府戶籍都沒有，更別提找其家人了，於是當初負責此案的楊建中楊大人就決定將他們葬於此地，也好配合調查。」

「查不到來處？」杜硯彷彿聽到了什麼不得了的事或是什麼天大的笑話，經他的嗓子重複了一遍，更顯奇怪與諷刺。

第五十六章

站在墓前的秦北霄一句話未說，接過一旁侍衛的火把，一一照過墓碑，昏暗的碑字被跳動的火焰微微照亮，影子隨之舞動。

最後，他站直了身子，淡聲道：「挖吧。」

聲音清冷，於這夜中更顯凜意，這還是鄭合敬今日見到這位秦大人以來第一次聽見他說話，可聽到的那一刻便又噤口了。

杜硯也未再說什麼話，只安靜地站在一旁，趁侍衛挖的時候，看了一眼秦北霄。

他整個人浸於昏暗中，躍動的火光微微照亮他的半邊臉，暖黃色並沒有給他稜角分明的面容增添一分和煦，依舊如他第一次在陛下書房見到他時的冷冽。

這位秦大人，稀奇極了。

一眼瞧上去就知世家尊貴出身，畢竟那一身氣質騙不了人，從底層爬上來的人沒有這般從容淡然。

傲氣也是有的，甚至比他見過世家出身的子弟傲氣還要濃重得多，可後來才慢慢發覺，他的傲氣並非因為什麼世家，是他本身就不把誰放在眼裡，以至於那傲氣中夾雜幾分刀劍的凌厲，看人做事都是帶著刺。

這樣的人，哪會好生待底下人？又哪會把底下人的命當命？

當時的他心中冷笑。

可也就在那日，他不小心衝撞了一位大人，姓孫，被那孫大人痛罵「閹狗」、「沒根的畜生」，而他就真的像一條狗匍匐在孫大人面前，受著凌辱與骯髒的口痰。

那快入土之人的口痰，惡臭得令人作嘔。

秦北霄剛好路過，停了下來，隨意又冷著笑捋了捋袖子道：「不知道的還以為這小太監把你撞死了，孫大人。」

孫大人覺得這句話晦氣得很，又見著說話的是秦北霄，就悻悻走了。

隨後他跪在那硌得慌的石板上，按著宮裡的規矩想給秦北霄磕三個響頭，還得磕出血來才算誠意，還未磕下去，就聽見他道：「別髒了我的鞋。」

他不跪也不是，跪也不是，一下子是從未有過的尷尬與侷促，之後秦北霄又道：「起來吧，以後若有人以閹人身分辱你，儘管來尋我。」

這位似是自言自語偏又毫無感情地說了一句。「這世上竟還有人相信不論貴賤。」

他沒聽懂後一句話，但前一句話，他聽明白了。之後秦北霄確實也是這般行事的，似乎與他的氣質極為違和，卻也奇怪地融合在了一塊兒。

不過儘管融合著這分不屬於他的包容，也蓋不住他本身的氣質，秦北霄似乎越來越極端與瘋狂了，表面雖然平靜冷淡，可彷彿隨時都被烈焰炙烤著，狂躁與不安總會流露出來，總是用無窮無盡、看不見盡頭的公文與案子掩埋這些情緒。

據袁爍說，從兩年前就是這樣，從不會喘口氣，只是熬著，像是把自己熬死就好了。

不過，今年卻變了，應該是從青州都府之案開始變的。秦北霄平和了許多，整個人似乎安靜了，好像有了定心。

他不知發生了什麼，這次來吳州查案也是，同樣像曾經一樣為了公事與案子馬不停蹄，剛到一處地方就直接處理事情，連口氣也不喘。但這回與之前不一樣的是秦北霄的狀態，太穩了，穩得出奇。

這麼穩，還這般不停歇，證明秦北霄有多想把這件案子查清楚。

他翻過案卷，實則是當年吳州一起街巷殺人案，被殺的是吳州沈家書塾的一名先生，連中三箭而死。後來，當晚殺害這位先生的四名自稱安陽侯府護衛的男子又離奇死亡，疑點實在很多，可偏偏每一條都斷了線索，以至於成了一樁懸案。

秦北霄要查的就是這樁懸案。杜硯很好奇，這是樁三年前的懸案，以秦北霄的性子，若是這麼急切想查的案子，怎麼會留到今天才查？與其狀態的改變有何聯繫嗎？

「秦大人，這樁案子是發生在三年之前，難不成之前查過，卻沒有結果嗎？」杜硯走到秦北霄一旁問道。

秦北霄沒有說話，直到許久之後，才道：「不敢查。」

杜硯極為吃驚的目光投向秦北霄，居然有他不敢查的案子？

秦北霄沒再開口。

當初他想查，但確實不敢，只要沈芷寧在吳州，他就不敢來，甚至不敢派人來吳州，更不敢去接觸與沈芷寧有一點關係的事與人，包括這件案子。

但如今好了。

這邊，聽見侍衛道：「大人，挖出來了！」

四具棺材被侍衛們抬起一一擺開，用力撬開棺蓋，鋪天蓋地的臭味瀰漫空中，鄭合敬聞著這飄過來的陣陣惡臭味都忍不住作嘔。

吳州一向潮濕多雨，棺中的屍體未完全成白骨，還是腐爛的狀態。

秦北霄帶來的那名仵作上前，走到那幾具屍體旁，一一驗過去，但到底過了三年，屍體都不成樣子，能驗的也不過是個大概。

等著仵作驗完，再一一細說，杜硯聽後對秦北霄道：「與案卷上說的差不多，屍體腐爛成這個樣子，想得出更多線索也是沒辦法了。」

當年案子由楊建中負責，查得確實仔細，可那線索斷得也乾脆，加上楊建中也不能久留吳州，沈淵玄作為知州接下這案子，又沒那個能力，再上任的鄭合敬也是個不上心的，以至於至今還是個懸案，但大家都認為就是這四人射殺李知甫。

畢竟當場除了這四人，還有誰呢？

「秦大人，此事聽說還與你有點牽扯，這四人當年聲稱自己是安陽侯府的護衛，還說因著安陽侯府被抄家後自個兒走投無路，這是什麼說法？」杜硯疑惑道：「這四人，只有一個是真的安陽侯府護衛，其餘的，一個是李知甫的書僮，兩個是不知來路的武者，人都要死了，說這騙人的話給誰聽？」

「自然是給在場的人聽。」秦北霄道。

在場存活的人只有陳沉一人，那便是說給他聽的。

即時查案有即時查案的好處，但過了三年，並非全是壞處，至少如今他可以看出這句話的目的到底是什麼。然而這句栽贓陷害他的話，唯一造成的後果就是，讓李知甫的寡母信了，不僅信了，還讓她對他恨之入骨，甚至逼沈芷寧在李知甫與他之間作選擇。沈芷寧與他斷絕了一切關係，這竟是唯一的後果。

此人做事稱得上縝密，這句話僅是為了離間他與沈芷寧嗎？

秦北霄的眉頭微皺，如若真是表面上的這般，那此人便不是什麼陌生人了，反而是熟悉他與沈芷寧的人。

「說給在場的人聽，當時在場的好像就只有李知甫的一個學生。秦大人——」杜硯說到一半，就看見秦北霄走到那兩個武人的屍體旁，將屍體上的蹀躞解下，他的聲音尖細，叫出的這一聲使得在場所有人都往秦北霄的方向看去。

鄭合敬也是被這一舉動嚇了一跳，他從未見過這等地位的官員親自動手去摸屍體的。想他以前在隆興府，過來的巡撫哪一個不是得好生接待？要是稍稍怠慢，恐怕就是一句陰陽怪氣的話語，回頭回京那麼一說，仕途就完了。

「秦大人，要不，要不還是讓下官來吧？」鄭合敬道。

秦北霄沒有說話，起身後將那蹀躞扔給鄭合敬。「去查查用的什麼工藝手法，瞧上面的花紋與圖案並非我靖國所常用，這案子的原案卷在知州衙門？」

鄭合敬應著。「是，是在衙門。」

得了這句話，在侍衛將棺材重新埋回土裡後，眾人又趕回了知州衙門，鄭合敬找人去尋了幾個工藝師傅，秦北霄與杜硯則繼續分析案卷，相比於楊建中回京後交上的那一份，這份細枝末節的東西要更多些。

連著一個通宵，鄭合敬已經吃不消了，然而這不過才剛開始，接下來幾日更是沒有停下來的時候，且這位秦大人發令做事極為雷厲風行，底下人也都是跟他跟慣了，一刻都不帶歇的。

以前在隆興府，那裡的州都算清閒，來了吳州，雖忙了些，可也未到這程度，平淡日子過慣的鄭合敬，哪跟得上秦北霄與杜硯的辦案節奏，累得連一直以來想往京都晉升的那顆心都停歇了。

若去了京都的日子是這樣的，那還不如不去了！

大約過了十日，秦北霄去了一趟沈家，三年未來，此次是為了拜訪沈老夫人與沈家三房。

從清晨直至傍晚時分，秦北霄才從沈家出來，剛要躍身上馬，餘光瞥見巷子拐角處有一個人站著，身形、相貌很是熟悉，再定睛一看，發現是裴延世，他也正看過來，一愣後，面色頗為尷尬的向秦北霄行了禮。

秦北霄沒再看他，躍身上馬，騎馬經過那處時，裴延世開口道：「秦大人。」

秦北霄勒馬。

裴延世猶豫了一會兒，道：「你此次來吳州，可是為了先生的案子？」

秦北霄嗯了聲，沒再說話。

裴延世似乎很尷尬，說來在京都三年，他都未遇到過秦北霄，連在府中江檀也從未講過秦北霄半個字，沒想到一回到吳州，二人就碰上面了。不提他父親的事，二人在吳州時，本就有過摩擦，如今的境況，哪有不尷尬的道理？

可他確實有事找秦北霄，於是硬著頭皮問：「秦大人，我聽聞那殺害先生的賊人中有一名曾經是先生的書僮，其背後有人指使，並非是明面上所謂安陽侯府護衛所為，不知此事是真是假？」

「你從何得知？」秦北霄淡淡問。

裴延世聽到這句問話，就知道確實如他方才所問，繼而慢慢道：「打探來的。」頓了頓又道：「我費了很大的勁……望你……」裴延世說到一半，嘆了口氣。

秦北霄掃了他一眼。「知道了。」

隨後拉住韁繩，調轉馬頭，疾馳而去。

裴延世立在原地，明白秦北霄這是不會計較的意思，鬆了一口氣，而提著的心卻未完全放下。

得到秦北霄方才的確認後，他似乎更為茫然。因為那書僮，實則在三年前，在他與江檀後來搬去的府邸內，他好像曾見過。

他本以為自己看錯了，先生的書僮怎麼會來府邸？加上那個時候安陽侯府遭難，他也無心在此事，自是沒有多管，如今想來，就是那書僮。

府邸內，那書僮能去見誰？

傍晚。

西園余氏的院子來了一意想不到的客人。

「老夫人。」余氏迎出門，扶著沈老夫人的手。「今兒您怎麼來了，您若想見我這老婆子，派個丫鬟過來告訴我即可，我自會過去拜訪，您何須親自過來？」

「一把老身子骨兒，也該動動了，不過就是來趟西園。」沈老夫人淡聲道：「進去吧，我今日有事尋妳。」

余氏不知沈老夫人尋她何事，只當尋常家事，自是應著，扶著沈老夫人進屋坐下來。

沈老夫人沒有多繞彎子，開門見山道：「想來妳也聽到了，這些日子知州衙門鬧得很，京裡來的都指揮使一直未走，為的就是當年李知甫的案子，妳應當知曉了，如今的都指揮使就是秦北霄。」

余氏臉色頓時變得不太好。「他查得興起，重翻舊案，莫不是覺得做了虧心事心裡不好，才想著——」

「妳還糊塗！」沈老夫人聽此話，立刻打斷了余氏的話道：「他是李知甫的學生！與芷寧一樣敬愛著李知甫，這三年來，西園書塾的那幾個學生哪一個不曾來問過、打探過？心裡都惦念著呢！怎麼他在妳這兒偏偏就是做了虧心事？這件事在明眼人看來也並非他之意，況且他為自己的先生翻案，也能洗脫自己的嫌疑，於情於理，確實該查！」

余氏臉色微白，沒再說話，可眼神卻有著一絲倔強。

沈老夫人嘆了口氣，從袖中抽出一封厚信遞給余氏。「妳且看看吧，近些日子還是查出些東西了。」

余氏疑惑著接過，拆信看了一眼後問道：「這是……」

「這是秦北霄交給我的。」

「他今日來找老夫人您了？」余氏語氣不太好。

「妳也別這樣的口氣，他來尋我實屬正常，當年他得我沈家庇護，於西園進學，哪有不來的道理？只是這些必須得說的事，難道還不能說了嗎？」

余氏沒再說話了。

沈老夫人在余氏看信時道：「他能走到今日這般地位，從這封信就可窺其能力，三年前的案子，憑著一份案卷外加這幾日的操勞能看透到這個地步，誰不放心把事交至他手上辦。妳且好好看，此事斷然不僅僅是李知甫被殺那麼簡單，恐怕其間還有明國人作祟。」

第五十七章

余氏越看越心驚，特別是看到信中寫到知甫身邊的那書僮或許也是個明國人後，頓時臉色煞白。「老夫人，那書僮……還有那蹀躞……」

「他在信中不過提了兩句，大致能猜到一些，那蹀躞無論是質地還是花紋與圖案，或是打造的工藝手法，膽大點說，根本不是產於靖國。」沈老夫人說完這話，又嚴厲道：「妳得將事拎清楚些，莫要再糊塗下去將事全怪罪在他身上。這般看來，就算秦北霄未動安陽侯府，只要李知甫對那夥明國賊人有威脅，遲早有殺他的那日。」

余氏身子一顫，終於老淚縱橫道：「老夫人啊，我知您的意思，我哪裡不明白？可老婆子我是真的放不下，老年喪子，恨不得跟著他一塊兒去了！那秦北霄來尋您，肯定也有為了芷寧的意思，可讓我怎麼過心裡這道坎——」

「我就說，今日要我親自來，否則不來妳也不肯聽勸。也三年了，在這件事上三年來我未曾說過妳一句，可老妹妹，妳好生想想，芷寧對妳如何？」沈老夫人道：「自從知甫去世，她便大門不出、二門不邁，在西園安心守孝，天不亮便來妳院子伺候妳梳洗、用早膳，白日在書塾中接替李知甫的位置，可她到底還年輕，這中間有多少非議與委屈，她都一一受下來了，什麼事都念著妳、想著妳，連親生的都沒有她這般孝順啊！」

余氏回想三年過往，囁嚅道：「芷寧是孝順的……」

「可妳都不記著！」沈老夫人冷聲道：「妳從不心疼我這孫女，老妹妹，我可心疼著。妳哪裡不知道她對那秦北霄有多上心？妳也並非沒有看過她偷偷拿信出來，可那次妳還氣她，逼得她跪於院中才使妳消氣，妳這是何必？妳這又是為了什麼？」

余氏說不出一句話來。

「我這孫女這三年過得苦啊！可妳只顧著想那死去的兒子，卻沒想想我這孫女，是我沈家對不起妳李家什麼了？竟要這般來還債！」

一聽這話，余氏急了。「使不得、使不得，老夫人，沈家對我母子有大恩，哪裡是沈家對不起李家？」

「老妹妹，妳口口聲聲這樣說，做哪裡是這樣做的？若李知甫還在這世上，哪真的會讓我這孫女過成那般啊！還有妳可曾想過，那安陽侯當初可是要坑害沈家，若秦北霄不動安陽侯府，屆時沈家敗亡，沈家書塾還能存在？覆巢之下焉有完卵啊，秦北霄就是與芷寧沒有那段過去，也是我沈家的恩人！」沈老夫人越說越氣。

余氏聽得已經開始側身抹淚，啜泣聲微微響起。

沈老夫人沈默了許久，最後慢慢道：「妳好生想想，妳若想不通，我也不由妳了，殿試過幾日便結束了，想來顧家與芷寧的親事也要就此了斷了，在那之前，我勸妳還是寫封信，讓三房的帶去給芷寧。」

說完，沈老夫人起身，離開了。

只留下余氏一人。

半月將過，即到晚春。

最熱烈的春花漫開在山野，停在攤頭與珠光銀樓，現下簪於京都女子雲鬢上的珍翠側。

雲珠端了托盤進屋，笑道：「這許是齊夫人最後一次送花簪來了，這回送的棠梨。」

「與母親送我的一樣，我來瞧一瞧。」齊沅君不看沈芷寧寫字了，繞一圈來到雲珠身旁，看見盤內豔麗的棠梨花簪後道：「娘親偏心啊！這送的比我的那朵要飽滿多了。」

說著，便拿起這支棠梨花簪跑到沈芷寧身旁，比在她那髮髻上。

髮髻烏黑，棠梨嫩黃，鬢邊碎髮微散飄逸，襯得美人明豔，更比花嬌。

沈芷寧笑著躲了下後，齊沅君意猶未盡地將花簪放回了托盤，順便問雲珠。「珠兒，娘親派誰送來的？」

「是夫人房裡新來的丫鬟。」雲珠先回答，又將花簪擺在妝鏡前，這畢竟是時節簪，放不得妝匣。「奴婢從未見過她。」

「新來的丫鬟叫秀春，今早我剛見過。」齊沅君又走到沈芷寧身旁看她練字，隨口道：「近日娘親確實忙，殿試結束，好幾家人家得走動，房裡的幾個大丫鬟都被派去送禮了。對了，表姊……」

妳可知道顧熙載高中狀元了？

齊沅君未將這話說出口，及時吞了下去，訕訕地撓了撓頭。

還是不說為好，想來，誇官遊街的那日，她陪娘親上山供香回來時恰巧就見到了，那場面真叫一個轟動與熱鬧，顧家也算如願了，出了這個出息子弟。

可她的表姊可怎麼辦啊？這又是金榜題名，又是顯赫出身，顧家過幾日肯定要來解除婚約了。所以她還是不提他，免得惹表姊想起這煩惱事。

「妳想說什麼？」沈芷寧將筆搭至筆擱上，見她這支支吾吾的樣子，嘴角含笑道：「妳是想說顧三公子高中狀元了嗎？」

表姊還笑著？恐怕在強顏歡笑吧！

齊沅君不得不這麼想，正想著說點什麼讓表姊降低點期望，還能安慰到表姊的話，院子內卻傳來了一陣叫喚。「雲珠，雲珠！」

是個婦人的聲音，可這聲音她卻陌生得很。

而表姊聽了則欣喜極了，忙繞過書案跑出去，齊沅君跟上，只聽表姊道：「常嬤嬤！妳怎麼來了？娘親呢？娘親也來京了嗎？」

齊沅君知道了，這是吳州沈家的嬤嬤。

「都來了、都來了！」常嬤嬤拉過沈芷寧的手，上上下下、左左右右好生看了一眼，才道：「老爺與夫人先去宅子安頓，且派老奴先來與齊家的舅老爺、舅老夫人說一聲，待安頓好再上門拜訪，這不老奴說好了就來找姑娘。」

沈芷寧本以為爹爹與娘親還要過些日子才來，畢竟如今殿試才方結束，沒想到這般快就來了，分開這麼久，如今聽聞親人來京，恨不得立刻就到他們身邊去。

於是沈芷寧換了衣裳就打算隨常嬤嬤先去見爹爹、娘親，見齊沅君似乎也有那個興致，也帶上了她一道前去。

新宅子是她與秦北霄挑的，說來巧得很，挑來挑去，最後滿意的竟是離秦府最近的一座宅子。

若將秦府最偏、常年關閉的那扇角門打開，那就只隔了一條街巷。自從買下了這新宅子，秦北霄便下令將那扇角門重新修繕了一遍，乾脆從常年關閉變成了日夜敞開，派人把守著。

齊沅君掀開車簾，見馬車往秦家府邸走，那小心臟不由得一顫。「表姊，妳是不是走錯了路？」

「沒走錯。」沈芷寧湊過去看了一眼道：「宅子就在旁邊。」

見齊沅君那膽小的樣子，沈芷寧安撫道：「妳別擔心，碰不到秦北霄，他不在京都，出去辦事了。」

唉，都離開好久了……

聽沈芷寧這麼說，齊沅君放下心，大著膽子隨沈芷寧下了馬車，沈家府邸門口熱鬧得很，不少下人搬運著馬車上的行李。

沈芷寧疑惑著爹娘剛進京哪來這麼多下人，這些下人身著的衣物也不像是普通府邸出來的，邊疑惑邊進了大門。

剛一進去，便得到了解答，又聽見身旁齊沅君欲哭無淚的聲音。「表姊，妳騙我！」

不遠處，秦北霄正與爹爹說著話，兄長在一旁聽著，三人似乎在商議對著正門的這塊庭院該如何整改。

沈芷寧哭笑不得。「沅君，我也不知道他在。」

可意外看見他，她這一個多月空落落的心像被填滿了。

不過，他好像瘦了，依舊高大挺拔，可那衣袖似乎顯得有些空盪盪的。

秦北霄注意到她了，也是第一個看過來，那雙眼眸黑得深邃，可見到沈芷寧的那一瞬間，就像星星在深夜忽閃，璀璨明亮。他慢慢開口，似是對自己說也像是對沈淵況與沈安之道：「芷寧來了。」

沈淵況與沈安之聽見這話，忙順著秦北霄的目光看過去。果真是芷寧來了！許久未見到女兒、妹妹，二人也顧不得說什麼庭院，走過去便噓寒問暖起來。

秦北霄卻停在原地不動，遠遠地見沈芷寧被圍在中間。

棠梨花簪，緗葉輕紗，笑眸看過來的餘光，像藏著今日他踏馬歸來時見到的第一抹紅霞。

「瞧爹這一高興，把什麼都給忘了！」沈淵況與沈芷寧說了幾句話，見秦北霄還在原地沒動，道：「今日還得多虧秦大人帶我們過來，這些下人也是他找來的，前些日子一直在吳州辦案子，這會兒又是這些麻煩事……」

「辦案子？」沈芷寧抓住了這個字眼。

秦北霄離開京都之前未說去吳州辦案子，去吳州能辦什麼案子，無非是……師父的案子。一想到這處，沈芷寧立刻看向他，他未過來打擾她與爹爹、兄長的團聚，還是依舊在那兒。

可她有很多話想問他。

幸好爹爹這時說了句。「芷寧，去與秦大人道個謝，帶他去府裡轉轉。」

這府邸就是秦北霄挑的，女兒哪裡沒逛過？

沈淵況心裡也清楚這一點，卻還是說了這句話。

接下來與顧家的婚事差不多要斷了，至於這兩個孩子的婚事，老夫人與芷寧她娘都是贊成的，他對秦北霄自然滿意，就算原本有什麼不滿意的，這次回京途中接觸下來，也打消了。

齊沅君可不敢跟著表妹過去，打算等會兒就隨著沈家哥哥去其他地方轉轉，臨走之前，視線還在表妹身上。

只見表妹走到秦大人面前，未請安，未說話，卻是徑直笑著碰了碰那位的袖子。

那位神情一向淡漠，甚至可以說冷冽的大人，這時竟流露出了一絲無可奈何的笑。

沈芷寧碰秦北霄的袖子時，碰到了東西，稍稍側過身子，擋住其餘人看過來的視線，小手又伸進了他的袖子，還真摸到了一小袋話梅。

她其實有猜想如果他去吳州，或許會給她帶話梅。

沒想到真帶來了！

秦北霄被她伸進袖子的小手弄得心癢，察覺到她要將話梅拿出去，面色正了起來道：

「這手倒是扒得挺快，誰說是給妳的？」

說著，負手於背，連帶著話梅也被重新藏在了袖中。

沈芷寧才不管他說的這話，笑著與他道：「就算不是給我的，那我也要了。」說著，就直接動手去搶秦北霄的話梅。

與其說搶，不如說磨著他。

溫熱的小手並非用力地去撬開他的手指，或強硬地去拽緊袖子，而是慢慢輕柔地，摩挲著手背，最後跳躍進手心。

聲音軟糯，還略帶了幾分撒嬌意味。「給我吧？」

秦北霄當真不知該怎麼應對她撒嬌，心口因著她這舉動與簡簡單單的三個字，脹得似乎要爆炸，眼中充滿寵溺，便由著她將東西拿去。

沈芷寧笑著塞了一個進嘴裡，隨後跟上了秦北霄要往其他地方走的腳步。

「怎麼知道我帶話梅來了？」秦北霄邊走著，邊瞥了一眼沈芷寧道：「方才過來，什麼話也不說，就緊著我袖子裡的這玩意兒。」

「想著你是去吳州，應當會給我帶點回來。啊，說到這事……」沈芷寧將話梅含在一側，鼓著臉上小包道：「你可未與我說你是去吳州，還去這般久，信上隻字未提，那信上還說得我以為你是去其他處，你當時是不是就想騙我？」

「我並非騙妳——」

話未說完，沈芷寧好生打量了他，又緊接著道：「果然瘦了，剛剛看你我就覺得你瘦了不少，這會兒看更加瘦了，騙我便罷了，你怎麼搞得像是經歷饑荒回來似的？」

其實有的時候，秦北霄還是想讓沈芷寧閉嘴的。

但他自己沒注意，沈芷寧這刺人的毛病還是跟他學的，而且專刺他。

「是嗎？」秦北霄伸手掐了一把沈芷寧的臉，慢慢道：「妳倒是珠圓玉潤起來了，看來齊家的伙食不錯。」

那「珠圓玉潤」四字特意加了重音。這不就是說她胖了嗎？

沈芷寧皺鼻輕哼一聲，躲開秦北霄掐她的手，這人開玩笑就喜歡沒輕沒重的，臉上肯定有紅印子了，捂臉時又聽他道：「吳州菜太甜膩了。」

聲音依舊淡漠，可沈芷寧總覺得聽出了一股不得已忍受許久的無奈。

她想到，秦北霄之前在書塾就吃不慣飯菜，可吃不慣他也不會說什麼，對飯菜挑挑揀揀，最後沒辦法還是會硬著頭皮吃下去，而那張臉是全黑的。

好笑之餘，沈芷寧又覺得心酸。

現在他這般說，無非是想將自個兒瘦了的原因推到飲食上，可哪裡是呢？定是這些時日忙得天昏地暗，極為辛苦，偏又不想讓她知道。

當然，她不會戳穿他。

秦北霄這個人，在她面前好面子，不管之前還是現在，總喜歡在她面前表現出最好的模樣。就算某方面自個兒不夠好，也不許別人在她面前比他表現得更好。

哎呀，好虛榮的男人！

沈芷寧忍不住打趣道：「原來你還沒吃慣，我想起當年三殿下與我說起的一件事了——」

第五十八章

蕭燁澤嘴裡能說出什麼好事？

秦北霄也猜到沈芷寧要說什麼了，根本不想聽，便不再刻意放慢腳步等著沈芷寧，而是大步向前走了。

「哎！」沈芷寧追上前，笑繞著秦北霄道：「三殿下說，你方進深柳讀書堂時，從未因為學業被先生點名過，卻因為這用飯的問題被當眾說教了。」

秦北霄面色一黑。

「聽說那位先生見你對著飯菜遲遲不肯動手，以為你是家中嬌慣、少爺脾氣，特意殺殺你的銳氣。」沈芷寧倒著走，臉上笑容不掩。「三殿下說你被當眾說教時，那臉色差的，他都以為你要上去打人了。」

也不知是不是和現在的臉色差不多。

說來其實這件事也不是特別丟人的事，但對於秦北霄這樣很少會當眾出醜的人來說，已經算是大事了。

沈芷寧又想說什麼，秦北霄大手已捂上了她的嘴。

沈芷寧睜大眼睛，見秦北霄忍無可忍的神情，語氣就像是咬著牙說的。「我離開一個多月，妳怕是要上房揭瓦，說我的糗事笑得眼睛都要沒了？」

沈芷寧聽罷，笑得更歡了。

因著不斷的笑，溫熱的氣息也不斷地撲在他的掌心。

秦北霄感受到了。

沈芷寧也察覺到了這過於親暱的動作，卻沒有推開他的手。

下意識的，她將柔軟的唇瓣貼向了他的掌心。

蜻蜓點水。再將他的手推開，隨即紅著耳朵走開了。

秦北霄一愣後收手負於背，眼底微暗。

見她走在前面，也未跟上來，黏稠的空氣始終讓二人保持著距離，不遠不近，卻恰到好處。

就這麼走了一會兒，二人開始並肩，沈芷寧聽到秦北霄淡淡開口。「我這裡有一封給妳的信。」

不知怎的，在與他平常無異的語氣中，她聽出了一絲緊繃的感覺——秦北霄在緊張？是什麼信竟讓他緊張，還是要給她的信。

她疑惑著，秦北霄已將信從貼著胸口的衣物中拿了出來。

這封信從吳州被帶到京都，多少日長途跋涉下，竟還與方拿到時的樣子相差無異，可見保存它的人有多用心在意。骨節分明的手指輕捏著褐黃色的信封，遞到了沈芷寧面前，直到她伸手接了，才鬆開。

「這是……」

沈芷寧一看信封上的字就覺得特別眼熟，念頭乍現之時，她已打開信。看到了第一行字，念頭徹底攤開，頓時明白這是余氏寫的。

害怕、恐懼，沁著微微思念，還有那麼一點遙不可及卻想抓住的奢望。

她不知道自己在奢望什麼，偏偏就是那點奢望撐著她去看這封信，幾乎想將每一個字都裝進眼眶的認真，又想快些看到下面內容的急切，以至於她捏著信紙邊緣的手不斷顫抖，褶皺聚於虎口。

直到看完整封信，明白余氏的意思後，沈芷寧的眼眶已紅得徹底。

她被秦北霄拉入懷裡後，眼淚控制不住地落下，於是揪著他胸口的衣物胡亂擦著她臉上的淚水，還不斷嗚咽哭著。

哭了好一會兒，秦北霄將她拉開，見她哭得眼睛一圈泛紅，鼻子也通紅，還不肯停下，身子一抖一抖著，委屈地與他對視。

秦北霄又好笑、又心疼，嘴裡的話卻不饒人。「哭成這樣，明日眼睛腫成發酵饅頭，我看妳怎麼出門。」

儘管這麼說，他的大手又將人攬過來、摟在懷裡，屈指輕柔地拭去她臉上的淚水，又安撫著揉向她的髮。

沈芷寧在他極致的溫柔下，埋在他胸前，悶著聲哽咽道：「哭還不行了？那我明日便不出門……」

沈府內，眾人有條不紊地整理從吳州帶過來的行囊，另一邊的顧府，則如火如荼地接待祝賀顧熙載高中的八方來客。

寧氏忙得腳不沾地，身子骨兒都快散架了。

但那張臉泛滿紅光，無比索利地從府裡這頭到那頭。她宛若沙場的將軍，偌大的顧府就是她的戰場，手指一點，府內上下僕從無不聽從指示與號令。

不過，這等威風遠不及來往人家那些夫人投來的目光讓她從心底裡感到滿足。

目光是豔羨的、嫉妒的，或者是將她抬高了看的。以至於交談言語都與平時不同，無不吹捧、無不讚揚，但一、兩句中還是會夾雜著幾分酸味。

寧氏不計較。

且嘴裡酸著，酸得心裡頭泛水、反胃的也是她們自個兒不是？

儘管說不計較，但聽還是要聽的。

這日結束，送走最後一批客人後，半臥在榻上的寧氏蓋著茶碗，聽著周遭婆子與丫鬟說起今日哪位夫人臉色不大好，她便會抿唇一笑。

笑過幾回後，婆子、丫鬟們通報說小姐回來了。

顧婉婷今日去了一趟明家，尋了明黛，二人在閨中玩了好些時候，這會兒才回了家。

「婉婷來了！今兒膳房做的芙蓉糕當真不錯，不少太太、夫人都誇讚呢，娘特地給妳留了一盤。」寧氏坐直了身子，見婆子解了顧婉婷身上的披風道：「再過些日子，咱們也要上門回禮，還得多做幾件新衣。明日去庫房拿幾疋好料子給小姐挑挑。」

最後那句話自然是對底下的丫鬟、婆子說的。

解了披風後，顧婉婷隨興地坐在了寧氏的榻上道：「糕是吃不下了，今兒個明二夫人讓人準備了好些飯菜招待，多吃了幾口，現在肚子還撐著呢。」

寧氏聽到這句話，給貼身婆子使了個眼色，待她將下人們都帶出去、門也緊閉後，才開口問道：「那明二夫人可與妳說了什麼話？」

這兩日招待來顧府的客人很忙，但再忙，都沒有熙載的親事重要。她心心念念著與明家的親事，放眼望去，能配得上他們顧家、配得上熙載的，也只有明家的明黛，而不是那什麼犄角旮旯出來的低下門戶。

三年前家中那老婆子身子還康健，性子又強勢，自作主張替熙載決定了那門毫無用處的親事，她沒法子阻止。

可如今不一樣了，那老婆子身子差了，管不了事，熙載又高中，她既有權力做主，又有別人說不出錯處的理由，這門與沈家的親事，她退定了。

「明二夫人倒沒說什麼話，只讓我帶話給娘親，祝賀哥哥高中，但想來近兩日顧家門庭若市，就先不來給娘親添麻煩了，過幾日定會親自上門拜訪。」顧婉婷道：「黛兒倒是問了好幾次哥哥。」

「她也真是客氣，昨日已經派人送禮來了。」寧氏笑道：「明黛問起妳哥哥也屬正常，如今殿試結束，哪家不知道我們顧家接下來要將熙載的親事辦了。」

顧婉婷一聽這話，立刻道：「娘親莫不是真要哥哥娶那沈芷寧？我可不認她當嫂子！簡直要被人笑話死！」說著，她將身子轉了過去。

「娘還沒說什麼呢，妳倒是先氣上了。」寧氏伸手搭在顧婉婷的肩上，將人轉了回來。「別人不知道娘的心思，妳難道也不知道娘嗎？這門親事我何曾同意過，只是要退了，必得要告知妳祖母，可要是告知了妳祖母，這親事怎麼退得了？」

顧婉婷聽出了寧氏的意思。「那娘是不打算……這恐怕不行啊！娘親。」

退親的事哪能不告訴祖母？若到時候鬧大了，顧婉婷想想都覺得恐怖。

寧氏立刻否認了。「娘知道不行，這不是在想辦法嗎？」但她確實不想告知那老婆子，想私自將親事退了，到時候木已成舟，誰還能再將這事翻過來？就算那老婆子怪罪於她，為了熙載的將來，怪罪也就怪罪了。

寧氏心裡有了主意，便不打算動搖。

待顧婉婷回自個兒的屋子，她細細盤算著，直到晚間，丫鬟進來稟報說三少爺過來請安，寧氏才回過神，忙起身到門口去迎顧熙載。

這幾日邀請顧熙載的詩會或是其他的宴會極多，他不喜這些，但有些邀約卻是推託不掉的，便不得不去參加了。

「累著了吧？」寧氏牽著顧熙載的手進屋。「喝口熱茶，待會兒再用些點心。」

顧熙載還是那副清清冷冷的樣子，這會兒眉間壓著幾絲疲倦，神色更顯淡意。「謝謝母親，點心就不必了，過會兒父親還要考我學問，怕吃了犯糊塗。」

寧氏忍不住埋怨那老古板。「你父親也真是……行，罷了罷了，就喝口熱茶吧，人也清醒些。」

說罷，就趕緊吩咐下人端熱茶上來，隨後與顧熙載問一句、答一句，母子倆向來便是這樣相處。

待顧熙載喝完了一盞茶，也準備去書房了，寧氏似是無意地開口道：「熙載，明日你與我去一趟齊府，說到底，齊家與我們顧家還帶著親，也是時候登門拜訪一下，順道問問那沈家什麼時候來京。」

顧熙載聽見這話，那即將鬆開白玉茶杯的手不經意收緊，最後緩緩鬆開，嗯了聲。

顧熙載走後，寧氏回想自己這兒子方才的那一聲嗯，這一聲嗯讓她又驚又喜，喜的是熙載一去，明日的計劃恐怕就已經成功一半了，驚的是他的反常。

這孩子向來不會答應去這種場合，怕是……罷了。

只望明日成功，畢竟她都是為了熙載這孩子啊！

次日，鄭氏在齊府花廳招待來客。

世家的來往自然頻繁，特別在這種春和景明的日子，今兒來齊府的便有薛家的二夫人張氏，還有永康侯夫人幾人，確確實實沒有邀請顧家的人。

所以聽到婆子稟報說顧家夫人來了，還帶著新科狀元顧熙載，鄭氏愣了一番，未反應過來。

還是身旁的永康侯夫人抿了口酒道：「妳莫不是貴人多忘事，這事也給忘了，顧家多了個狀元，門庭那叫一個擠，現下帶人來齊府了，妳倒像沒發帖邀人一樣，真真叫人笑話了！」

這話提醒了鄭氏，忙讓貼身的婆子去迎顧家人，還讓人去喊了齊祁過來招呼，一番忙活之後，心裡還是嘀咕著：她確實沒給顧家下帖啊！今兒個怎麼就來了？

很快，婆子引著寧氏與顧熙載來到了花廳。

原本氣氛平淡的廳內，在二人到來後，似乎熱絡了起來，尤其當眾人見著新科狀元顧熙載後，連見慣了不少天之驕子的薛家張氏也不由得與旁的夫人稱讚。

「是我怠慢了。」鄭氏上前道：「來來來，這兒位置好。」

寧氏自然端著笑。「哪裡，是我與熙載叨擾了。」

她不提不請自來的事，引得鄭氏滿腹疑惑。可如今人都來了，這麼多人看著，還是得好生招待，且看看這寧氏究竟想做什麼吧。

沒過一會兒，齊祁也來了，他和顧熙載二人去了其他地方坐。

與眾人一一見過，寧氏便坐了下來，與周遭的兩位聊上幾句，待即將開飯時，她淺笑道：「齊夫人，我與熙載便不用飯了。」

她這聲音不響卻也不輕，恰好是大家都能聽見。

張氏與永康侯夫人停了談話，其餘人也都看向她。

鄭氏總覺得有不好的預感，但此時也只能擠出笑容客氣道：「怎麼不用飯了？這來都來了——」

「實則有事上門，未料到今兒齊家有客人，我還是先去尋齊老夫人，若是齊老夫人有事，我還是改日再上門吧。」寧氏不緊不慢道。

鄭氏在被她打斷說話時便微皺了皺眉，寧氏今日不請自來，在人前又是這麼不給她面子，想來上門要說的事也不是什麼好事。於是也不打算追問，而是慢慢道：「也好，那我讓丫鬟帶顧夫人去見婆母。」

可偏偏在場就是有人沒有眼色、沒有那個心眼。

或者寧氏的這句話遮遮掩掩，就是故意在等著有人問她，眾人中有一人便心直口快地問道：「顧夫人，何事這般著急，何不用了飯再走？」

寧氏臉上的笑容一拉又淡了下去，可眼底的笑意卻更深了。「能有什麼事？自然是熙載的親事。」

鄭氏面色一凝。

好啊！她總算知道這顧家人今日為何而來！

寧氏又接著道：「大家也都知道早些年熙載的親事決定了，就是齊家遠方親戚沈家的小女兒。哎呀！這事啊，當年我就不同意，這叫什麼事啊，想想都覺得荒唐，今日是來將此事做個了結……」

她緊接著上一句話，就怕鄭氏不讓她說一樣。可也確確實實堵了鄭氏的話，憋得鄭氏吞下本要打斷她的話，聽全了這番話，眼前幾乎一黑——

在這麼多人面前，這寧氏竟然、竟然明晃晃地提了退親一事！完完全全在打齊家和沈家的臉，還是啪啪兩巴掌的那種！這是何等羞辱！

第五十九章

鄭氏天旋地轉，聽著周遭的竊竊私語，還有薛家二夫人與永康侯夫人投來的驚愕眼神，腦子嗡嗡地響，身子都差點沒站穩，幸好身旁有婆子扶著。

鄭氏好不容易穩住後，壓著聲道：「顧夫人，這不是小事，又哪裡能在這兒說？妳實在要談，隨我去正堂吧！」

隨後向眾夫人表達歉意，終止此次的宴客。

可就算如此，事情也鬧大了。或者說，齊家與沈家的臉，都丟盡了。

不過沈家在京內沒有什麼名聲，眾人也不怎麼在乎，可齊家是怎麼樣的人家？素日那些八卦流言便不少，如今更是津津樂道，自然都是衝著齊家來的流言蜚語更多些。

齊沅君正在屋子裡與沈芷寧說笑，下個玩笑還未說出口。

丫鬟已經跌跌撞撞地跑進來，帶著哭腔，視線在齊沅君與沈芷寧身上慌張得移來移去道：「表小姐、小姐，出事了！那顧家的夫人方才在咱們夫人宴客之時當眾提了與表小姐家退婚，夫人、夫人差點都要被氣昏過去了！」

齊沅君與沈芷寧臉色煞白。

退婚是意料之中的事，可當眾提卻完全不一樣，還是在顧熙載高中、顧家冉冉升起的階段，這莫不是在打壓齊家？或給齊家最大的羞辱？

齊沅君與沈芷寧連忙跑去正堂。

平日裡沒什麼大事，四周只有丫鬟、僕從看守的正堂，如今圍了不少人。

沈芷寧覺得舅母肯定已經派人去請她的父母了，而沈家府邸在秦府旁邊，指不定秦北霄也立刻知道了……思緒飛快轉著，又被正堂內舅祖母傳來的一道厲聲打斷。「不知禮數！」舅祖母多和善的人啊！府裡的丫鬟、婆子都喜歡老夫人，都稱一聲好，這會兒竟被氣到這個程度。

沈芷寧與齊沅君想立刻進正堂，卻被一婆子攔住了。「小姐，表小姐，夫人吩咐了，這是兩家的事，小輩們就先別進去了。」

自然是為了未出閣的姑娘著想，畢竟這寧氏說話肯定不好聽。

齊沅君都快急死了，見遠處齊祁與顧熙載過來，她招了招手。

齊祁衝她扯了個笑容，但顧熙載沒什麼反應，沈著臉，齊沅君從未見他臉色這般差過，他大步過來，視線在看見沈芷寧後一滯，低聲道：「妳放心。」

隨後進了正堂。

「他怎麼能進去？」齊沅君道。

說。

那婆子無奈道：「夫人只吩咐了我攔住兩位小姐，其他的老奴也不知道啊。」

齊沅君氣極，沈芷寧攔著她道：「罷了，等著吧。」

事情已經成這樣了，今日來參加宴會的那些夫人，腳還未從馬車上踏下來，肯定已經和丫鬟、婆子們說道了，想來到晚間，全京都的侯門貴胄，大半都知曉了，這或許還是往小了說。

反正，齊家與沈家的臉算是丟完了。

被人當眾退婚，家中的女兒是有多差勁，多拿不出手，讓人要這麼迫不及待地甩開、丟棄？若傳得再嚴重些，以後齊家與沈家的女兒可還出得了閣？

顧熙載也深知這一點，聽到此事後，腦子都嗡了一嗡。

進了正堂，氣氛凝重得可怕，想來已經有過一番爭吵，顧熙載更覺得絕望，此事過後，就算他執意要結這門親，齊家與沈家恐怕也不願了。

鄭氏看到顧熙載過來了之後面色更黑。「怎麼？今日顧夫人是特意帶著我們新科狀元一道上門退婚的？」

寧氏立刻拉住了顧熙載的胳膊，表示他們二人確實一起。

在聽見齊夫人的話與自己母親做了這一番動作後，顧熙載身子晃了晃。

他總算是明白為何母親要叫他一道來了，他這一進來，不就等於他也認同退親一事了嗎？不就是他也迫不及待甩開沈芷寧嗎？不也是他成了自己母親最利的一把刀，狠狠捅了齊家與沈家嗎？

顧熙載眼底越來越涼，抽出母親拉住他的手，冷聲道：「我不同意——」

「什麼不同意？你昨日還與娘親說你不滿意這門親事呢！」寧氏又著急拉住了顧熙載的胳膊。「你同意！你怎麼不同意了？」

她沒想到熙載會當眾說不同意退親，以熙載對親事一向無所謂的性子，怎麼會說不同意？最多就是回去與她翻臉，再過幾日就會好了。那女人竟將他迷到這般了嗎？那更是要退了！

寧氏沒有給顧熙載說話的機會，繼續對齊家眾人道：「無論如何，今日這門親我顧家退定了，婚書我也帶來了。齊老夫人、齊夫人，說的再多有什麼用，且放手吧！莫要再扒著我們熙載不放了，難不成妳們齊家、沈家的女兒都嫁不出去了嗎？這般死纏爛打，還要臉面嗎？」

「母親！」顧熙載驚得睜大眼，怒道：「您說這什麼話?!」

這些羞辱的話，她怎麼說得出口？還是當著齊家人的面？

清冷、淡然如顧熙載，這時也忍不住怒容滿面，更別提齊家人。

齊老夫人氣得渾身顫抖，而脾氣爽利但教養一直在身的鄭氏抬手指向屋門，從牙縫中擠出話道：「顧夫人，請走吧！

「我們齊、沈家女兒嫁不嫁得出去，就不勞你們顧家費心了！」鄭氏快步走到拿著婚書的婆子前，一把奪過婚書，撕得粉碎，怒撒在寧氏面前。「顧夫人，滿意了吧？」

寧氏確實滿意了，就算鄭氏這般對她，她也不計較了。

顧熙載則知道完了。

他這輩子順風順水，第一次在他熟悉的白紙黑字引起的漫天雪白中，感到心慢慢沈落，在沈落中感到鈍痛，在這鈍痛中，意識到——他與沈芷寧，無緣了。

顧熙載漠然地甩開了寧氏的手，離了屋，寧氏忙追上去。「熙載！熙載！」

這事鬧得大，也極為不睦，可想而知，之後京都的風言風語會傳成什麼樣。

顧家人走後，齊老夫人拉著沈芷寧的手嘆氣，想說什麼卻沒說出口，只連聲道：「孩子，妳受苦了。」

可不就是受苦嗎？

那寧氏是顧家的夫人，又是新科狀元的母親，當著這麼多人的面提出要退親，話裡話外皆是鄙夷之詞，今後京內對沈芷寧哪還有什麼好名聲？

本就約定好的，過幾日親事就解決了，沒想到來了這麼一齣，哪個女子禁得住這麼一齣？接下來還有得苦頭吃啊！

不得不說一聲那寧氏好毒的心！

勸慰過沈芷寧，隨後就讓沅君帶她回屋子，齊家人也等著沈家人過來，一同商議寧氏做下的爛攤子該怎麼處理。

沈家新買的府邸遠，但這事實在急，齊家人以為還要等好一會兒，未料到婆子進來稟報說已經到了，神色還頗有些慌亂道：「老夫人、夫人，好生招待吧，到是到了，但隨同而來的還有那秦指揮使。」

「我瞧妳昏頭了。」鄭氏立刻回道：「沈家與秦家八竿子都打不在一塊兒。再說今兒什麼事，家事，當真有什麼牽扯，秦大人又怎麼會跟來？」

這老婆子怕是老眼昏花看錯人了，鄭氏想。

可去接沈家夫婦時，看著隨同在旁的那位高大挺拔、氣場強大的男人，鄭氏頓時傻了眼，好在很快反應過來，吩咐下人們等會兒老爺從衙門回來就趕緊讓他來正堂。

沈淵況與陸氏解釋了下原因，齊家下人過來時恰巧秦家送了些東西過來，也知道了，於是便一道過來。

鄭氏聽過就算，誰還在乎這理由，眼下秦北霄當真來了才是要緊事，至於為什麼自家家事他要一道來，等會兒應當就知曉了。

「上門叨擾，還望齊二夫人莫怪罪。」秦北霄姿態有禮，慢慢道：「此事到底牽扯著齊、沈兩家女子的名聲，得謹慎處理，我已派人前去禮部衙門請齊大人回來，好生商議後再做定奪。」

他頓了頓，繼續道：「但事已發生，眼下要做的自當是阻止與補救，待會兒二夫人不知能否將今日宴客單子交給在下？」

鄭氏一愣，立刻道：「當然、當然能。」

她只想著要等老爺下值回家，可他卻已經派人去請了，她還沒有任何行動，他又開口要今日的宴客單子。拿來做什麼？無非是派人一一上門通氣，莫讓流言亂竄。

之前她也聽過無數關於秦北霄的傳言，好的、壞的都有，但好壞都沒有現在見到真人的衝擊大。特別是感受到其行事說話，宛若巍峨大山立於前，壓迫感十足，但卻能定人心、定人神。

鄭氏耳邊似乎還響起曾聽人說年紀輕輕的秦北霄得了這位置，說他這位都指揮使就是個毛頭小子！哪能服眾？

當時她打個哈哈就過去了。若是她在那之前見過秦北霄，她定會駁上那麼一、兩句，有能力者勝！都指揮使司的那些大人都服，哪需要你來服？

沈家與秦北霄幾人來到正堂，見過齊老太爺與齊老夫人後，秦北霄說的話不多，神態也不算親和，但句句言簡意賅，直點要害。

見面半炷香時間不到，兩位老人著急、慌亂或者可以說不安的心已然被安撫下來，甚至被安撫得極好，之前的擔心也都有些消散了。

但直到此刻，鄭氏還不知秦北霄到底為何相幫齊家與沈家，直到他將話說完後，先是看向齊老太爺與齊老夫人，後又轉到沈家夫婦身上慢慢道：「恐怕有些不合規矩，但今日出了這事，我怕——」

他頓了頓，聲音放輕緩了些。「我怕阿寧心裡不舒服，想去看看她。」

鄭氏這下明白了。她總算明白了，整個人恍然大悟。

原來是為了芷寧啊！又頗感驚奇的在心中感嘆。竟然是芷寧，哎喲喂！

秦家這位如今坐在這都指揮使的位置上，平日哪裡得什麼空閒，今日卻這般快趕來，趕來後，前前後後、上上下下操心了一遍。說的話，做的事，無不穩重、無不縝密，想來是在路上就已想好了，足見其慎重！

再來說這「阿寧」的稱呼，眼前男人氣場是一眼看過去就要避其鋒芒的凌厲，是穿鑿冬夜的冷峭，還帶有不緊不慢的恣意傲氣。即便在長輩面前，也僅是收斂了些。

可唸到「阿寧」這二字啊，當真藏盡了溫柔，是就算想藏著，也會不由自主溢出來。

所以，今日這穩重與縝密中，哪裡沒有藏著這無處不在的溫柔？

當真與這位形象不符，偏又讓人新奇得很，新奇得鄭氏都想再看一眼沈芷寧，怎麼就被這樣的男人牢牢刻在心上？是的，就是刻，並非放、並非掛念或是其他詞彙。

只有「刻」這個字眼，才能形容他如今這頗不合規矩卻又可以說在情理之中的急切話語。儘管秦北霄穩住了情緒與語氣，聽起來很是平穩，但還是急切的。

顧家死活看不上的婚事、死活看不上的人，轉眼就被比他們門第更高的秦家定去，真是有好戲看了。

鄭氏不禁這樣想著。

沈家夫婦與齊家人自然都應了秦北霄的請求，鄭氏還特地送了秦北霄一段路，快至沈芷寧院子時才走。

沈芷寧正在屋內心不在焉地翻閱書籍，翻了幾頁，又將書本輕蓋在面上。

這退親的事一出，她實在顧不了其他的事了，雖然那顧夫人給她的羞辱極大，可相比於這個，她更覺得對不住齊家，畢竟齊家什麼事都沒做啊！平白無故因她遭了這麼一遭倒楣事……唉。

門被敲響了。叩了兩下，外頭卻沒什麼聲響。

沈芷寧被書本蓋住的聲音悶悶傳出。「雲珠，我吃不下，妳且莫來了。」

方才不是就說了嗎？怎麼又來了？這丫頭越大越固執了！

門又被叩了兩下。

沈芷寧一個骨碌爬起來，嘴裡邊嘀咕、邊走向屋門。「我說過了呀，雲珠，讓我一個人待會兒——你怎麼來了?!」

看清門口站著的高大男人後，沈芷寧驚得睜大眼睛，眼神往四周轉了一圈，立刻將人拉進了屋子，緊緊地閉上屋門。

秦北霄被她拉進屋裡後，慢慢地理了下袖子，藏起了嘴角的笑，拎著手中的食盒隨意地站在一旁。

沈芷寧瞧他這副不緊不慢的樣子，更急了。「你怎麼走正門進來？沒人看到吧？看到就糟了！」

「不從正門進來，還能從哪兒進來？」秦北霄走至一側，將食盒放在案桌上，撩袍坐下。

「在吳州你都是翻窗的——」沈芷寧說到這事，笑了下，也不說了。這都是秦北霄的狼狽事情，現在要是傳了出去，他這都指揮使的面子往哪兒擱？

於是她轉而道：「你今日來，還掐在這個點，莫不是聽到什麼消息了？」

他定是知道了，這神色哪裡像不知道的樣子。

「什麼消息，是妳被那不長眼的顧家退親的消息嗎？」秦北霄慢悠悠拿起茶杯，放至薄唇邊道，儘管還喝著茶，可那瞥過來的餘光一直在沈芷寧身上。

沈芷寧聽到這話，像是洩了氣一般，癱在他一旁的椅子上。「可不是，我不知那顧夫人到底怎麼想的，你說退親一事哪能擺在檯面上來說？還當著這麼多人的面——啊！你掐我做什麼？」

第六十章

沈芷寧捂著自己的臉，躲開秦北霄的手。

秦北霄像是沒做過這件事一樣，淡淡地收回手道：「還想著這糟心事做什麼，先吃些東西，聽妳丫鬟說妳今日什麼都未吃。」

沈芷寧不肯吃，她哪還有心情吃得下。

「拗死了。」秦北霄屈指敲了下她額頭，沈芷寧捂著額頭，一副你再這樣我就喊人的防備狀態，又聽秦北霄接著道：「妳擔心齊家的聲譽受影響，我給妳個準話，不會讓此事發生，好不好？」

他的聲音清冷，卻是哄著她的語氣。

沈芷寧聽到這話，一下就散了所有的愁緒，臉上笑了開來。

她不知道為何聽了秦北霄這句話，就信他能將此事辦妥，信齊家的聲譽真就不會受影響，可她在他說完的那一刻，便全身放鬆了。

再也沒有比秦北霄更了解她的人了。別人只當她是因著顧家人當眾退親羞辱她不悅，實則真正令她不悅與擔心的，不是這件事。

「你說的啊！」沈芷寧終於有心情看他帶來的食盒，湊過去瞧。「你帶了什麼吃的來，難不成……帶著食盒翻牆進來的嗎？」

她邊嘀咕著、邊掀開了食盒蓋，驚喜道：「鬼蓬頭！」

鬼蓬頭也叫燒賣，沈芷寧在吳州時常拿這當早點吃，她確實有點餓了，伸手想捏一個往嘴裡塞。

可她方才沒注意冒出來的熱氣，一上手就被那水晶皮燙得叫了聲。

秦北霄一下就從座位上彈起，將她的手拉了過來，嘴裡不留情地罵道：「妳這麼急做什麼？這一盒都是妳的，難不成誰還會搶了妳的不成？燙著沒有，讓我看看。」

「我哪知道這麼燙啊！按理說你就算剛蒸好出府，一路過來、進來院子，怎麼說都應該涼了啊。」沈芷寧看他輕吹著她的手指，委屈道。

秦北霄不搭理她這句話。

他哪會告訴她這食盒方才就喊下人去蒸過了，告訴她不就穿幫了嗎？

吹好後，秦北霄也不讓沈芷寧碰這鬼蓬頭了。

那隻平日裡翻看公文、審訊犯人的手，骨節分明又修長白皙，就這麼毫不在意地捏上那略帶油漬的水晶外皮，遞到沈芷寧嘴邊，可能是不適應這舉動，他有些僵硬地道：「張嘴。」

沈芷寧憋著笑，卻不敢笑出聲，張大嘴巴一口將其吞下，一下一下鼓著臉頰看著秦北霄笑。

笑了一會兒停了，忽然想起什麼事一樣好奇地問：「你洗手了嗎？」

這話讓秦北霄恨不得把手裡捏著的另一個鬼蓬頭就這樣塞進她嘴裡，堵上她的嘴。

他確實這麼做了，當沈芷寧吃完嘴裡的那一個後，又讓她張嘴，這回的動作要比剛才粗魯多了，可不過是虛晃一下，待沈芷寧真咬住了，隨後的動作還是小心翼翼。

「洗是洗了，不過就算洗了，妳也很委屈，吃我手抓的東西。」秦北霄瞥了沈芷寧一眼，雖嘲諷卻不乏笑意地說著，邊伸手抹去了她唇邊的一點汁水。

抹好了，走到一旁的銅盆洗手。

「不委屈，不委屈，榮幸之極。」

沈芷寧跟著他，臉上的笑容一直沒散，等他洗好後，就從懷裡掏出手帕，擦起他的手來。

她擦得很認真，每一根手指、手指間的縫隙都用帕子擦淨了，擦到後來，那帕子都變得濕答答，隔在二人手掌之間，被熱氣烘得有些黏糊。

沈芷寧感覺自己身子都被這熱氣烘得熱起來，整張臉發燙，這時，秦北霄卻不放開她的手了。

哎呀！

沈芷寧想說點什麼，話還沒說出口，臉色一變，將人往後推，推到床榻上，讓他藏在帳幔後道：「有人來了，別被看到了！」

說著，又將床榻上的被褥一股腦兒堆在了秦北霄身上。堂堂的都指揮使，就這麼躲在女人閨房的床榻上，說出去也不知有沒有人信。

方把被褥堆過去，屋外就有敲門聲響起了。「表小姐，表小姐。」

不是雲珠，也不是她院裡其他丫鬟的聲音，想來是齊府其他的丫鬟，那更不能讓她看見她屋裡有個男人了！

沈芷寧緊張得心跳加快，將門打開，頂著笑臉問道：「有什麼事？」

那丫鬟還往裡頭張望，「咦」了一聲。

沈芷寧不知道這丫鬟為何有這一舉動，好像知道有人在她屋裡一樣，她身子僵硬著擋住了那丫鬟的視線。「怎麼啦？」

「夫人不是說秦大人過來找表小姐了嗎？怎麼沒在表小姐屋裡？」那丫鬟疑惑地撓撓頭，又歪了下身子，眼睛一亮。「啊，原來在呢。」

沈芷寧被這話轟得一愣，順著那丫鬟的視線轉身看去。

秦北霄哪還在床榻上啊，也沒被床幔擋著，已經起身了，還不緊不慢地理著自個兒的衣領與衣襟。

那模樣，不知道的，還以為二人在屋子裡幹了什麼呢！

那丫鬟自然當什麼都沒看見，把夫人傳達的話傳達到了就好。「秦大人，表小姐，夫人說讓膳房燒了點吃的，要是二位餓的話可去花廳墊墊肚子。」

傳達完後，丫鬟便走了。

到這個地步，沈芷寧總算轉過彎來。

秦北霄哪裡是什麼翻牆偷偷摸摸進來，又哪裡避開了所有人的耳目，根本是正大光明過來尋她呢！可他方才偏偏什麼都不說，就任由她誤解……逗弄她呢！

「你騙我。」沈芷寧睜大眼睛，手也如貓般攀上了他的腰。

秦北霄抓住了她的手，將人帶進了懷裡，笑聲低沈，還有著不勝情濃的輕顫。

二人到底沒有去花廳，直到袁爍說齊大人回府了，秦北霄才離開沈芷寧，臨走時，那些逗她、玩笑似的話也不說了，只說了「放心」二字。

放心。自然放心。

從他嘴裡說出來的承諾，哪裡能不放心？

沈芷寧也不知父母親、秦北霄與齊家人談了些什麼，但接下來的日子，在她搬回沈府的前幾日，齊家就當沒發生過這件事一樣，該吃吃、該喝喝，甚至比以往還要愜意。

齊夫人鄭氏，比之前更頻繁地來看望她，見著她之後便帶著笑意打量，那笑意中還藏著幾分好奇。當然，都是善意的。

說來奇怪的是，本以為會被大肆傳揚出去的退親，外頭卻沒幾人說道。

齊沅君出去轉了一圈也覺得奇怪，飯桌上還提了這事，當時鄭氏脫口而出道：「哎呀，這真得多虧秦家啊！」

那秦家、秦北霄究竟是做了什麼事啊？

可接下來鄭氏卻不多說了，撓得沈芷寧很是心癢。

顧家這邊，那日寧氏回府後未過多久，就被顧老夫人傳喚過去，連她也不知為何，這消息怎的傳得這般快。

「好啊，當真是好啊！」

顧老夫人這半截身子快入土的老婆子，硬撐身子舉著紫檀木枴杖就要砸到寧氏頭上，幸好顧婉婷哭喊著攔住了。

「我顧家幾代的簪纓世家，清流名門，走出去誰不說一句好？得一聲讚揚？沒想到有朝一日竟毀在妳這無知婦人手裡！」

寧氏匐在那枴杖下乾號哭求著，陣勢極大，心裡頭怨言更大——

什麼簪纓世家？什麼清流名門？還說毀在她手裡，扣了這麼大一個帽子給她，不就是不滿她退了這門親嗎？冠冕堂皇的老太婆！

「妳這婦人只以為退親便算了事，又哪明白裡頭的門道！當年齊家鼎盛之時，齊老太爺與我們老太爺同在戶部，其父齊敬修位列次輔，裕州詩一案老太爺犯渾上奏，是齊閣老硬保下老太爺，才有老太爺的一條活命，這是天大的恩情，現在都沒處還啊！

「妳這婦人倒好，熙載高中之際，齊家宴客之時，當眾上門退親，狠狠給齊家下了臉面！我們這等人家，什麼金銀錢財、什麼官位爵位，裡裡外外，圖的無非就是面子兩個字，現在全被妳這不知禮數的東西給毀了！以後豈不是兩家要結上怨了？這結怨的緣由說出去外人也無可指責，全是我顧家的過錯！」

顧老夫人越說，那口氣越噎在胸口消散不了，氣得給了寧氏一枴杖。

這下，寧氏的乾號變成了真號，嚎天喊地了起來。「婆母，婆母，您怎的真下了這狠手啊！我那也是為了熙載著想啊，不然我何必上門去退了這門親？我都是為了熙載才會這樣啊！現在齊家沒落了，真要比較起來，齊家的女兒都配不上熙載，更何況那什麼沈家——」

「左一個熙載，右一個熙載，我要是熙載，就不認妳這母親！現在就去宗祠裡斷了母子關係！」

顧老夫人眼神利劍一樣看過來，手指直指寧氏厲聲道：「妳別以為我不知道妳那些個骯髒虛榮的心思，退親這樣的大事，就算是農戶田莊出身的婦人都知曉兩家人要坐下來好好談，不僅要好好談，而且要顧全兩家的面子，將事辦全辦穩了才妥當，妳難道不知道？」

顧老夫人氣得身子顫抖。

「妳是明知故犯！以為顧家如今官運亨通，以為熙載高中狀元，藉著退親的由頭上齊家炫耀去了！也是我顧家家門不幸，娶了妳這個眼皮子淺薄的進門，當年齊敬修還在內閣之時，齊家何等風光？那才叫真正的高門顯赫，我們顧家如今還不及齊家當年半分，妳就眼巴巴的跑上去給人下臉子，妳也不嫌臊得慌！」

寧氏哪曾見顧老夫人氣成這樣子，話說得這般難聽，甚至差點還要把她的身世抖摟得一乾二淨，怕極了。她肩上被打的地方也痛著，身上、心裡，哪裡都不舒服，號哭嗚咽得厲害。

可寧氏哭得越厲害，顧老夫人罵得越狠，罵得這間屋子內的丫鬟、婆子戰戰兢兢，低垂著頭，可儘管低垂著頭，耳朵都還是豎著的。

原來，當年顧家有意與寧家結親之時，想娶的是嫡出大小姐，也是寧氏的親姊姊，可寧氏仗著父親寵愛與愧疚，一哭二鬧三上吊，硬生生將婚事奪了過來。

顧老夫人本來不願，因著這寧氏從小身體孱弱送往道觀休養，那道觀是寧家自個兒修的觀，派去的乳母與丫鬟個個悉心照料，更是溺愛得很，外加寧氏一直未讀過什麼書，教養、身段與眼界都稱不得好，可架不住寧大人年近五十了，還賠笑勸說，外加老二確實更喜歡這小寧氏些，才同意了。

可顧老夫人還是忘不了，納吉那日，這寧氏竟還特地喊了她那嫡出姊姊，滿嘴的姊姊，滿口的虛榮炫耀，說得她姊姊眼淚憋在眼眶裡，直到寧氏走了，才背過身子流下來。

那滴淚，顧老夫人記到了現在，當即就有了後悔之意，可也已經到了無法回頭的地步了，只能在成親之後，對寧氏日夜警醒。

沒想到，就算她如此小心，寧氏還是闖下了這般大禍！

顧老夫人最後道：「妳給我到宗祠裡，跪上個三天三夜，隨後與我去齊家賠禮道歉！」說罷，又一一叮囑底下的丫鬟、婆子，誰若給夫人送上一點水、一點飯，立刻攆出府去！

雲霧軒。

鋪滿八答暈錦的茶桌上放著好幾個通透白瓷杯，其中一只被沏上了綠粉初勻的晚春茶。江檀面色微動，起身向給他沏茶之人道謝。「多謝劉大人。」

並將周遭眾人的豔羨目光收於眼中，眼內眸光平靜如水。

給他沏茶的是新上任的工部尚書劉宴，近來可謂春風得意。也是，坐上這等人上人之位，半隻腳都已踏進內閣的門了，哪有不得意的道理？可這得意在他臉上，不過是在不苟言笑的眼中，多了幾分笑意，笑意消失之後，浮現出更多謹慎與嚴肅。

這樣的人，確實該被他的老師薛首輔看中，在吏部考功之文上奏時，小推一把，助人上位。

也正是因為是這樣的人，平日裡威嚴肅穆，眼下卻親自給人沏了杯茶，幹了僕從幹的事，才使得那些盼著能得他一、兩眼以平步青雲的人無比眼紅豔羨。

第六十一章

「江太傅，你可真是好福氣。」秘書省校書郎鄭良金開口，眼神在江檀與劉尚書身上移來移去，看向劉尚書時是諂媚，移到江檀身上時是酸氣十足。「竟得了尚書大人的一杯茶。」

他可不承認自己酸江檀，但就是不服氣，這小子路走得太順了些。鄭良金想。

三年前，他已中了舉，且還等著選拔入朝為官，可這江檀不過是個剛到京的窮酸秀才，轉眼間就得了薛首輔的青睞，成了他座下的學生。

要知道那可是內閣首輔啊！底下有多少人都覥著臉上去巴著，又有多少人想巴都巴不到。

果不其然，沒過多久江檀未經科舉就被舉薦進了秘書省成了校書郎，而自己過了兩年才升到與他同樣之位，但他雖是在秘書省，可卻因那什麼才情聲名大噪，被指為東宮太傅。

眼下，連劉尚書都親自給此人沏茶，他心裡哪會舒坦？

可說完這句話，鄭良金的視線一對上江檀漠然的眼神，心裡卻不由得一怵，也說不上為什麼，他就這麼魂不守舍地坐了下來，周遭人再說些什麼，他都沒跟著附和。

直到雲霧軒的掌櫃過來，恭敬道：「各位大人，咱們主子請各位過去一道喝個茶。」

「大膽——」有人站出來想斥責這掌櫃，被劉宴攔了下來。

雖說請他們過去喝茶的話實屬大不敬，可也得看是何人派這掌櫃來的。這樣的茶樓，背後沒人撐著可做不起來，不知這背後之人是誰的情況下便如此，實在太不謹慎了些。

劉宴審視的目光還停在那掌櫃身上，江檀輕掃一眼便在劉宴旁低聲說了一句什麼，劉宴面露一絲驚訝之意，隨後未再多說，只道：「還請掌櫃的帶路。」

這屋內地位最高之人都如此，其餘之人自當跟隨。

一行人一道繞過雲霧軒的假山流水，來到一處清雅小築，見到屋外的侍衛，立刻便明白了屋內是何人，當下立即惶恐恭敬起來。

掌櫃的通報，裡頭喊進來。

劉宴先一步請安，甚至未抬頭看那案前的龍袍中年男子。「臣，劉宴參見陛下。」

靖安帝本無所動，聽這話倒沈聲笑了。「算有點小聰明，還知道是朕在這裡頭，平日裡辦事也要像今日這般機敏啊！」

劉宴自當應承。

在其餘人跟著請安時，江檀的目光則站在一側的秦北霄身上，不過一眼，二人的視線相對，皆平淡如水。

眾人都被靖安帝允許坐下後，劉宴思慮了一會兒，雖說當今陛下對官員私下來往管得不嚴，但也難免心中起疑，避免以後節外生枝，於是道：「今日臣聽聞雲霧軒進了一批江南的蘭雪茶，便請幾位舊友與學生一道前來品嚐，未想到還能遇見陛下。」

靖安帝一聽便知他這話的言下之意，未在意，順著他的話慢悠悠道：「是進了一批蘭雪茶，方才朕還與那掌櫃的說，這茶味稜稜，倒有股金石之氣。」

停了一下，那就算淡然，但掃過去還是一陣壓迫的眼神讓眾人低垂著頭。「你們也莫多想，朕不像先帝，若是出宮，喜打獵、喝酒，愛騎馬、搏鬥，朕就喜躲一清閒地品一、兩杯茶便好，只是知道朕的幾個臣子在此處，不叫你們過來，倒顯得朕小氣。」

說著，龍袖隨意一擺，底下的人立即去上新茶。

新茶上來，靖安帝賜的第一個臣子是秦北霄，還派貼身內侍親自斟茶。「嚐嚐，看看與你在吳州喝的，有何區別。」

眾人見秦北霄抿了一口，慢慢道：「不及吳州的蘭雪。」

他倒真敢說！

偏生靖安帝看他的目光更欣賞了。「怎麼個不及法？」

「江南蘭雪，取楔泉之水、瑞草煮之，又投以茉莉，香氣撲鼻，此茶未用瑞草，雖用泉水，用的是京郊之水，沖煮而得的蘭雪，形似神似卻非真實。」

秦北霄聲音淡淡，好像不過隨口回靖安帝的一句話，眾人也當他是就這蘭雪茶發表看法。

偏江檀眉梢微挑，沈默不語。

這哪裡在說什麼蘭雪茶，說的是前幾日江南府楚州發生的案子。

二男子為一女子結了怨，於酒樓大打出手，其中一人被推至樓下湖內，溺水而死。此案判凶手乃過激殺人，實屬失手，便免了死刑，又因凶手屬楚州當地士族，其族人上下走通，最後凶手不過判了幾年的禁錮，被害人家中不服，一路上告京都，傳至朝野後，全朝都驚訝這荒唐判刑。

薛首輔薛義山當下提出南邊刑法疏漏，不依律法行事，又於次日上奏建請以後應用北人為南地官員，要更為嚴峻，甚至提議作《六教》，即叫江南人民人人誦讀。

這奏疏一出，有人附議、有人反對，秦北霄如今這一句「形似神似卻非真實」，不就是明明白白反對之意？

靖安帝特意問他，讓這話當著眾人的面說出，明顯是贊同他意，所以今日哪是什麼請臣子喝茶，是叫他們過來，讓他們這群人明白，莫要昏了頭、站錯隊。

江檀略抬頭，撞到了秦北霄冷漠傲然的視線，那視線又複雜得很。

江檀笑笑，壓著心中不知名的絲絲煩躁，未說什麼話。

他已明白靖安帝何意，可其他人還懵懂，恐怕要回去細想才能意識到。這幾人眼下只是喝著茶，隨意聊聊，自然也聊到了近來京內的趣事與流言。

談及齊、顧兩家時，連倒茶的侍女眼中都有了些不明的色彩，靖安帝注意到了，隨意點了她。「瞧妳像是知道的樣子，怎麼？也聽說過？」

那侍女誠惶誠恐，忙跪了下來道：「奴婢、奴婢不過是聽過流言，隨便聽聽的……」

「妳聽到什麼了？」靖安帝清楚得很，卻一時興起，想聽聽百姓私下裡到底怎麼傳。

侍女不敢抬頭見聖顏，但也聽出了靖安帝語氣中的好奇，道：「奴婢不敢多加議論——」

「朕准妳議論。」

侍女這才呼了口氣，大著膽子道：「奴婢只是平日裡聽到的一些閒話，說齊家有遠親與顧家早年訂親了，如今顧家有了狀元郎，嫌齊家那門遠親不夠體面，親自上門退了親，甚至狠狠打了齊家人幾巴掌……」

這便是亂傳了，周遭幾位大人都笑了，那侍女聽見笑聲，茫然惶恐得不知該不該說下去。

江檀溫和道：「妳繼續說吧。」

那侍女繼續道：「打了齊家人幾巴掌後，兩家便鬧起來了，聽說鬧得極大咧。還不只這事，還將顧家以前的一些事扯了出來，那顧夫人原來搶了自家姊妹的婚事才進的顧府，原是詩書不精、脾性極差，表面裝得像才讓顧家看中了……」

傳得真夠多的，快把底子都掀個乾淨。

不過這陳年舊事，又是顧、寧兩家的私事，今兒怎麼會傳成這樣，在座的幾個心裡都有點數。或許是哪家看顧家不順眼，特地下絆子的，可也沒人多嘴，畢竟與自己有何關？

朝堂上的事是多一事不如少一事，更何況這種與自個兒無關的私事。

但秦北霄略抬眼皮，看向江檀。江檀正巧也看了過來。

二人對視了一瞬，隨即分開。

過往有多少隔閡，今後有多猜忌與矛盾，至少在這一瞬間，二人達成了共識。

顧承光從衙門回到顧府後，便一路匆匆進內院。

連平日裡反應最慢的僕從這會兒都意識到，一向脾氣溫和的老爺今兒個心情極為不佳，可謂急躁極了。

今兒正好是寧氏被放出祠堂的日子，除了白水，幾乎是不吃不喝了三日，過往養尊處優的顧夫人哪受得了這等折磨，頂著一副蒼白面容與脫皮嘴唇，由著丫鬟、婆子攙扶，見著茶水與飯菜，立即踉蹌撲了過去。

因還顧及著自個兒的身分，猛喝了幾口茶水後，未直接伸手取食，而是胡亂挾了幾筷子進嘴，但油漬與殘渣還是流到了下巴。

丫鬟、婆子們還未來得及擦拭，顧承光已快步進了屋子，看到了這景象，心中狂躁更甚，連眼中都藏著怒火。「瞧瞧妳現在什麼樣子！哪裡像個世家夫人！怪不得外面流言傳上了天，簡直丟盡了顧家的臉！」

寧氏委屈極了。

她在宗祠裡沒吃沒喝跪了三日，他不僅未曾來看過，這會兒她剛被放出來就馬不停蹄來指責她，連口氣都不帶歇的！

她脾性不是個好的，受不了這委屈，將筷子甩至一旁道：「老爺這會兒說起我來了！那老爺出去問問，哪家世家夫人像我一樣遭人作踐？連家裡的丫鬟、婆子都未受過這麼重的罰——」

「妳還不反省？」顧承光更氣了。「妳可知今日我上、下朝有多少人偷瞧著我？在衙門辦公時走過去，一群人就哄散了！好在關係好的同僚將事情原委告知，說我們與齊家的事傳得漫天飛，還有妳當年那見不得人的骯髒事，恐怕已經無人不知、無人不曉！」

當年的事……

寧氏立即睜大眼睛，這才開始心慌。

這樣，豈不是什麼都被人知曉了？知道她不是詩書樣樣精通，知道她並非她父母從小請先生培養……她以後可怎麼見人？

她慌慌張張地想要開口說什麼。

顧承光堵了她的話，繼續怒道：「近兩日朝廷本就劍拔弩張，楚州出的案子在朝上爭了快半個月，就是沒討論出什麼處理法子，那些老臣不敢對上薛義山，也不敢對上擁皇派，更不敢被那秦北霄拿尖眼神瞥著，一群人就盯著御史臺責難為何無所作為！我正愁著怎麼避避風頭，妳這事一出，全撞上了！」

「老爺……那、那可怎麼辦？」寧氏在被罰跪宗祠之前，確實聽到一些風聲，可未想到自個兒的事對此事有影響，這下也不敢和顧承光爭論什麼了。

顧承光怒道：「怎麼辦？我也想知道！但無論如何，妳啊，先去齊家與沈家賠禮道歉吧！」

「可……老爺，我聽說老太太已經去過了……」寧氏眼神躲躲閃閃道。

顧承光恨鐵不成鋼。「老太太去過那是老太太的事，妳第一日闖下的禍，難道要等到第四日妳從宗祠裡出來才上門表歉意嗎？還不得趕緊上門去，若是等到現在妳出宗祠才去，我們兩家恐要結成仇家了！」

寧氏從沒見過顧承光氣成這般，她已經被顧老太太不喜，可不能再讓老爺厭棄了她，不然真在顧家待不下去了，於是趕緊道：「去去去，我明日一早便去。」

顧承光這才沒說什麼，可仍是嘆著氣，飯菜一口未吃便去書房了。

齊府這邊，沈芷寧已收拾好東西搬去沈府。

齊沅君捨不得沈芷寧，可自從又一次去沈府見了沈芷寧的院子與閨房後，喋喋不休地說也要搬去住些日子，差點沒把鄭氏的耳朵給磨出繭來。

也不怪齊沅君心動，沈芷寧的這座院子宛若人間仙境。

府內被一溪隔斷，溪兩岸分屬東、西園，沈芷寧的院子在東園，過曲廊數折、板橋通之，通後豁然開朗，桃樹幾十株，半藏於丹樓翠閣，又有小徑通幽，盤繞縈迴，左為清味書屋，右為蓮花小池，池上小舟，可撐往池中亭，亭畔蓄水，有小瀑布，傾瀉而下，池中金紅鯉魚悠然游動。

此還只是布局，更別談院中盆景擺設，齊沅君在京都這麼些年，不知原來盆景還可這樣擺、那樣看。

沈芷寧第一次進此處，便知有秦北霄的手筆在。買來時還不是這樣子呢，想來是他離京的一個多月，差人弄的。

確實如沈芷寧所想。

當初選定這處宅子時，秦北霄特地見了幾名負責的工匠，選定了沈芷寧閨房的位置，再一一細定，趕在去吳州之前把事敲定了，最後又吩咐，過程中缺什麼、少什麼儘管來秦府拿。

底下負責的也是個人精，不光做到了秦北霄的所有要求，還更上一層樓。

比如那些盆景，一些名貴花非此季盛開，偏於暖室培出，再一一搬至過去；盆以宜興土、高資石為上等，所以皆以此盆養花。

除卻這些，還有種種，甚至要將秦北霄在秦府最喜歡的幾株羅漢松都移植過去。當時秦府管事不肯讓挪，因著此事還鬧出了不少矛盾，雙方都憋著氣，秦府下人就等著秦北霄回來，想好好告上一狀。

結果秦北霄回來了，不僅沒怪罪底下人將羅漢松移過去，甚至說了，若需要，將剩下的也一併移植過去。

沈芷寧去見了爹娘回屋後，便一直臥在床榻上握著書卷，時不時將書掩著面，又從書頁中轉出視線來看屋子裡的布置。

不知道的還以為在吳州的家中。簡直一模一樣，連那屏風都照著找了一個差不多的……

他難道不怕娘親進來嚇了一大跳？到時娘親回頭心裡嘀咕，秦北霄怎麼知道這閨房的布置？那可真是什麼都暴露了。

雲珠從屋外進來，踏進門時不自覺笑了。

「進進出出好幾趟，都以為還在吳州呢！小姐，奴婢已經把那箱籠差人送去給少爺了。」

第六十二章

齊家客氣，沈芷寧要搬走時，鄭氏讓她帶上不少東西，不僅有送她爹娘的，還有送她哥哥的，很是周到。她推託不了，只得記著，回頭一一都得還禮回去。

「哦，對了，小姐。」雲珠突然笑了下，湊到沈芷寧身旁道：「奴婢回來的路上，碰上了東門的侍衛，他二人本要來見小姐的，奴婢讓他們把事說了。」

沈芷寧投以疑惑的目光。

雲珠臉上笑意更濃。「他們二人說，秦府那位老管事今兒尋他們，說秦大公子這兩日不在府內，公務過於繁忙，還在衙門內住著呢。不能請老爺、夫人與公子、小姐過去用頓便飯，但猜小姐這兩日許就要搬過來了，特意叮囑若小姐院子有什麼不便或者不適，定要差人去告訴他。」

沈芷寧一骨碌爬起來，書卷搭在臉頰上，戳出了一個紅印道：「這話聽著耳熟，秦北霄如今歲數越大居然越嘮叨了，明明前日才說的話。」

又笑著哎了聲，對雲珠說：「珠兒，妳以前喊他秦大公子便罷，如今可不能這般喊了，也得跟著喊一聲秦大人。」

雲珠立刻明白了沈芷寧的意思，這是怕有心人聽去了心裡有看法，回頭又亂傳說沒規矩，於是自當應著。「奴婢糊塗，以後心裡記著。」

主僕二人又說了一會兒的話，沈芷寧也乏了，等雲珠退下後於榻上休憩。

本想著休息一炷香的時間，然而睜眼就不見那鋪滿整間屋子的白燦陽光，光亮已轉為溫柔橘紅，在屋內漫開，染上了案桌那一枝白玉蘭……

睡過頭了！午間與娘親說好下午去清點庫房，現在都什麼時候了？

沈芷寧連忙從榻上起來，雲珠也不知有這麼一回事，二人匆匆忙忙出了院子，去往西園。

方至西園，於抄手遊廊瞧去，見垂拱門那頭正走來三人，為首的頗眼熟，沈芷寧定睛一瞧，發現正是顧夫人寧氏。

顧夫人怎麼會來這兒？

寧氏顯然也注意到了沈芷寧，眼神極為複雜地看了她一眼後，便走了。

「小姐，那不是我們剛來京去顧府見到的那位夫人嗎？」雲珠立即道：「她怎麼來沈府了？」

幾日前退親之事鬧得大，如今流言蜚語還不斷，那日顧老夫人當晚就上了齊家的門賠罪，顯然顧老夫人對顧夫人上門退親一事極為不滿，如今她上門，應當是被罰了之後來兩家道歉的。

沈芷寧沒多說什麼，只道：「這顧夫人好面子，此事妳便當沒看見吧。」說罷，語氣輕快了些。「我們先去找娘親。」

陸氏正站在正堂口，與常嬤嬤在說著什麼話，見遠處沈芷寧過來，先一步下了臺階，笑著拉過沈芷寧的手道：「睡過頭了？」

「娘，我哪想到一睜眼就這般晚了，庫房可理好了？」沈芷寧順勢摟住了陸氏的胳膊，撒起嬌來。

陸氏笑著拍了拍沈芷寧的手，沒說話，慈愛地看著自己這個女兒。真好。

回想過去三年在吳州，女兒莫說能躺上這麼一會兒，恐怕清晨天還黑著都未能繼續睡上那麼一時半刻，寒冬臘月，怕雲珠辛苦，一個人便偷偷頂風裹衣去西園晨昏定省。

多少次回來，手指頭個個都凍腫了，那雙纖細白皙的小手凍得發黑發紫、腫得粗大連筷子都拿不了，向她問安時，還小心翼翼地藏在袖子裡，不想讓她發現擔心，自個兒回去拿熱帕子敷著。可長久以來，哪有不長凍瘡的道理。

那瘡嚴重，出生在吃喝不愁的沈家，那瘡竟比那些貧苦人家出來做活的婦人還要嚴重，潰爛著一塊又一塊，疼著、燒灼著，也得忍著，受凍會更變本加厲得疼，但總得暖和些吧？捂在溫水裡、緊靠炭火旁，又發癢得難受，一下一下抓著還會抓破起的水疱。

到底還是個孩子、還是個凡胎肉體的人啊，哪撐得住，撐不住就一個人蜷縮著不知道在想什麼，或是反覆看著那些信。

這些，都是雲珠實在看不下去了偷偷告訴她的，當時聽著，她這個當娘的心都要滴出血了，差點就要衝到西園與那個余氏拚命，又氣芷寧怎麼那麼死心眼，鑽進死胡同出不來了，這李知甫的死與她有什麼關係，怎麼就要對李知甫那老母言聽計從？

可也是那一晚，芷寧第一次求她，跪在院中不起，不哭也不喊，只與她說：娘親，守孝三年，就讓我償還一些罪孽吧。

什麼罪孽，她不知道，直至今日，她也是不知。

但過去的三年，芷寧從未落下，就當自個兒是那李知甫伺候著他那老母，又因著或許想要完成李知甫的心願，她頂上李知甫西園先生的位置，平日裡有點空閒時間便去鑽研，不然哪鎮得住西園的學生？

所以才說，現在真好啊！莫要說就睡上這麼一下午，就是幾日不來，瞧芷寧開心、舒適，她這個當娘的，又哪裡不願？

常嬤嬤見陸氏沒說話，便回了。「還未理呢，小姐，方招待那顧家——」

陸氏擱下了。「哎！」

說這做什麼，平白添了幾分不悅，儘管今日她上門是來道歉的，但聽說這顧夫人那日去齊家可是一點都不給面子，藏著一肚子壞水呢！畢竟被顧家上門退了親，事況嚴重，那會毀了芷寧這輩子。

陸氏脾性雖溫和，可涉及到子女，什麼便都硬氣上了。

「娘擱著常嬤嬤做什麼，我都看見了，方才從那頭過來，恰巧碰著了。」

「碰著了？」陸氏臉色一變，朝常嬤嬤看了一眼，隨後忙問道：「她可沒衝妳說些什麼難聽的話吧？」

「娘這話說的，難不成顧夫人方才過來與您說話口氣還不好嗎？」沈芷寧笑問道。

「話是說得好聽，倒像誰教好她、在家裡背下來過來說的，她雖客氣上門道歉，可一眼瞧上去就不是個和善的，不過她面上客氣，我自然也好生招待。」陸氏搖頭道：「但我之前可聽說她上齊家的時候不是這個樣子，就怕她心底對妳怨恨著呢，妳要受欺負了得和娘說。」

沈芷寧連應著。「就看一眼，哪有受欺負的機會？這事算過去了，今後見著那位都難，好了娘，我都沒氣，瞧您氣成這個樣子，我扶您進屋歇著。」

「我怎麼能不氣，這是妳一輩子的大事，妳這孩子沒心沒肺。」陸氏點著沈芷寧的額頭，臉上繃不住笑，由沈芷寧拉著她往主屋走。

母女倆說了好一會兒的話，到了晚飯的點，在書房的沈淵況與沈安之也來了，一家人一起用飯。沈淵況如今雖入京，但還未正式上任，若正式上任了，恐怕沒有如今的清閒日子。

晚飯過後，沈芷寧回了院子，身上的披風剛被雲珠解開，一個丫鬟從院外進來稟告。

「小姐，有客人找。」

「客人？」沈芷寧疑惑轉身。

這個時候來的什麼客人？

聽那丫鬟說，那人在後門等著她，沈芷寧由雲珠陪同到了後門，見一輛樸素的馬車停在不遠處。

許是聽見動靜，車簾從裡緩緩拉開，素淨簡樸的車簾與車內間隙越來越大，那壓著精緻暗紋的白袍衣袖也逐漸清晰。

沈芷寧於臺階上踮起腳尖，探著腦袋，看清人後，那份疑惑化為帶著恍然的一絲好笑。

「是你啊，江檀，我還在想是哪位。」

江檀手背輕擋著車簾，溫和的目光投過去，停留在被暖黃燈火籠罩的她身上。「是我。」

他頓了頓，又慢慢道：「聽陳沉提了一嘴，說妳已從齊府搬出，我今日正巧路過，便來瞧瞧。一切可還妥當？」

「沒出什麼差錯。」沈芷寧回道：「在齊府住了好些日子，總不能一直打擾，父母親也都來京，自然搬來了。你既然來了，快些進來喝杯茶。」

「茶便不喝了，免得還要叨擾令尊、令堂。」江檀頓了頓，又道：「不過，若妳無事的話，可否陪我於附近走走？」

沈芷寧一愣，點頭。「好。」

待江檀下了馬車，二人一道並肩走著，走近了，沈芷寧才注意到了上回在酒樓未注意到的。他的個子比在吳州時高了不少，配上那脫俗的通身氣質，更顯得不食人間煙火。就連手裡提著燈籠，也宛若九天之上的仙君提著。

走了幾步，沈芷寧先道：「今兒心情不好？」

江檀輕笑，將手中的燈籠向上提了提，微照了下沈芷寧的面容，使她那明豔之色添了幾分朦朧。「為何這般說？」

「猜的。」沈芷寧一笑，又低頭踩了下腳底的小石子。「就算不是心情不好，也應當有什麼心事。」

說到此處，沈芷寧又忙道：「我沒有問你的意思，你不願回也無事。」

江檀低低一笑，將提燈移開，慢慢道：「妳問又有何妨，問了才好。」

最後的四字清清淡淡，在昏暗中似煙不絕如縷，隱隱約約傳到了沈芷寧的耳裡。

「嗯？」沈芷寧表示不解。

今日的江檀似乎有點奇怪，人奇怪，說的話也奇怪。

江檀很淡然，沒有為那句好像有點越界的話感到慌張，而是道：「兩年前妳信中所說，覺我為人內斂，雖好卻也不好，事情壓抑過多，無論好壞，也成執念頑積，所以莫不是問了、講了，才有所疏通？」

「我在信中說你為人內斂？我怎麼不記得了。」沈芷寧真想不起這回事了，邊思索著邊道：「說應該說了，但我說的肯定是許多好話，被你這話說得我怎的像說你壞話似的。」

「說來也奇怪，妳信中好話不少，我不少都忘了，唯獨這句，記得最清楚，」江檀玩笑道：「莫不是當初寫時，到底帶著幾分不滿？」

「可太冤枉！」沈芷寧偏過身子，立即轉向江檀，看到了他那雙清冷眸子似蒙著一層笑意，反應過來他是開玩笑，也忍不住轉了口風道：「是，實在不滿，不滿極了。所以你既然不介意我問，便讓我來猜一猜，今日到底是因著什麼事……」

她長長地嗯了一下，思考著，江檀也不著急，認真垂眸地看著沈芷寧，眸光依舊帶著溫和笑意。

「我猜。」沈芷寧忽的輕輕一拍手，看向江檀。「你想家了？或是，想父母了，是嗎？」

此話剛出，江檀的腳步頓停。

沈芷寧繼續道：「我想應該想家了，雖不知你父母是誰，但你既是裴家遠親，你父母應當也在吳州吧？你也許久未回吳州，念家、念親人正常。」

還是與以前一樣的聰明，就像藏著一顆七竅玲瓏心。

「猜得沒錯。」江檀語氣平淡，似乎無情無緒道：「是想家了。」

可不在吳州，而是遠在千里。

在華燈初上之繁盛國都，母妃牽著他的手，站於宮闕最高處，指向夜幕中那盞最明亮的祈天燈，說那是為他放的，在向上天祈願他這一生平安喜樂。也在壯闊山河，迤邐風光。

母妃的手很柔軟，有著蜜合香與藥味的混雜。

還有，那旌旗蔽空的獵場上，父皇與皇兄、臣子策馬馳騁，以翎箭劃空之勢獵得無數獵物，開懷大笑將他抱起，說再過幾日便親自教他騎馬射箭，以後狩獵就看他拔得頭籌。

父皇胸膛堅硬，就如其脾性，從沒有柔軟的那一面，而母妃之後的來信，卻說他去往靖國的那日，父皇一直在寢宮，整整一日都未出來。

那日，他確實沒看見父皇，他坐在馬車上，撩簾看到的是越來越寬闊的曠野，越來越遠的皇城城牆，越來越小的站在城牆上抹淚揮手的母妃。

他再也未回去過。

可夜裡，於夢中渾渾噩噩時，他仍在摸黑尋找回故土的路。

他找啊找，找到了，可前面就是有著擋他的牆，那牆橫跨千里，高聳入雲，牆那邊是母妃隱約的啜泣，牆這邊，是無形的力量將他拉回。

他掙扎，狂怒，渾身上下每個毛孔都滲著絕望痛苦的血。

直到沈芷寧的身影出現，巧笑倩兮，或招手、或是喊他的名字，日子總算有點盼頭，可於他來說，這盼頭也是懸在頭上的一把刀。

「想家了那便回去看看，或把父母接過來，儘管困難了些，但總可以想辦法的。」沈芷寧道。

「或許有辦法。」江檀緩聲淡淡道：「但在一切都無法改變的情況下，什麼念想都是徒增憂愁，不如就壓著便好，這妳也清楚，妳前幾年不都是這般過的嗎？」

沈芷寧哎呀一聲。「說你呢，怎的還說到我身上了。」

「不過是打個比方。」江檀輕笑一聲，隨後道：「真要說到妳，其實我一直以來都好奇一件事。」

「什麼事？」沈芷寧問。

江檀沒有馬上問，沈默著，再慢慢問：「好奇若秦北霄真出點什麼意外，妳當如何？三年前妳與秦北霄不相往來，這屬於你二人皆認同之事，且也無能為力，自當接受了，可若當年是人禍又或天災，陰陽兩隔，妳可會……殉情？」

第六十三章

「殉情？」沈芷寧很奇怪江檀問出這問題，更奇怪他會說出「殉情」二字，這可不像他會說的話，可他問了，她便認真笑回道：「怎麼會殉情？還有爹娘要侍奉，我若跟著去了，他們怎麼辦？

「不過。」沈芷寧想了一會兒，抬頭與江檀對視，眼神透澈澄明，道：「婚嫁之事應當不會再考慮了，世間過客熙熙攘攘，我怕後來的人分走我對他的關注，一分一毫都不可以，無論那所謂的夫婿，甚至未來的子女，我很自私的。」

這番話，也算變相堵住了江檀接下來的另一個問題。

他沒再接著問，唇角微揚起，眼底卻沒有一點笑意。

二人又走了一會兒，聊著其他的事，再晚些，沈芷寧向江檀告別，送江檀上了馬車後，自己回府。

待沈芷寧的身影消失在府門口，江檀的臉色緩緩沉了下來，眼眸更蒙著一層荒誕的怒意……他並非是氣她回答，而是氣自己居然妄想那不該發生的事！

回府，府內僕人從未見脾氣溫和儒雅的江太傅臉色如此陰沉過，竟比之前來府的一些大官還要嚇人。
江檀大跨步進屋，貼身侍衛在門關上的那一刻，立即單膝跪地道：「殿下糊塗！」
江檀拂袖，案桌上的茶杯被拂至地上，摔得粉碎，他聲音冷冽。「還輪得到你來教訓本殿下？」
「屬下不敢。」那侍衛嘴上說著不敢，卻跪上前了一步。「可殿下實在不該存有那心思！豈能與靖國女子結合？殿下母妃如今病重，就等著殿下成事回去，殿下莫不是要不顧天倫孝道，留在靖國？幸好那女子知趣，若真順了殿下的願，殿下的滿盤計劃恐要全部推翻，回明國之日遙遙無期！」
侍衛的話音剛落，江檀已飛快拔出一旁長劍。
劍風劃破空中之勢，引得燭火微跳，屋內昏暗一瞬，鋒刃抵在侍衛脖頸處。
似乎只要那麼輕輕一挑，就可刺破那一層薄薄的皮膚，血液迸射而出。
「天倫孝道？」江檀面上帶著一層不明的寒意。「那你可知君為臣綱？孟岐，你今日真不錯，將本殿下的規矩忘了個一乾二淨。」
那名為孟岐的侍衛聽到「君為臣綱」四字，羞愧難當，可眼中更是多了一分堅定，堂堂的七尺男兒頓時眼眶泛紅。「屬下不敢忘，屬下自然唯殿下馬首是瞻，可有些話屬下不得不說，殿下一向清醒，可今日實在不該！殿下如今對屬下拔劍相向，難道不是確有那心思而惱羞成怒？如若殿下沒有，是屬下誤解了殿下，那便不須殿下動手，屬下自我了結！」

說罷，孟岐憤激的雙眼從江檀身上移到了那柄長劍上，眼中越發憤激，真要讓那鋒刃劃破脖頸。

即將用力割上的那一刻，長劍狠狠地被擲向遠處，發出「噹」的巨響——

孟岐猛然抬頭，只見六殿下已轉身撐著案桌，身形如往日一樣高大，卻似乎在慢慢頹廢。

「殿下……」

江檀未說話，身子擋住燈火投下的陰影蓋住了整個案桌，也蓋住了他那平靜的面容，可蓋不住他眼內的波濤洶湧，是痛苦、是憤怒，更是迷茫。

孟岐說得對，他確有那心思，這怎麼都不該有的心思。

從在吳州起，就埋下種子，到如今已長成參天大樹，底下的根系深深纏繞，纏得他日夜透不過氣的心思。

秦北霄活不了多久了，楚州的案子算是給他敲了一個大醒鐘。

案子剛起時，薛義山提出作《六教》，用北人為南地官員等等實則是他的授意，雖確實乃有效措施，但過猶不及，若真如此，江南等地百姓必不滿，恐有大亂，這是他願意看到的，可卻不是秦北霄等擁皇黨想看到的，甚至沒有三日，秦北霄便聯合擁皇黨上奏薛義山此議之弊端。

若只是弊端，那便罷了，可秦北霄偏還說了「居心不良」四字。靖國這般糊塗混亂之染缸，竟出了這個清醒人，這個清醒人偏真有那顛倒乾坤的本事……怎能讓他行走於世？

秦北霄該死，可他身邊還有個沈芷寧，那個幾乎把整顆心都放在秦北霄身上，沒了他在吳州的三年就如同行屍走肉的沈芷寧，若是殺了秦北霄，沈芷寧該怎麼辦？

他實在不該去考慮這問題，這小家子氣、虛無縹緲的情情愛愛，可他克制不住，所以今日才會失控跑去問沈芷寧那些荒唐的問題。

多荒唐？他是明國的皇子，要擔起該負的責任，母妃如今病重，書信來說昏迷時一直喊著他的乳名，本來只要將秦北霄拉下馬，解決靖安帝身邊的擁皇黨後，他便可以回去了，回到他的故土，回到原本的位置上。

而問那些荒唐問題的時候，他腦子裡卻將計劃拋在了腦後，想著，若沈芷寧之後嫁給他，他要盡全力護住她，盡全力……不讓她知道真相，那就在她生時一輩子扮演好江檀此人——不回明國，不見母妃，甚至棄了皇子身分！

簡直荒唐至極！江檀頭垂得更低，拳頭狠狠握緊。

孟岐哪見過這樣的殿下，回想這一路走來的艱辛，還有那融在血液裡的使命，如今竟要因著一個女人左右全局，他實在忍不住道：「殿下，屬下去殺了那——」

「你膽敢動她試試。」江檀聲音平靜。

孟岐低頭，不再說話。

許久之後，江檀慢慢道：「你今日屢屢越界，按規當遣回，念你這些年來忠心耿耿，去懲戒堂自領三十板子，再另做定奪。」

孟岐應著，在退下之前道：「殿下，屬下還有一事不解，殿下三年前離開吳州時，特地留了一點端倪於李知甫案子的那三具屍體上，就是賭秦北霄會去徹查此案，鑽進陷阱裡，可如今那秦北霄都已查完案回京，殿下怎的還無任何動靜？」

江檀看了他一眼，道：「時候未到。」

當年以李知甫被殺一事利用其母余氏，逼迫秦北霄與沈芷寧分開，目的確實達到了，但也留了後手。如若二人未和好，以秦北霄對沈芷寧的重視，他不可能再踏入吳州一步；若二人和好，秦北霄定會徹查李知甫一案，到時他必設計殺他不可。

「秦北霄既已查出與明國有關，就不可能放棄，他定然還會再去吳州調查，去吳州，必會路過楚州。」

自從楚州案子一起，涉案官員被撤下大半，如今任上皆是薛義山與他手底下之人，包括都府將領，到時秦北霄一離京，他便使人參他一本，召他回京，過楚州時以反抗不從之名義——先斬後奏。

孟岐聽此話，瞬間明白了江檀的意思，道：「屬下明白了。」

隨後他不多問，退下打算去懲戒堂領板子，剛踏出門檻，就見裴延世恰巧轉過彎角，沿著抄手遊廊過來，孟岐向他拱手行禮。「見過裴公子。」

「今兒有什麼要緊事？回府了也不先去用飯，等得我親自來喊人。」裴延世目光瞥到孟岐身上，繼而移到那扇半掩的門上，悠悠道：「表哥在裡頭？」

孟岐忽略裴延世的陰陽怪氣，回道：「在裡頭——」

話未說完，江檀已從裡面出來。「等急了吧，是我不好，忘了派人去你那兒知會一聲晚些用飯，現下沒事了，走吧。」

裴延世聽罷，輕哼一聲，什麼話未說負手便走。

江檀跟了上去。

未走幾步，裴延世隨意問道：「這兩日出了什麼棘手的事？平日裡，你就算出門應酬或公務繁忙，就是回府了也都先安生將飯用了才是。」

江檀先一笑，再看向裴延世問：「算不上什麼棘手的事……不過，方才我與孟岐的話，你沒聽見？」

裴延世冷笑，神色不豫。「我倒是想聽，你讓聽嗎？你與父親真像一個模子刻出來的，什麼都瞞著我，拿我當一個傻子！」說罷，甩袖即走。

江檀看著裴延世的背影，面容未變，眼底暗色似在慢慢消散。

沈府。

屋內的燭火熄滅許久了，但沈芷寧還未閉眼，目光穿過一片朦朧黑色，落在了窗下的案桌上，案上瓶內依舊是那枝白玉蘭，清冷月光透過窗格，在花瓣上籠上一層瑩瑩微光。

那色調，就像江檀今日那一身白袍。

江檀他為何要問那問題？倒像是煞有介事一樣。說來也很奇怪，一直以來都只知江檀乃裴家遠親，可其餘竟一概不知，他這人實在過於神秘了些。

沈芷寧翻了個身，盯著床上的木雕與紗幔，腦子裡回想了許多，而回想越多，越是混亂，最後昏昏沈沈睡去。

她夢到了在吳州的日子，是師父還未死的時候。

她上午在玲瓏館進學，中午會去深柳讀書堂尋秦北霄，到了那邊，碰巧裴延世見著她了，就會拿鼻孔看她，那眼睛就像長在了天上似的，而江檀見他這般，自會喊他一聲，或是輕輕拍他一下，對她表示歉意，隨後會問她。「是來找秦北霄嗎？」

到後來，江檀乾脆會溫和地笑著，為她指向秦北霄的位置，之後她跑過去，就會見到秦北霄與蕭燁澤，這二人總在一塊兒，但她來了，蕭燁澤就會找理由消失。

與秦北霄在西園閒逛時，還碰著了師父，她蹦跳起來向師父招手，秦北霄在旁嫌丟人，想立刻走人，被她拽著走不動，只好像是被罰站似地站在原地，師父瞧見了，便忍俊不禁。

這樣的日子啊，再也沒有過了……

回憶中那充盈的滿足散去，隨之浮現的是無盡的空虛，以至於沈芷寧醒來，眼角處還有些許濕潤，她愣愣地坐起身。

正巧雲珠領著兩名端盆拿帕的小丫鬟進來。「小姐醒得巧，秦大人方登門拜訪呢！小姐要不要去見見？」

「他怎的來了，不是昨日還在衙門嗎？」沈芷寧欣喜起床，接過丫鬟遞來的帕子。「他現在人呢？」

「奴婢去主院時秦大人還在與老爺、夫人說話，後來公子來了，便說要一道下棋。」

「行，那我知道了。」沈芷寧抹了一把臉，穿衣打扮後，便出院去尋二人。出了院，過蓮花小池，果見二人在亭中，亭外各個侍衛與僕從把守。

沈芷寧叮囑身後的雲珠放輕腳步，之後輕手輕腳上前，那些侍衛、僕從看見她來了，本想通報，但見她將食指搭於唇上，也就當作不知道。

沈安之也見著了，眼中笑意掠過，繼續盯著棋盤。

沈芷寧已走到了秦北霄的後方，憋笑伸出手，想去捂他的眼睛，然手還未近他身，才靠近他腦後，就被他握住了皓腕。

沈芷寧順勢將手垂了下去，宛若受傷了似的，佯裝喊道：「哎呀哎呀！手要斷了、要斷了……」

「不知道的還以為我用了多大力氣。」秦北霄偏過身，面色不變，道：「來，我看看，先給妳請京內最好的大夫過來，若沒斷，那問診金可就妳來出。」

「我才不出。」沈芷寧立刻將手縮了回來。

這一舉動逗笑了沈安之，周遭的一些僕從也笑了，秦北霄的那些侍衛見自家主子面色出奇意外的好，自也放鬆了許多，一下子，整個亭子的氣氛融洽不少。

沈安之目光在二人身上移來移去，之後笑著打手勢說有事，便不留著了，剩下沈芷寧與秦北霄在一起，沈芷寧乾脆坐在了哥哥之前坐的位置上，便是秦北霄的對面。

「秦大人，跟我來一局？」沈芷寧坐下後道。

「妳喊我什麼？」秦北霄細細琢磨這三個字，眼角微挑，面色不明。「秦大人？」

「可不就是秦大人？現在不同了，總不能對你沒大沒小、直呼你名，不然下回被人聽見了，指不定參我爹爹一本，說他管家不嚴。」沈芷寧開著玩笑，將棋盤上的黑白子一顆顆挑回棋盒道：「你覺得我說得對嗎？」

「說得在理。」秦北霄也陪同她一道挑棋子，慢悠悠道：「身分、規矩不能亂，不過妳既稱我一聲秦大人，怎的與我平起平坐了？」

「自然不敢。」沈芷寧順著話，站起身來走到秦北霄身後。「我來給你捏肩捶腿。」

秦北霄覺得好笑，就隨她去，那小手捏著肩膀，用的力氣越來越大，想著捏疼他，卻捏得她自個兒手都疼了，只聽她低聲嘀咕了一聲，又發洩似地輕拍了他一下。

「妳便是這樣捏肩的？」秦北霄問。

他倒是擺起譜了。

沈芷寧挑眉笑道：「不小心碰到的。」邊說著，小手邊往他腰間伸，撓到了一下，秦北霄就將她的手抓住，將她拉過來，低聲問道：「這也是不小心碰到？」

沈芷寧嗯嗯點頭，笑意不斷。「不鬧了、不鬧了，下棋下棋，先說好，有賭注的。」

第六十四章

「什麼賭注？」秦北霄放沈芷寧回了座位。

「賭注就是，我若贏了，你便回府去休息。」沈芷寧說著，攤開手掌心，赫然是兩顆黑白子。「黑子還是白子？」

秦北霄本要拿棋子的手一頓，隨意選了一顆。「面色很不好？」

沈芷寧搖頭，其實也不能說不好，可明顯就是一夜在衙門，今早方回，只換了常服便過來。就是不看臉色她也能猜到，畢竟前兩日都忙得見不著人影的人，今日怎一大清晨就過來。

「休息也休息不了多久，便想著過來看妳一眼，待會兒便離京去吳州。」

沈芷寧知道他還要去查師父的案子，可也不急在這一時半刻，這樣日夜操勞，她抬袖佯裝抹淚道：「也不知我這下半生會不會守上活寡——」

「說話越來越沒邊了。」秦北霄黑著臉敲了下沈芷寧的額頭。

沈芷寧捂著額頭嘻嘻笑了，隨後秦北霄又道：「我很快回來。」

頓了頓，沈芷寧聽他認真道：「妳放寬心，也要對我放心，特別是我離京的這幾日，妳若聽見什麼傳言也莫要慌張，我不會有事，知道了嗎？」

這句話，在秦北霄離府後，沈芷寧沈思了很久。

秦北霄不會說什麼空穴來風的話，那便是有事要發生了。

沒過幾日，就在秦北霄離京三日左右，齊沅君上了沈府的門。與往常那跳脫的性子不同，進了府也不東逛逛、西轉轉，什麼好玩就多玩一會兒，而是直接找到了沈芷寧。

「表姊，出事了！」腳還未踏進門檻，聲音已經從走廊上傳進來了，齊沅君跑得快，說話還有些氣喘吁吁，扶著門框道：「出事了，表姊。」

沈芷寧與雲珠立即對視一眼，忙起身。「這急急忙忙的，快些進來喝口水，別著急，什麼出事了？」

齊沅君向雲珠擺擺手，拒了她遞過來的水，直接道：「秦家哥哥被參了，今日父親一下朝便一臉的凝重，見我在母親屋裡，就讓我與妳還有沈表叔說這事，我便馬上來了！

「我父親說是今日朝上，那工部的袁侍郎聯合幾名監察御史一道參了秦家哥哥，雖說以前參秦家哥哥的摺子不在少數，但這次與以前不同，那袁侍郎在摺子上寫的是說秦家哥哥通敵叛國！」

這詞之嚴重，齊沅君身在京都清楚得很。

這些年來，不說真有那些犯了事的，就算沒犯事的，也會惹了一身腥，毀了今後的仕途，為此萬念俱灰，於家中自裁的官員不在少數。

「好大的一頂帽子。」沈芷寧幾步上前，問道：「既然說他通敵叛國，怎麼通的敵？怎麼叛的國？他們空口無憑就要將這頂帽子扣下嗎？」

秦北霄是什麼樣的人，她清楚得很，他就算死也不會做出這等事來，明擺著就是有人陷害他，這可不是小罪名啊！

齊沅君也著急，但想表姊與秦家哥哥那說不清、道不明的關係，想來她更急，於是拉著沈芷寧的手道：「表姊，妳先聽我說，今日先是那幾個監察御史遞摺子，後是那袁侍郎說，當年安陽侯府叛國之案，實際上秦家哥哥也摻和在其中，這段時間以來，他頻繁去吳州查案子，是因為當年此案還留下可將他供出來的疑點，他這是銷毀證據去了！」

「荒唐！安陽侯府之事與他何干，至於去吳州查案子。李知甫是他的先生，他為查明自己先生的死因奔波，到他們嘴裡竟能顛倒是非成這般！」

「是，聽父親說，當時朝上定國公世子和楊建中大人立刻就站出來了，說那些人胡說八道，可沒用，那幾個監察御史不但罵楊大人，還將定國公世子罵得狗血淋頭，說他與秦北霄同窗，私心偏袒他，不僅如此，還拿出了證據。」

如果聽到前面，沈芷寧心態還能放平，畢竟都只是口上說說，可證據呢？

齊沅君繼續道：「父親說，他們還真拿出了證據，是現如今吳州知州鄭合敬遞上來的手供，說秦家哥哥確實在當年案子的死人身上扒下了明國的東西，還有一封書信，是……安陽侯府裴元翰寫給秦家哥哥的。」

「裴元翰巴不得殺了秦北霄，會寫信給他？」沈芷寧這般說道。

「反正現如今朝廷一片激憤，陛下都快壓不住了，我出來時，就碰見了一支都指揮府司的隊伍，想來裡頭的許多大人都被傳喚了，接下來……恐怕就是召秦家哥哥回京審訊。」

事情鬧成這樣……

沈芷寧聽完這話，臉色無比凝重。

不過，秦北霄臨走之前說什麼不要聽信任何傳言，最重要的目的，無非是讓她放心、讓她穩住，他絕不會無緣無故這般強調。除非，他知道他離京之後會有事發生。

想到此處，沈芷寧面色緩和了一些，對齊沅君道：「謝謝妳，沅君，還特地過來告訴我，妳回去也幫我跟舅舅道聲謝。哦對了，妳與舅舅說，就算他有相幫秦北霄的念頭，儘早打消，莫要把自己搭進去。」

齊沅君一愣，應著。「哎，我回去就與父親說。」

齊沅君走後，沈芷寧坐在位置上。

此次秦北霄被參，幕後之人肯定是抱著要拉他下馬的心思。

可對付秦北霄，便不能讓他有崛起的那一日，唯有殺他才能破。

這點她知道，設計這種局的人不可能不知道，但僅僅召秦北霄回京審訊，在這麼假的證據指證下，陛下還會盡全力保他，秦北霄不可能會死，甚至還會翻供。

所以真正讓他死的點不在這裡，那麼他們到底會怎麼置他於死地？

屋外突然間下起了雨，越下越大，沈芷寧皺眉閉眼，心煩意亂得很。

雨一直下到晚間，還在下，甚至轟轟打雷，暗色夜空中忽的一道閃電劈過，照亮了半個江府，一瞬之後又回歸黑暗。

江府的巡邏一向極嚴，這麼大的雷雨，依舊與往常一樣戒備森嚴，可對於常年在府內居住之人，總有破綻可鑽。

趁著巡邏的人輪班休息的那一炷香時間，裴延世悄悄進了江檀的書房。將門關好後，壓著快跳出胸膛的心臟，憑靠自己的記憶，摸黑尋到了案桌，再掏出火摺子，細細翻看尋找。

他沒翻兩下便找到了一些廢紙，將火摺子湊近一看，赫然是父親的字跡。

父親三年前就死了，這些字跡又很新，怎麼可能是父親寫的？在這間書房內，最有可能學父親字跡的就是江檀了！也就是說，今日參秦北霄的摺子所提的證據，就是江檀偽造，幕後指使的人是他。

不愧是明國的六皇子啊，本事這般大！

在靖國以安陽侯府遠親的身分隱藏這麼多年，最後害得他們侯府走上絕路，他卻依舊混得風生水起，如今還要以他父親的字跡去陷害別人，給父親又安上了一層罪名！

三年前出現在別院的先生身旁的書僮，這些年來出入江府的高手與大臣，都與他有或多或少的關係！

所以，李知甫李先生，就是他殺的。

裴延世幾乎要將紙捏碎。

這點廢紙還不夠，他得找到更多的，足以將他碎屍萬段的東西！

裴延世逼迫自己冷靜下來，最後目光移到一旁紫檀木架上，曾有那麼一次，他越過侍衛進入江檀的書房，那一次，江檀發了很大的火。

那個時候，他似乎要去做什麼，似乎，怕被他看見。

那天，他站在什麼位置上？

裴延世緩緩走到紫檀木架子邊，就好像復原江檀那一日的舉動，站在那處，將手搭在那一格子中的書籍上，試著去拿一本，發現拿不下來。

裡面是中空的！

他將手探進去，摸到了厚厚的一疊東西，再將其拿出，那是信封，抽出一封瞧了，眼前頓時一片黑暗，宛若那日在書房外聽到了他與孟岐的對話。

這些，原來皆是他與明國之間聯繫往來的書信！

裴延世恨得全身顫抖。

可即將翻到第二封時，他心道不妙——

江檀心機頗深，心思縝密，方才那幾張能暴露出他會模仿父親字跡的紙張，為何他只翻兩下就能找到，倒像是故意放在那邊的……

一想到此處，門倏地打開。

裴延世猛然抬頭，見無數侍衛湧入，最後踏入書房的，是江檀。

江檀那平靜如死水的眼神，就這麼掃過裴延世全身，最後落到了他手上的書信，淡聲道：「還算聰明，竟能找到這處。」

已經被發現，裴延世也不裝了，將信丟到了江檀身上，整個人撲了過去。「他媽的你這畜生！」

幾名侍衛立即抓住了他。

裴延世邊掙扎邊罵道：「明國的奸賊子！他媽的害死我父親，還殺先生，你他媽是不是人啊？狗東西，老子要殺了你！」

裴延世眼睛紅得似乎要滴血。

江檀面不改色，揮手讓人將他帶下去。

裴延世邊罵邊被侍衛架出去，貼身小廝方平立即上前，扒拉著侍衛想救裴延世出來。

「放開公子，放開公子！」

周圍的侍衛拉扯著，那方平卻像瘋了一樣跟在裴延世旁邊，直到裴延世被關進了屋子。

隨著那扇門關上，方平眼中的悲涼越來越重，扶著門似乎不打算動了，下一刻卻趁著侍衛沒注意他，轉頭沿著走廊便跑。

踏出書房的江檀，身子一頓，對一旁的孟岐說：「把裴延世身邊伺候的人都殺了，不留活口。」

孟岐剛想應下，有侍衛來報。「江大人，方平跑了！」

「這麼多人守著，還能讓他跑了?!」孟岐厲聲道：「你們幹麼吃的！」

侍衛語氣慌亂道：「屬下本想著，將裴公子送進去後，就去抓那些身邊伺候的，可那方平本是一直跟著，卻一溜煙就跑了，屬下們去追，不知道為什麼，連個人影都找不到。」

「殿下，這……」

「想不到啊，我這表弟如今也大有長進了。」江檀話中竟帶了幾分欣賞之意，溫和笑道：「看來今日來我書房，也是留了後手，出去無非是通風報信，去沈府與定國公府四周守著吧。」

說到這裡，江檀那笑意消失，眼底淡漠。「抓到人了，便帶回來。」

侍衛得了命令下去。

一時之間，江府不少侍衛出動，躲在暗處的方平見分批的侍衛出了府，顯然一批前往沈府，一批前往定國公府。心中暗嘆：公子啊公子，您真是聰明了一回，也不枉您在江公子身邊待了這般久。

他哎了一聲，等人走得差不多了，便騎馬奔向城門方向，趕在關城門的最後一刻，催馬飛馳出了城。

城樓五更鼓剛敲完，沈家大門砰砰作響。

打著哈欠的阿福忙跑著將門打開，只見一男子風塵僕僕，滿臉焦急道：「求見沈大小姐，我家公子有事拜託。」

阿福上上下下掃了遍這男子。「你家公子是誰？」

「我家公子姓裴名延世。」

阿福微微一愣道：「你且等著，我去通報。」

未過一會兒，沈嘉婉的貼身丫鬟親自來帶人。

沈嘉婉在正堂，方平進來先給沈嘉婉請安，心裡卻還忐忑著。

公子讓他來吳州尋沈家大小姐，這條路到底走不走得通？

「我見過你。」沈嘉婉面容同往日一般柔和，可那眼神，隨著歲月的增長，要比之前更為精明與謹慎。「確實是裴延世身邊的，他派你來何事？」

方平下意識看向周圍的丫鬟、僕從。

沈嘉婉會意，揮揮手。

待下人都走後，方平一下子跪在了地上，本著相信公子與走投無路的心態，鼓起勇氣將事情一五一十地說出來。「我家公子已被江檀那賊人關押，公子之前早有警覺，才讓我今日能得以逃脫。」

說到此處，方平已開始哽咽。

「公子賭江檀以為我會去找京都沈家與定國公府尋他們幫忙，所以讓我直接來吳州尋大小姐您，避免讓那江檀抓住，若能尋到秦大人最好，可我這一路過來，聽到了幾句流言，說秦大人被傳召回京了。」

「你來晚了，秦北霄剛到吳州就收到京中傳召，京中好像出事了。我也不知曉詳情，只知他方一到吳州便走了，現在應該已經到了楚州吧。」沈嘉婉道。

方平臉色更白。「已經到了楚州？」

「他要回京，若不走水路，楚州是必經之路，他手底下還帶著都指揮使司的人，又怎會走水路，既然走陸路，那必然已經到楚州了。」

「楚州走不得！」方平面如灰土道：「想來大小姐也知楚州之前出事，後來當地官員全被撤職替換，我家公子偷聽那江檀與底下人提起過，現在楚州知州與都府等官員都是他們底下之人，就等著秦大人自投羅網，到那時……」

方平眼中已滿是悲涼。

沈嘉婉面色微變，但還是坐直了身子道：「你先把你家公子與你說的說與我聽，還有交給你的東西也先給我。」

「好！」方平立刻從懷中掏出幾張紙，遞給沈嘉婉。「一共三張，一張是公子那日聽江檀說話回來記下來的，兩張是那日公子被抓住時偷偷塞給我的。」

沈嘉婉飛快將三張紙看完，看完後，面色凝重。「好一個居心叵測的賊子，當年先生……罷了。」她盯著紙張沈默片刻後道：「我明白你家公子的意思了，我整理下行裝，即刻前往京都。」

方平不知為何沈大小姐看完信後就說要前往京都，現在京都不是更危險嗎？

察覺到方平憂慮的眼神，沈嘉婉慢慢安撫道：「你放心吧，我了解你家公子，他的想法我從未猜錯過。」

第六十五章

京都沈家。

「我知道了，妳叮囑姊妹們也別聲張，今日那定國公世子過來，與小姐正在談事呢，莫鬧出什麼動靜來，我等會兒尋個機會同小姐說說。」

雲珠聽完了幾個小丫鬟的話，沈思後點頭，安撫了她們一會兒，便拿著茶點去院內正堂。

堂內氣氛不比從前，以前陳世子過來，總會想辦法逗小姐開心，可現在出事了，就算陳世子有意想讓小姐開心，但小姐心中還有憂慮啊！

陳沉嘆了口氣道：「秦北霄既然這麼說，想必是心中有數，我們現在操心這麼多，指不定他之後就平安回來了。」

「長久官場沈浮，他心中應當有數，可他畢竟不是天，非天算乃人算，算對了好說，這要是算錯了，就如那走在懸崖上的鐵絲，摔下去便粉身碎骨。」沈芷寧皺眉道。

「總歸現在陛下已召他回京，一切就等他回京再說吧，到時我能幫上什麼必會相幫。」

沈芷寧看了他一眼，嘆息道：「現在也只能如此了。」

「小姐。」雲珠將茶水與點心擺放於案桌上，猶豫了一會兒道：「奴婢想著，還是覺得要說一下，底下的小丫鬟們說，這幾日出門總彷彿有雙眼睛盯著，心裡很不安生，說實話，奴婢昨日出門也覺得很不對勁。」

沈芷寧與陳沉相互對視了一眼。

陳沉開口問道：「除了覺得有人盯著外，還有什麼其他奇怪的事？」

雲珠想了會兒，搖頭道：「其他的沒有了。」

「這個當口出了這等事，得警覺些，雲珠妳先把那幾個丫鬟帶過來，我來問問。」沈芷寧沈聲道。

彷彿有雙眼睛盯著，出門很不對勁，還好幾天都這樣？

平白無故又怎麼會好幾天這般？除非……沈家被人盯梢了！

沈芷寧等著雲珠將丫鬟們帶過來，但沒等到丫鬟們，反而先等到了大門護衛將一個意想不到的人帶了進來。

這女子摘下頭上的帷帽，沈芷寧吃驚站起身。「大姊姊，妳怎麼來了？」

沈嘉婉拍了拍沈芷寧的手，朝陳沉點了點頭，陳沉也起身回禮。

沈芷寧見沈嘉婉面色不太好，且看樣子風塵僕僕，想來是出了什麼事，一路從吳州趕來的，於是道：「大姊姊，吳州老家出事了嗎？」

「老家能出什麼事。說來話長，先坐下來再說吧。」沈嘉婉直接將三張紙遞給沈芷寧。「我受裴延世所託，特地從吳州趕過來，將這東西交給妳，妳先看完，妳也要做好心理準備，我怕妳受不住刺激。」

說到後頭，沈嘉婉明顯帶了點諷刺之意，已是恨極了江檀。

沈芷寧疑惑地接過三張紙。

第一張，似是練習的紙張，上面也沒實際內容。第二張……

沈芷寧眉頭微皺，手指捏著紙張的力氣越來越大，彷彿要將那張紙捏碎了，且看得越多，手顫抖得越厲害。

陳沉在旁邊見沈芷寧這般，不明所以地看向沈嘉婉。

「等會兒就輪到你了。」沈嘉婉冷聲道。

沈芷寧看完第二張，飛快地翻看起第三張，一目十行，面色慘白至極，唇瓣微微抖動，似在忍著什麼，終於忍不住了，喉間腥甜。「哇」一聲，一口鮮血吐在了地上。

沈嘉婉和陳沉嚇得忙扶住她。

沈芷寧一把抹去唇邊血跡，眼底悲痛、怨恨等情緒糅雜，將紙張遞給陳沉。「你看看吧。」

陳沉擔憂地看了一眼沈芷寧，接過紙張後，一張一張地翻看。

本是坐著，後來突然站起身。眼睛越來越紅，紅得快滴出血來。「我去殺了他，殺了他！這個畜生！」

從先生被殺那天起，他日日夜夜不得安睡。

只要睡著了，就會夢到那一日的場景，他的滿手都是血啊！全是先生的血……夢裡多少次，他擋在先生前面，殺光那些人，不管怎麼樣，夢裡的先生活了，可醒來後，只是一片虛妄。

而現在告訴他，原來一直在身邊的那個人，就是他恨不得將其碎屍萬段的凶手？

將紙張狠狠拍在案桌上，陳沉神色瘋狂地往外走。

沈芷寧一把拉住他。「陳沉！你冷靜點，現在去找他豈不是白白送上門？」

陳沉面色痛苦至極，卻也知道要聽沈芷寧的話，拚命克制著自己。

沈芷寧視線向外看了看，重新拿回那三張紙道：「我們得抓緊時間，方才聽雲珠所說，我本懷疑沈家已被盯梢，這回大姊姊送信來，我更加確信，如此一來，大姊姊妳突然來京都一事恐怕他們已經去匯報，很快便能得知我們已知曉，信物也在我們手中，之後再想出入難於登天。

「上面也說，楚州如今危機四伏，秦北霄帶的人根本不足以抵擋楚州的都府兵衛。所以，我們得趕緊走，不僅這三張紙不能留在沈家，也得去給秦北霄支援。」

沈芷寧看著二人，語速非常快。「陳沉，你可以進宮，這兩張你趕緊拿去進宮求見聖上；大姊姊，妳若可以，請幫忙去尋一下蕭燁澤，這兩日他被派去吏部衙門做事了，現在這會兒定在吏部衙門。江檀與明國的書信我帶著，我先去城門等上半個時辰，能等到蕭燁澤帶人來便是最好，等不到我就直接前往楚州，望能把這封書信給楚州士兵瞧瞧，上面的人有背叛之心，下面的士兵難道個個都有叛國之心嗎？」

陳沉與沈嘉婉聽罷，皆點頭說好。

可照沈芷寧所說，現在出去也很有可能被江檀派來監視的人給抓了。

「現在該怎麼走？」沈嘉婉戴上帷帽。

沈芷寧將紙藏於衣兜最深處，馬上道：「沈家與秦家側門就隔了一條道，從那兒走。」

江府。

一名侍衛匆忙進府，一路暢通無阻進入江檀書房。「回稟主子，這兩日沈家確實沒什麼異樣，但今日吳州來了個女子說是沈芷寧的姊姊進府了，屬下怕有異常，便來將此事稟告。」

江檀聽罷，本在寫字的筆一頓，眼底漸深。

「延世出息了，竟還想到了讓沈嘉婉幫忙。備馬！我要進宮，派孟岐去城門守著。」

沈芷寧三人從沈府進入秦府，穿過秦府，於後門分道。

心裡總有不安，擔心在沈家門口藏著的人會發覺這兒的動靜追上來，沈芷寧馬上在最近的街巷租了輛馬車前往城門。

本以為躲進這狹窄的馬車內，那顆心便稍稍可以緩緩了。然而，快到城門時，周遭卻有著異常的喧譁，並非平常的叫賣、寒暄或是什麼車隊、馬匹聲。

「前面出什麼事了？」沈芷寧提著心問道。

馬車伕在外道：「不知道，多了一群官爺在前面搜查，經過的都被盤查……欸？姑娘，妳做什麼下車了？」

「突然想起來有事。」沈芷寧將銀子掏給車伕，隨後趕忙下了車。

藉著那餘光一瞥，猜得沒錯，果真像是江府的侍衛，領頭的似乎頗有武力。

看來，沈府外頭確實有人監視。

那些人見大姊姊進府，便前去通報了。不得不說，江檀此人謀慮極深又很是果斷，不然這群侍衛怎麼可能這麼快就到城門了。

沈芷寧沒多想，下了馬車後就往周圍的茶樓鑽進去。

「孟大人，那邊似乎有人在跑。」

沈芷寧瞬間感到背後有一道要將她刺穿的視線，立刻加快了腳步，擠進了擁擠的茶樓人群中。

擠到了樓梯處，跑上了好幾階後，下意識轉身向下看了看，只見茶樓門口人群被撥開，方才在外搜查的江府侍衛已魚貫湧入。

沈芷寧心怦怦跳，回過身子，跑得更快。

二樓不行。三樓……三樓總比二樓好。

沈芷寧跑到了三樓，一眼看過去，這三樓都是雅間，尋個沒有人的雅間吧，躲過這會兒再說。

想著，便推開了雅間內沒有動靜的門，可一推開，就與裡頭一臉迷茫吃驚的男子四目相對。

「沈芷寧？」顧熙載一愣，用懷疑的語氣喊出了沈芷寧的名字，似乎不太相信現在推門進來的是她。

沈芷寧也是一愣，繼而直接將門關上了，直接對顧熙載道：「顧三公子，能否幫我一個忙？」

「只要我能幫得上的，自不會吝嗇出手助妳。」顧熙載看著沈芷寧，視線又越過她，落到了雅間木門上，語氣篤定。「有人在追妳？」

沈芷寧連忙點頭，開口道：「確實有人在追我，我身上有他們想要的東西，但這東西萬萬不能給他們，麻煩顧三公子幫我擋一下，芷寧感激不盡。」

顧熙載聽罷，起身將沈芷寧帶到了紗簾後頭的三摺山水屏風後，屏風一旁就有一櫃子，二者之間，有一隱秘處，若不仔細搜查，還真難以找出。

「妳躲這兒吧。」顧熙載道。

沈芷寧感激地看了顧熙載一眼，彎腰進了那角落。

一躲進去，甚至一點光亮都沒有了，但能聽得見外面的動靜，顧熙載似乎已經坐回了方才的位置，屋內也沒有了聲響。

不知過了多久，屋門被砰砰敲響，還未等顧熙載開口，那些人已將大門打開。

沈芷寧聽顧熙載不滿問道：「你們是何人？無故闖入雅間做什麼？」

「打攪這位公子了，我府裡丟了貴重東西，方才恰看見那小偷進入茶樓，特地過來搜查，不知公子能否行個方便，讓我等查一查。」

領頭男子雖是客氣詢問，可聽腳步聲，似乎有些侍衛已經在屋子裡亂走了。

沈芷寧只得努力壓著狂跳的心。

「你們府上的事與我何干？找個小偷也要打擾我的清淨！」顧熙載冷著聲道：「快些走，這兒沒有你們要的人。」

領頭男子不肯走，那些侍衛也準備不顧阻攔開始徹底搜查。

「啪嚓！」

似有東西被砸到了地上，繼而是顧熙載凜冽的聲音。「莫要當我顧家沒人，你們膽敢再走一步，今日休想出這茶樓！」

「原來是顧家公子。」那領頭男子沈默片刻，道：「想來是顧三公子吧？我等叨擾了，還望顧公子海涵。走，下一間。」

人走了，但沈芷寧一直等到顧熙載說可以出來，才從那角落出來。

「看他們這樣子，搜不到必不罷休了，想那茶樓口應當也被人守著。」顧熙載道：「不如，妳先換身丫鬟的衣裳，隨我一道出去吧。」

目前也只能這般了。

如同顧熙載所說，沈芷寧換了衣裳就跟在他身後，旁邊還有一小廝，看著就是貴公子帶著丫鬟與小廝出門，到了茶樓門口，沈芷寧低下了頭。

安全出了茶樓，沈芷寧感激地看了顧熙載一眼。

顧熙載似乎還想說什麼，但欲言又止，只道：「我不知發生了何事，但妳，顧好自己。」

沈芷寧應了聲，轉身奔向城門。

城門處車馬如龍，人潮湧動，但就是沒有一人是蕭燁澤。等到約定的時間，蕭燁澤還未來，沈芷寧緊咬了下唇，準備要踏出城門，剛輪到她時，有男子厲聲喊：「莫放她出城！」

這聲音——

沈芷寧猛然回頭，見那領頭已帶著江府侍衛直往這兒過來。伸手就要抓她，志在必得的氣勢讓周遭人都不敢近身。然在即將碰到她衣物之時，此人忽然慘叫一聲，一下捂著被劃傷的左臂。

沈芷寧還未反應過來，已被拉於馬上，蕭燁澤一手拉住韁繩，一手用長劍抵在那男子脖頸，含盡嘲諷道：「孟侍衛平日裡不是老好人一個嗎？今兒怎麼凶神惡煞起來了？回去告訴江檀，沈芷寧我帶走了！讓他儘管來追，本殿下奉陪到底！」

說罷，便帶著沈芷寧出城。

馬匹跑得極快，大風迎著面，沈芷寧呼了口氣揚聲道：「三殿下，你見到大姊姊了是嗎？那她人呢？」

「我讓她留在京都了。」蕭燁澤道：「楚州都府兵衛眾多，我現在去郊營借兵，也不知那時有沒有回轉之力。」

「恐怕借來了，也無法抵擋。」沈芷寧沈思了一會兒道：「江檀派人守著城門，他為何不親自來，說明他有更重要的事，眼下最重要的事是什麼，無非是要在陳沉進宮前攔下他……本來還想賭一賭，看來還是他更快一步啊。」

蕭煒澤順著沈芷寧的思路往下想。「那陳沉？」

「陳沉好歹是定國公府的世子，江檀不會殺他。」沈芷寧望著道上來京的車輛與人馬，嘆了口氣。「三殿下，我們快走吧，再晚些，恐怕就要追上來了。」

蕭煒澤沒再多問，策馬疾馳，蹄下塵埃滾滾。

第六十六章

陳沉趕至龍光門，將門籍給宮中門司查驗過後，狂奔進宮。

飛快腳步，在近曜儀門時，腳步頓停。

偌大的曜儀廣場，就在那曜儀門前，站著一白袍男子，緩緩轉身，那雙眼如古樹，枝沈葉靜。「看來我來得湊巧。」

陳沉拚命壓著那上湧的殺意，手心幾乎被他摳出血來。「滾！」

江檀不動，靜靜地看著陳沉。

陳沉一個箭步上前，揪起江檀便要往他臉上揮上一拳。「你他媽是不是人？李先生也是你的先生，難道不是嗎？那三箭是不是你射的？是不是你射的?!」

江檀偏過頭，躲過了陳沉那一拳，但周遭侍衛要上來，被他揮手阻攔，往後稍退。

「是我射的。」江檀神色平靜道：「他非死不可。」

陳沉目眥盡裂，真就要與江檀拚命，這回侍衛再上來擒他，江檀未攔。

「是沈芷寧讓你進宮的吧？我來得要是再晚些，恐就讓你們得逞了。」江檀理了理衣襟，淡淡問陳沉。「我書房少了一封書信，一張練紙，我猜她把練紙給你了，書信在她身上？」

陳沉眼睛通紅地盯著江檀。「在又如何，不在又如何？與其問我這個，江檀，不如問問我沈芷寧知道你做下這些事的反應！」

江檀面色未變，冷靜如山。

「沈芷寧看了信，急火攻心，吐了一大口血。也是，三年的同窗，自己信任無比的朋友，原來竟然是殺了自己師父的罪魁禍首！」陳沉冷笑。「當年我們一起在吳州西園進學，你清楚得很，你清楚極了，還是用三箭取了李先生的命！想來你當時也想清楚後果了，李先生是沈芷寧的師父，她有多敬愛他，她就有多恨你！她說恨不得親手殺了你，也要讓你嚐她師父所受的苦，要將你碎屍萬段，輪迴生生世世都不得好死——」

「那我等她來殺。」江檀徑直打斷了陳沉的話，眼底暗沈至極。「到那時，我親自遞刀給她。」

陳沉見江檀情緒有所波動，便知戳中了他痛處，眼中嘲諷更甚。「殺你？恐怕到那時，她還嫌髒了自己的手，她連見你都不願見，連死後下地獄都要祈願下輩子、下下輩子都不要遇見你這狼心狗肺的畜生！」

江檀眉頭緊皺，抬眸看陳沉那瘋狂的樣子，反倒冷靜了下來。「你在激我？罷了。」隨後揮手讓人將陳沉一起帶出宮城。

出宮後，孟岐趕來，江檀掃過他受傷的左臂，淡聲問道：「沈芷寧逃了？蕭燁澤帶走的？」

孟岐一臉慚愧，低頭道：「是，屬下無能。」

「現在說這些話無用，蕭燁澤想去救秦北霄，不會孤身一人前去，他定還要去郊營借兵，你帶批人先前往楚州攔截。」江檀冷聲道：「就讓他們猶如困獸，死於楚州。」

京都快馬至楚州。

五天四夜，不知途經多少驛站，換了多少匹馬，就算如此，還是跑死了兩匹。

這一路上一刻都不敢停歇，直奔楚州地界。

第五日黃昏時分，沈芷寧與蕭燁澤等人終於到了楚州岐山附近，岐山過去，就可見楚州城門，可若翻過這座山，到那時，城門也關了，於是一行人打算找間客棧休息一晚。

「現在進不了城，妳也趕了一路，今晚就休息一會兒，免得身子吃不消。」蕭燁澤站在客棧屋門前與沈芷寧道：「他若真追得這麼快，妳放心，我派了人輪流看守，若有什麼異樣到時來喊妳。」

沈芷寧嗯了聲。「你們也要好生休息。」

夜幕降臨後，沈芷寧躺在床上，多日來的風餐露宿、奔走不歇，就算現在背躺在床榻上，耳畔似乎還有那呼嘯的風聲。

風聲不停，屋外的淅瀝雨聲不止，她陷入一片半睡半醒的混沌中。混沌中，忽然騷亂頓起，屋門被砰砰拍響。「沈芷寧！沈芷寧！」是蕭燁澤的聲音。

沈芷寧一骨碌爬起，半夜突然來敲她的門……恐怕他們方才說的話成真了，江檀竟真的如此之快，已然追到了楚州地界。

好在之前存了這個念頭，身上的衣物都穿著，她連忙打開屋門。

「妳快些走，沈芷寧，出去探查的人回來了，說有大批人馬直往這處來。」蕭燁澤邊說邊往下張望，焦急地把腰間佩劍塞進沈芷寧手裡。「樓下已經給妳備好了馬，妳趕緊走，妳一個人好藏些，隨便在山上或是找個農戶借宿，明早城門一開便進城！」

沈芷寧立刻明白了蕭燁澤的意思，道：「你這是要斷後？」

蕭燁澤緊抿唇，一句話未再說，將沈芷寧從屋內拉出來，要讓她走。

「三殿下！」沈芷寧盯著他道：「江檀不會殺陳沉，不是因為他不敢，也不單單因為他是定國公世子，是因為那日在京都，在皇城！權衡利弊之下，他才沒有動手，要是能殺，他哪會留陳沉活口？」

沈芷寧定在原地，不肯再走一步，眼中有一絲哀求。「可今日不同，殿下，他這般快地過來，我瞧這架勢，哪裡只是要拿我身上的那封書信，又哪裡要阻止我們去救秦北霄？是要圍困我們於楚州，殺人滅跡啊。今日你若不走，你……」

說到此處，沈芷寧眼中哀求更甚，語氣哽咽。「我們一起走。」

蕭燁澤深深地看著沈芷寧，緩緩搖頭後一笑，笑容與他平日裡一樣恣意。「一起走恐怕走不了，妳走了好歹把信帶走了。哎哎哎，沈芷寧，妳這是什麼表情，這是瞧不起本殿下嗎？雖說我在西園進學的時候一直是倒數，可現在我可強了，江檀指不定還打不過我。」

他頓了頓，笑意更濃道：「哦對了，沈芷寧，我之前還與秦北霄說過，我的歲數比妳大，妳好歹得喊我一聲哥哥，妳還一口一個殿下，以後別喊什麼殿下了，我還少一個妹妹，妳就當我妹妹好了。」

說完最後一句，蕭燁澤眼神一變，不顧沈芷寧掙扎就帶著她下樓，強制讓她上馬。

「趕緊走！別回頭！」

馬鞭用力一揮，棕馬立即衝入重重細雨與黑霧中。

冰冷的雨水像冬日的冰渣迎著打在面上，也透進層層衣物，冰得就如同她現在沈落的心，心沈到最底下，再無處可去。

真就這麼走了，留蕭燁澤在這裡擋著嗎？江檀會殺了他的……不行！

沈芷寧狠狠咬牙，目光逐漸轉為堅定。

她要賭一把！

她一下緊拉韁繩，馬匹嘶鳴著停下。

虎口瞬間被磨出血，沈芷寧再拉韁繩，掉轉馬頭，直奔向反方向。

「主子。」孟岐策馬而回，稟道：「前方路段雖被雨水沖刷過，但些許痕跡還留存，確有一隊人馬經過，且前方就有一鎮，若他們全速而來，應是差不多今日到此地，許在前方留宿。」

烏壓壓的一片人馬前，男子高騎於馬上，淡漠抬頭，露出了黑袍底下那平靜的面容。

手稍抬起，即要下令全力追擊。

突然，遠處馬蹄聲就著雨聲陣陣而來，越來越近——

一人飛快從前方黑暗中衝出，勒馬橫擋於眾人前，江檀看清馬上之人，眼神微動。

這麼狼狽的沈芷寧少見，身上衣裙濕透、下襬處沾滿泥污，頭髮凌亂，髮絲還緊貼鬢邊，可那雙眸子卻比以往更堅定無畏。

「原來是你啊……」她似是恍然大悟。

這身黑袍，就是那日吳州聽說書時，她與秦北霄躲在包廂裡，親眼見一人被黑袍男人殺死，原來那黑袍人就是他啊。

「是我。」江檀明白沈芷寧這話何意，淡聲回道。

說罷，又毫無情緒道：「蕭燁澤不是說奉陪到底？現在讓妳出來拖延時間，自己反倒逃跑了嗎？」

「你既然知道我在拖延時間，卻沒有上去追。」沈芷寧瞇眼回問道：「我倒要問問你是何意？」

「書信只會在妳身上，我又何須去追其他人。」

孟岐聽自己主子說完了這句話，即明白現在前方擋路的沈芷寧身上就帶著書信，要殺了她，把信拿到，想著，就要拔劍出鞘。

然而下一刻手臂一麻，江檀用劍柄將其震回。

他的視線一直在沈芷寧身上，慢慢道：「妳是個聰明的，應該知道自己逃不了。我要拿書信易如反掌，我不想對妳動手，只要妳主動給我，妳和蕭燁澤我都可給你們一條生路。」

沈芷寧笑了，笑了一聲後，認真地問：「三年前，你射殺我師父時，有沒有想過給他一條生路啊？江檀。」

江檀不語。

沈芷寧眼睛疼脹得厲害，繼續質問道：「你搭箭拉弓之時，有沒有想過他也是你的先生，教導過你、愛護過你，你三箭射過去，他得有多疼？你就這麼殺了他，你就這麼殺了他……那時，你就沒有想過給他一條生路嗎?!」

江檀聲音無任何波動道：「我再說最後一次，書信給我。」

「你不是說了嗎？信就在我身上。」沈芷寧道：「你要拿就自己來取！」

說罷便調轉馬頭。

江檀眼神轉冷，持鞭駕馬立即跟上，速度之快，猶如雨中勁風，沈芷寧還未出半里地便被他從馬上拽下。

「蕭燁澤倒狠心讓妳來拖時間，現在人也應該逃了，他怎麼不想想妳的死活？」江檀將沈芷寧拽到跟前，冷聲問：「今天要麼將信留下，要麼人和信一起留下！」

「簡直笑話。」

沈芷寧說著，便要抽出蕭燁澤給她的佩劍。

「妳幹麼？」江檀抬手想將佩劍奪過，然架不住沈芷寧突然順勢拔出了他的劍，抵在了自己脖頸上。

「信就在我身上。」沈芷寧冷眼看著江檀，倒退幾步，將劍更深地劃向皮膚。「你要便來拿。」

「妳知道自己在做什麼嗎？」江檀眼底暗沈，覆著一層薄怒。「妳在拿妳自己威脅我？」

沈芷寧不說話，微抬下巴，眼中冷意不減。

而那柄鋒利的劍上已有血跡，方一沾染就被雨水沖刷，但江檀看得仔細，越是這般，從未有過的怒火燒灼著心口。「好，非常好！」

儘管這麼說著，但話音還未落，江檀便單手伸去，意在拿下沈芷寧手中的劍。

在他碰上之際，沈芷寧倒退一步，劍刃往肌膚靠得更深，血流得更多了，使得劍刃斑駁，劍光黯淡，甚至鼻尖都帶了些許血腥味。

「你是想要試試你奪劍奪得快，還是這把劍割斷我脖頸割得快嗎？」

昏暗雨夜下，見她雪白脖頸美麗又脆弱至極，大掌緊握就可折斷，更別提這把削鐵如泥的寒光劍，稍有不慎，她就會命喪劍下，何況是她有意為之。

這是面對死亡，可她的聲音很平靜，那雙眸子也很平靜。

而江檀不復以往淡然，那團怒火燒得他全身發痛，可真撞上了她平靜的眼神，他漸漸冷靜了下來，繼而是一陣悲涼襲來。

到底還是走到了這個地步……

他並非沒有想過如果沈芷寧知道真相後會怎麼樣，如今真到了這個時候，她未崩潰大哭，或是紅著眼要殺了他，而是如眼下這般。他說不出是什麼感覺，他甚至盼望著能在她眼中發現一點恨意。

恨意總比悔意好啊！可沒有，唯有陌生，或者說帶有悔意的陌生，剮著他每一寸皮肉。

陳沉說她怕髒了自己的手，他明白這是句假話，沈芷寧不會說出這種話來。可她不會說，未必不是這麼想，現在寧願用這柄劍朝著自己的脖子，也不朝向他，那不就是不願意髒了自己的手嗎？

江檀忽然想笑，他也確實笑了，只不過這笑非往日般溫和，而是沁著一點諷意。

夜色過暗，沈芷寧看不清他面容，雨聲過大，她也沒聽見他的那一聲嘆息，只見他拉下黑袍帽沿，遮住了半張臉，隨即上了馬。

「妳走吧。」他道：「但下次，我不會再放過妳。」

馬蹄聲遠去。

沈芷寧鬆了劍。她賭贏了。

隨後，不顧脖頸上的傷口，徑直上馬，去往蕭燁澤的方向。

第六十七章

「杜大人，陶大人又送來一封請帖！」都指揮使司的士兵飛快進府，將手中請帖呈給站在廊下的杜硯。

杜硯彷彿就在等著這封信，抖著袖子，赭色袖袍拂過請帖，他不想接偏又不得不接，只得不耐地拿進屋。「來的第三張，大人還真是說對了，今日不去也得去了。」

他們來楚州不過幾日，楚州知州便送來了三張請帖，無不是邀約相見，前兩次都給拒了，今日竟又再來一張。

「這麼迫不及待，看來京中情勢不好。」秦北霄視線還在案桌的楚州城防圖上，聲音淡淡。「也差不多是時候應他的約了。」

「為何京中情勢不好？」杜硯翻開請帖一看，唇角多了絲譏諷。「居然還是請你去操練場看練兵，真把人當傻子！」

「陶元勛把人困在楚州，要的不就是殺人滅口。」秦北霄輕掃了一眼杜硯手中的請帖，眼底嘲意漸起。「再不快點把我等解決，京內見不著我等回京，還會派遣兵衛過來，那時下手更難，所以可不就是京中情勢不好？」

說罷，秦北霄接過那請帖，展開看了一眼後。「好一個練兵場，刀劍無眼，到時候死人了權當意外，他倒想得妙。」

看罷，未合上，便隨意撕了。秦北霄繼續看城防圖，指著東南城門道：「以寧州永安軍的行軍速度，最晚亥時至楚州岐山。在亥時之前，要活擒陶元勛並問出其幕後指使。

「陶元勛這個人，外強中乾、懦弱無能，不難逼問。可楚州都護徐策還有點腦子，兩個人在同一條船上，陶元勛若出事，他必出兵，在那時，我等得有一戰之力，否則撐不到寧州的援軍。最次為於楚州同歸於盡，中則斬陶元勛首級出城回京，上要活擒陶元勛與徐策，引楚州軍至岐山，屆時憑地勢高低與寧州軍，可試試一網打盡。」

杜硯面色譏諷散了幾分，明知今日乃生死之戰，可聽秦北霄這一番話，被困於楚州多日的鬱悶竟一掃而光，大笑道：「那自是上為最佳！」

午後天色陰沈，烏雲壓得極低，似隨時都會有場暴雨來臨。

儘管如此，陶元勛依舊派人來請秦北霄前往操練場。

到了操練場，陶元勛看著秦北霄身後的都指揮使司的士兵，皮笑肉不笑道：「傳言秦都指揮使傷了手，不會武，可就算不會武，也不用這麼多士兵保護吧？」

「陶大人會武，身後的士兵也不少。」在秦北霄一旁的杜硯，掃了一眼偌大操練場烏壓壓的士兵。「這架勢，說好聽點是請我們都指揮使司指導操練，不知道的，還以為要做些什麼呢！」

說罷，杜硯將撕成兩片的請帖扔給了陶元勛。「陶大人，下回請帖寫清楚些，免得讓人誤會。」

杜硯的聲音尖利，還特意說出這種話，根本就是讓人生生堵著那一口氣，還有那撕成兩半的請帖……

陶元勛氣得臉色鐵青。「杜硯，你不過就是個太監奴才，竟敢——」

「是我不小心撕了。」秦北霄走在前頭，頭也未回，輕飄飄道：「真不好意思，陶大人。」

不小心撕了？你的手是什麼手，還能不小心撕了？撕成這樣能是不小心嗎？

陶元勛臉色更青了，陰狠地盯著秦北霄的背影。

現在如此狂妄，等下看你怎麼求饒！

眾人來到操練場看臺，臺下士兵先是集體操練一番，喊聲如雷，再是騎射、馬上槍術等個人操練，陶元勛邊看邊一直道好，哈哈大笑。「秦都指揮使，你看我知州府士兵如何，可還不錯？」

秦北霄沒回，杜硯倒是回了。「陶大人精心挑選出來的人，哪有不好的道理，若不好，今兒豈不是不能來了。」

陶元勛冷哼一聲。「本官聽不懂杜大人何意！」

杜硯唇邊揚起了一抹笑，不再多說什麼。

過了會兒，一名士兵過來道：「見過各位大人，我等聽說都指揮使司的大人武藝超群，特來請教。」

「大膽，秦大人什麼身分，怎好親自下場，你們沒半點規矩！」陶元勛出聲道。

秦北霄眼眸起笑，笑意卻未達眼底，摩挲了下自己玄鐵手套，慢慢道：「陶大人的耳朵不錯。」

「這話何意？」

「何意？」杜硯聲音更為尖利，哎喲了一聲。「無非是這人說了都指揮使司的大人，可未指名秦大人，陶大人卻心心念念想讓秦大人下場。」

陶元勛臉色黑了。

杜硯又對那士兵道：「也不知道你們從哪裡聽說的，消息如此滯後，難道不知我們大人武功廢了，哪能下場。你們要請教，不如我來。」

說著，就要摘下自己的漆紗帽。

「你一個宦官，又不是都指揮使司的，你去做什麼？」陶元勛道。

杜硯的動作一頓，看著陶元勛道：「陶大人不如直接說要我們大人下場得了，何必拐彎抹角，您不累，我們看著都累。」

「你！」陶元勛被杜硯激得氣極。

「陶大人，我若下場。」秦北霄掃了一眼天色，似笑非笑道：「你可下場啊？」

陶元勛聽見這話，喜道：「自然自然，秦大人親自下場指教，下官哪有不作陪的道理？來人，牽本官馬匹來，再給秦大人牽一匹好馬！」

只要讓秦北霄下場，什麼都好說。

陶元勛為了表示誠意，待人牽來馬匹後，他去跑了一圈才在場上喊道：「秦大人，可下來了吧？」

「當真司馬昭之心，路人皆知。」杜硯冷笑，隨即看秦北霄開始解披風。「大人您……」

這是真要下場的意思？他以為不過是虛晃的話，他自從跟隨秦北霄辦案開始從未見他與人真正動過手，他的手傷了才會戴玄鐵手套，如今這……

「接著。」秦北霄扔來披風，隨即翻身下臺。

杜硯忙接過披風，衝上前去。

秦北霄已迅疾上馬，策馬奔馳，其形、其勢，杜硯見過京都北衙六軍，也見過眾多州府下的騎兵，最驍勇善戰的都沒有他勇猛，最敏捷多變的都沒有他迅速。

雷厲馳騁於場上，似踏著天上雷鳴。

陣勢之大，陶元勛被震得心底一怵，甚至有了退縮之意，可如今已到這地步，哪有回頭的道理？

等秦北霄依他們所言，在場上騎射了兩圈後，陶元勛偷偷抬手，血弓箭手示意，很快，便下指示。

場內的士兵早已有過訓練，瞬間將本在操練的兵器朝向秦北霄的方向，弓箭手的箭頭也立即指向他。

「陶元勛這老匹夫！」

杜硯馬上下了命令，身後都指揮使司的士兵立即下場與場內士兵纏鬥在一起，弓箭手在遠處，一直不停地放箭。

可場中人速度實在太快，以破空之勢穿梭，還朝著陶元勛奔去，隨著那道身影越來越近，陶元勛的臉色也越來越白，還不停大喊：「放箭！放箭！一群廢物！」

箭如雨下，可就是沒有一支落在其身上，秦北霄飛快掠過，還強行奪過一把弓箭。

騎馬側身，拉緊弓弦，直射出三支箭。

倏地巨響——伴著雷鳴與雨點，陶元勛身旁的三名侍衛頓時從馬上摔下，空中噴出一片血珠，幾滴還落在陶元勛臉上，進了眼睛。

陣陣刺痛傳來，陶元勛又驚又怕，可還未來得及用手去揉眼睛，一根繩索已似金蛇狂舞襲來。他整個人還未反應過來，雙手已被捆著，反應過來時，人被狠狠拖拽下了馬，跌落泥地。

陶元勛開始慘叫，可慘叫不了幾聲，那些塵土都飛到了嘴裡。

他頓時想求饒，抬頭看馬上的秦北霄，他也正看著他，眼神冰冷睥睨。

陶元勛心中冷意直生，可又想到接下來徐策得知消息，肯定會帶來楚州兵，到時……於是乎，陶元勛大罵。「你這囂張賊子，等一下有你朝老子跪的時候！」

秦北霄冷聲一笑，狠狠拉扯了下捆住陶元勛的繩索，繼而抬手，陶元勛這才發現捆住自己雙手繩索的另一端就在馬上男人的手上。

「你……你……」

陶元勛驚得舌頭都捋不直了，秦北霄斜看他一眼。「在讓我跪之前，不如先嚐嚐五體投地的滋味，怎麼樣啊，陶大人！」

話音剛落，馬鞭狠極一揮，馬匹嘶鳴狂奔，陶元勛整個人被拖行在馬匹後。

除了陶元勛，其餘都指揮使司的士兵立即跟上，杜硯殺死一人後也緊跟其後，趁徐策帶兵來之前先出城去岐山。

幾列人馬以秦北霄為首飛速趕往東南城門，至中途時果不其然，後面追兵逐漸增多，有幾支還是精銳。

杜硯往後看，見為首之人正是徐策。

秦北霄未停，狠拉起陶元勛將其扔至另一匹馬上，帶手下人衝出城門。

大雨滂沱。

沈芷寧騎馬飛速尋找著蕭燁澤，未騎幾里地，山道轉彎處，就見一個人騎馬奔來。定睛一看，正是蕭燁澤在尋她。

他滿臉焦急與怒氣，見到她後，焦急與怒氣散去，又化為不知名的情緒，複雜地糅於眼中，擔心地仔仔細細將她看了一遍，最後停在她的脖頸上。「沈芷寧，妳說秦北霄見到我會不會殺了我？」

沈芷寧緊張的情緒被他這一句弄沒了，笑道：「都這個時候了，你還有心思和我開玩笑？」

「這不死裡逃生嗎？我欠妳一條命。」蕭燁澤唉聲嘆氣道：「哎，我也說認真的，我覺得秦北霄回頭定要對我發火，非但沒保護好妳，還害妳受傷了。」

「放心，若真到了那時，我肯定幫你攔著他。」沈芷寧道：「我們快走吧，其他人呢？」

「沿著山道走了，走吧！我們也跟上去。」

沈芷寧聽罷，跟著蕭燁澤立刻往山道騎去，二人不知騎了多久，雨也下得越來越大了。

這番折騰下來，沈芷寧甚感自己體力不支，整個人輕飄飄的，雨水砸在身上像是被無數石子砸中一樣疼。

又再騎了一會兒，滂沱雨聲中，聽得蕭燁澤欣喜喊道：「趕上了！」

可這話音剛落，身後又是陣陣馬蹄聲，沈芷寧頓感不妙，這會兒從身後追過來的，除了江檀他們，還能是誰？

果不其然，孟岐的聲音傳來。「休想逃！」

隨即，一支箭飛快射來，直射沈芷寧。

蕭燁澤驚恐地睜大眼睛。「沈芷寧！小心！」

可她確實沒力氣了，這會兒哪裡有體力去抵擋一個成年男人全力射出來的箭，但她還想再掙扎一下。

正打算拉緊轠繩，卻眼睜睜見另一支箭從她後方以迅雷不及掩耳之勢射出，以猛力劈開那支箭，可就算如此，孟岐殘破的兩支廢箭還是射往沈芷寧的方向，只不過目標從人變成了馬。

馬腿被刺穿之際，揚蹄嘶鳴。
沈芷寧還未反應過來，腰間就被一隻大手緊握，千鈞一髮間，整個人被摟到了熟悉的懷中。
蕭燁澤驚喜道：「秦北霄！你來了?!」
秦北霄沒空回蕭燁澤的話。將沈芷寧緊摟進懷裡，再策馬往孟岐方向，以風馳電掣之勢拔劍斬了孟岐座下之馬。
擦身而過後，孟岐猛然栽到地上，秦北霄迅速調轉馬頭而回。
沈芷寧被這一幕驚著了。
那被斬的馬還在抽搐，湧出的大量鮮紅血液與雨水、泥水混在了一起，看著更為駭人。
她下意識拉著秦北霄的手，另一隻拳頭緊張得連帶著將衣物都攥緊。
秦北霄解決了孟岐，感受到沈芷寧的心神不寧與擔憂，安撫似地拍了拍她後背，道：「我無事。」
「怎麼可能會無事……」沈芷寧開始哽咽。
今日這遭下來，哪裡是一句無事便可揭過？
還有秦北霄的手……他這番下來，豈不是要受極重的傷？
秦北霄沒再與沈芷寧多說，而是問道：「妳可有受傷，怎麼來楚州了？」

說到這處，話語頓了頓，目光定在了她雪白脖頸上的猙獰傷口，語氣微冷道：「脖子怎麼回事？誰傷的？」

說著，眼神不善地落在了旁邊的蕭燁澤身上。

平日裡秦北霄若怪他什麼，蕭燁澤總有理由反駁個幾句。可這回，他緊抿唇，繼而愧疚道：「是我的不對。」

「不怪三殿下，是我自己傷的。」沈芷寧連忙道：「回頭再跟你細講，現在我們該怎麼辦啊？江檀來了——」

沈芷寧的話還未說完。

一隊人馬從孟岐剛才過來的方向疾馳而來，勒馬停於不遠處，為首之人正是江檀，而蕭燁澤後方也傳來一道喊聲。「秦北霄！束手就擒吧！」

正是徐策的聲音。

被捆於馬上的陶元勛雖然被拖行得半死不活，可見狀，不由得欣喜若狂，聲音都大了幾分。「秦北霄！你死定了！江太傅，徐策，快些救我！救我啊！」

然而江檀連個眼神都未給他，淡淡的目光落在秦北霄懷裡的沈芷寧上，繼而與秦北霄對上視線。「好久不見。」

第六十八章

「不知說的是哪個身分的好久不見。」秦北霄輕笑一聲，沈芷寧感受到他笑得胸膛微震，可渾身上下，包括那淌著雨水的側臉，無不泛著冷意。「江太傅？還是明國六皇子江郢？」

他竟……知道了？她還未把書信給他呢。

沈芷寧驚訝抬眸，秦北霄未看她，卻安撫地捏了捏她的手。

江檀面色平靜。「下官聽不懂秦都指揮使的話，不過秦都指揮使違抗皇命，拒不回京，被我等圍堵於岐山，自覺無路可走，自殺身亡。不知這個結果，都指揮使大人可滿意？」

秦北霄薄唇邊的笑意更濃，濃重中似還帶著幾分興奮與凌厲嗜殺。

「滿意，哪有不滿意如此妥善安排的理，不過，我也有不少要跟你算的帳，今天就看閻王爺兒得住誰的命。」

秦北霄一寸寸拔出長劍，雨點落至劍刃上甚至有珠玉碰撞聲，劍光寒極，劍意凜冽，似有千萬人之勢。

江檀見他到這般地步還要拚死一搏，又見沈芷寧被他安在懷中，不知怎的，幾年下來的隱忍驟然崩塌，殺意竟也開始湧動起來。

「蕭燁澤！保護好她！」

沈芷寧聽得秦北霄一聲喊，隨即一陣凌空，還未反應過來，自己已在蕭燁澤的馬上。而眼前，二人駕馬開始纏鬥，用力之大、速度之快，長劍連續相碰後，皆是大過雨聲的「鏗鏘」一聲。

二人於馬上你來我往，招招致命，勢有將對方置於死地的想法。

江檀橫劍擋住秦北霄的一式，被震得雙掌皆麻，當下想到他右手有舊傷還能與自己打了數十個回合，冷笑道：「可惜了，你今日必葬岐山。」

說罷，抵劍一挑便刺向秦北霄。

秦北霄側身躲過，隨之，劍勢更為凌厲。「那也要先送你去見李知甫，讓你給他磕上三千響頭！」

語落，速度更快，一招一式，狠戾至極。

之前摔在地上的孟岐早已爬起，焦急看二人戰況，可越瞧，自家主子越落下風，那秦北霄像是拿命來殺主子似的。

於是乎，在秦北霄又要一劍刺過去時，孟岐命身後士兵衝上前。

蕭燁澤大驚，揮手讓自己的兵抵禦。

可前有江檀的大批人馬，後面又有徐策的楚州兵，二頭夾擊，他帶來的那點人與秦北霄帶來的那些都指揮司的侍衛根本抵擋不住。

可他記得秦北霄帶了不只這麼點人？

蕭燁澤一邊護著沈芷寧、一邊殺了衝過來的一人，腦袋裡的這一想法剛起，山下便衝來一隊人馬，為首的正是杜硯。

一時之間，雙方人馬於山道上展開大混戰。

天色昏暗至極，大雨不停地下，又有無數鮮血流淌，當下真如阿鼻地獄。

沈芷寧心驚膽戰，見死的人越來越多，不管是江檀方，還是徐策方，而秦北霄與蕭燁澤的人實在是太少了，已被圍攻得慘烈。

「信……」

沈芷寧想掏信，她本就抱有憑這封信能扭轉局面的心思來的，可如今見著徐策，他哪像受人利用，根本就是有謀反之意，藉此機會罷了。到了這局面，早已殺紅了眼，那些士兵可還會停下來聽她一句言？

蕭燁澤發現沈芷寧的不對勁，意識到她想做什麼，忙開口道：「萬不可有此想法，之前我們有此意是想著要進城好好說明白，底下士兵許還有聽得進去的，可眼下這情形，他們哪聽得進去？就算真要聽，他們不聽自己的將領徐策之言，怎會聽妳之言？」

是啊，一個是朝夕相處的將領，一個是不知來路的莫名女子，真要說，定是聽前者。

「可這樣下去情況不行。」沈芷寧焦急道：「秦北霄撐不了多久了，他有舊傷，他們又都是衝著他去的，等等若……」

沈芷寧說都不敢往下說了，眼眶不禁泛紅，於混亂中尋找秦北霄的身影。

蕭燁澤也知情況很不好，眼下己方人數少，又無援軍，簡直叫天不應，叫地不靈。可能怎麼辦？只能拚了這條命殺出重圍。

「妳放心，沈芷寧——」

蕭燁澤話音還未落，突然感到陣陣馬蹄傳來，這震地的架勢，恐怕不只是一支人馬，而是數支人馬狂奔。

難不成又是江檀的幫手？老天真要絕人之路嗎？

蕭燁澤絕望之意頓起。

在混戰中的眾人也察覺到這動靜，很快，猶未反應過來，數支人馬已疾馳而來，最快的那支飛快穿過混戰，硬生生截斷戰場。

為首之將領姓陳名肅，勒馬於秦北霄前，翻身下馬道：「屬下來遲了，請大人恕罪！」

這是寧州軍！

幾近瞬間，寧州軍將混戰人馬團團圍住，圍得裡三層、外三層，可見人數眾多，完全是做足準備才來的。

江檀見狀，哪裡不明白局勢瞬間轉變，面色陰沈道：「你是故意的。」故意來楚州，故意進圈套，故意來此一戰，實則早派遣人去寧州通知都府，今日必要趕來楚州相助。

「李知甫之案，你特意設計引我入套，怎沒有想過今日有此變數？」秦北霄揮手讓陳肅起身，冷聲道：「或許我真是命不該絕，六皇子，你說呢？」

江檀平靜至極，放眼望去，皆是烏壓壓一片，外層全是寧州軍。今日哪還有活路，就算有那活路……他也不想再走了。

「成王敗寇，沒什麼好說的。」江檀淡聲道：「既有開始的一日，自然也有結束之時，算來算去，不過是算進了自己的命，也好。」

說罷，視線移至手中那沾滿鮮血的長劍上，目光堅定後，便要以劍自刎。

「噹！」

秦北霄立即挑開了那柄劍。

孟岐悲涼絕望跪於地，憑著忠心喊道：「殿下，殿下，不可啊，屬下護您出去，萬不可斷送於此！」

江檀未理孟岐，眼神空洞，看向秦北霄道：「你又是何意？」

秦北霄沒說話，揮手讓陳肅捆了江檀，即刻帶回京都收押。
徐策等人見情形如此，也無奈投降，一時之間，落地的兵器聲不停。
江檀被捆綁著經過沈芷寧與蕭燁澤，那平靜的面容微動，抬眸對著沈芷寧與蕭燁澤輕聲道：「對不起。」
李知甫的事，對不起。害她與秦北霄決裂，對不起。還有許許多多，數不清、道不明的事，他對不起他們的太多了。
沈芷寧沒聽見這三個字，可卻看清楚了他的口型，一時之間，無數情緒湧上心頭。她翻身下馬，紅著眼眶踉蹌上前，抬手想狠狠給他一巴掌，可到底沒打下去，而是哽咽道：「你……」
她竟不知該說什麼，可感覺又有不少的話，是作為好友的身分，想罵他、斥責他，可話到嘴邊，卻說不出口了。
蕭燁澤嘆了口氣，撇過頭，什麼都未說。
江檀被押著走了，蕭燁澤才慢慢道：「再過幾日，好像是他的生辰，我還記得當年我們在西園給他過生辰。」
祝他金榜題名，萬事如意，前路皆知己，且天上人間，盡展笑顏。
全都未如願。

他不是江檀，而是江郢；他不是他們的知己好友，而是明朝的六皇子；他算計了他們所有人，害死了他們最敬愛的先生。

「阿寧。」

沈芷寧轉身。

秦北霄在後頭，他渾身都是血，那雙手就如三年前那般，抖得厲害，可見她的視線看過來，還是試圖遮藏在後，淡淡道：「我們走吧。」

她心口本就壓著一股酸澀苦痛，如此一來更為強烈，無數的情緒席捲全身，跑到秦北霄懷裡，埋在他胸前，眼淚不受控制地流下，悶著聲哭，邊哭還要去牽他的手、緊拽他的衣物。

秦北霄嘆了口氣，撫著她的髮，薄唇貼向她耳畔道：「好了好了，都過去了，江檀的事身分使然，到底無法改變，妳也莫擔心我的身子，我心裡有數，不哭了。」

在不遠處的杜硯正打算把染血的漆紗帽摘下，聽見女子的哭聲，被吸引了注意力。

特別是還看見秦北霄走過去輕聲安慰沈芷寧的那柔情勁。

杜硯下意識挑眉，眼中多了十分的新奇與興致。

自從秦北霄向陛下要他一起辦案起，差不多兩、三年，他也摸清這位的脾性了。

說好的，自然說也說不完，比如辦案行事作風那真是雷厲風行、說一不二，能力實乃靖朝前後幾任都指揮使最為出眾的一位。

說差的，到底也是個人，是個人總有缺點，比如那脾氣可謂是臭，那性子又是極其的孤傲冷漠，根本沒有幾個放在眼裡的人，有時候看人，那眼睛都快在天上了。他身在官場，這些都不是好詞。

可不管好壞，杜硯都一一見識過了，卻是從未瞧見過眼前這樣的秦北霄。

原來再冷硬的人，還有這樣的一面啊！

秦北霄的話說完，杜硯上前道：「秦大人，您身上有傷，得請個大夫看看，就先在楚州停留一晚歇息，那江檀便由我今夜親自押回京。」

秦北霄嗯了聲，杜硯辦事他是放心的。

沈芷寧胡亂擦了眼淚，側過臉衝杜硯感激一笑。「那就多謝這位大人——咦？」

之前在一片混亂中，她沒看清他的樣子，可現在走近了，她才發現這是杜硯吧？肯定是他，方才他與秦北霄說話的聲音很尖利，在秦北霄身邊的，除了他也沒有誰了。

沈芷寧回想起上一世，她見過杜硯的那一面，還是杜硯聽秦北霄的話給她送銀子的，她對他印象不錯，有些事沒有變，杜硯到底跟著秦北霄了。

念及此，沈芷寧聲音都輕快了些。「你是杜大人吧？多謝杜大人。」

杜硯一愣，點頭。「我確實姓杜，不過姑娘用不著道謝，這都是我應該做的。」

杜硯剛說完，秦北霄突然出聲，聲音沈悶細小。

但沈芷寧還是聽見了，臉色一下慌了，連忙扶住秦北霄。「很疼是不是？我們趕緊去找大夫瞧瞧，耽誤不得。杜大人，回京有緣再見。」

說罷，便扶著秦北霄走了。

杜硯突然感覺到有什麼不對勁，再抬頭看，撞上了秦北霄回頭的眼神，那眼神上上下下不善地將他審視了一遍，最後才轉過身子，彷彿很虛弱的樣子。

杜硯很是憋屈。

說實在話，他也不知道這位姑娘怎麼知道他叫什麼，語氣還似乎很熟悉，難不成他這些年來跟著秦北霄辦案子，辦出名聲來了嗎？平日裡回宮也沒見周遭人對他有什麼好的待遇啊！真是奇了怪了……

大隊人馬回到楚州城。

蕭燁澤去處理剩下的事，秦北霄與沈芷寧回了之前都指揮司住的地方。

回城的路上差了人快馬加鞭請楚州城的名醫，到時，已有六、七名大夫在屋內等著。

沈芷寧將秦北霄扶上床後，先去見了那幾名大夫。

「我家大人情況特殊。少年時上陣殺敵，有過大大小小的傷，未有調養又被折磨許久，還傷了右手經脈，落了個體寒的毛病，後來好生調養也不見好。我不懂醫，只能將我知道的與各位大夫說清楚，大人的手、背、右胸處還請細心瞧看，辛苦各位了。」

說罷，沈芷寧向那幾名大夫誠懇地行了個禮。

這幾個大夫來之前知道是京都來的都指揮使受傷，雖是大半夜，本就不敢有怨言，可到此處後，見這小女子如此真誠有禮，有什麼怨言也都散了。

「姑娘客氣了。」

「我等定當竭力。」

眾人進內屋給秦北霄醫治，沈芷寧本想隨著進去，但腳步微頓，還是停在了原地。

秦北霄應當不會想讓她進去，吳州那次也是這樣。

若她進去，恐怕醫治過程中，他就算疼得渾身發汗都不會吭一聲，身子已經難受得緊，再死憋著來這麼一遭，怎麼都不會舒服。

於是沈芷寧在外站著聽，裡屋大夫把脈、問脈，秦北霄都一一回答，聲音聽著極輕、極虛弱，一口氣就沒有吐全的。

所以之前在岐山，還安慰她說沒事，明明很嚴重。

大夫們輕聲討論，最後由最老的那位寫方子，其餘幾位抓藥、熬藥，熬了一碗濃黑的藥，冒著熱氣端上來打算進裡屋給秦北霄喝。

「我來吧。」沈芷寧接過，問幾位大夫。「下半夜我守著，其餘還有什麼需要做的，各位大夫盡可告訴我。」

也好，他們幾個都是老骨頭了，實在熬不了大夜，於是將接下來要喝幾帖藥，有什麼注意事項都一一告知，便離開了。

第六十九章

沈芷寧端藥進裡屋，見秦北霄半靠在架子床上，頭微微倚在一側。他面色慘白，無一點血色，額上覆著一層薄汗，緊閉著眼，皺著雙眉，上半身包著不少白紗布，連帶著整隻右臂與手，就這麼垂在床畔。

沈芷寧哽著一口酸澀在心頭，朝天上眨巴了幾下眼，把淚憋回去。她輕手輕腳走到床邊，還未坐下，秦北霄已警覺地睜開眼。

「是我。」沈芷寧輕笑，可笑容突然一滯，低著頭將藥放在一旁案桌。

原來剛才在裡屋門口看見的他，被昏黃燈火照著，臉色反倒顯得好，現在看來，簡直……

沈芷寧手指摳著掌心，忍著不讓自己的眼淚掉下來，輕吸一口氣道：「藥燙，放著涼會兒，我幫你先擦擦汗。」

說著，她熟練地將架子上的帕巾取下，放入臉盆內浸濕徹底，然後揉搓幾遍，拿起擰乾，再展開弄平整。

正打算擦秦北霄的額頭，他突然低聲道：「三年來妳就是這麼伺候余氏的。」

他的話雖在問，可語氣肯定。
沈芷寧坐在床邊，撞上他的眼神，他的眼神複雜至極，沈芷寧避開道：「偶爾太師母病了，我就貼身伺候，其餘時候哪用得上我？」
「恐怕一病就是幾個月。」秦北霄冷聲道，可他身子虛弱，這般說話，居然還咳嗽了幾聲。
「哪像你說的這般嚴重。」沈芷寧急著撫了撫秦北霄的胸口，讓他順著點氣。「再說了，都是過去的事了，誰還惦記著過去的日子，你怎的還動氣起來？」
「我惦記——」
沈芷寧俯身，貼上他的薄唇，溫熱舔舐幾下又輕啄了一口，紅著耳朵道：「別動氣了。」
秦北霄眼底凝起暗色。她耳畔連著頰面處都染上了一層粉紅，襯得嬌容更為誘人，那雙美眸就這麼直勾勾地看著他，他視線往下，櫻唇還泛著水光，許是她的、也許是自己的……
秦北霄禁不住抬手用指腹摩挲著她唇上的水。
男人的手常年練武，有些粗糙，就這麼碰上她柔嫩的唇。
沈芷寧略微一縮，未想到激起了他的興致，開始捏著下巴，使她動彈不得。
這個時候他湊過來，薄唇離她的唇瓣僅咫尺之隔，卻不親她，呼吸聲微沈，弄得沈芷寧心頭發癢，再聽他低低地道：「再親親我？」

似被他哄著，也是自己意亂情迷之下，碰上了他的唇角，碰一下即離。

離開的那一瞬間，秦北霄單手扣住她後腦，半個手掌撫著她雪白的後頸，侵略性極強地撬開她的唇舌。

他的氣息瞬間充斥口中，縈繞包裹著她，沈芷寧身子漸軟……

手不自覺摸上秦北霄的頰面，摸到了他的點點汗意，她回過神來輕推著他。「停……停一下，還沒擦汗，你藥也未喝。」說著，又起身把帕巾重新洗了一遍。

秦北霄抿唇，眼神慵懶卻帶了絲不饜足，慢慢靠回了原來的位置。

沈芷寧這回總算擦上了，擦好後，藥也差不多可以喝了，秦北霄接過便一碗飲盡，眉頭都未皺一下，將空碗遞給沈芷寧道：「妳還未與我說，妳與蕭燁澤怎麼來楚州了？」

沈芷寧接過空碗。「說來話長，我現在在這裡都覺得有些不太真實……」沈芷寧從那天見到沈嘉婉開始說起，從裴延世說到陳沉，大致情況都與秦北霄說了個大概。

但其中特意隱去了江檀未殺她的小細節，可秦北霄偏就扣出了這點。「江檀帶的人足以擒住你們二人，卻讓你們逃了，他有意放過你們。」

沈芷寧視線飄向別處。

秦北霄頓了頓，聲音都暗沈了些。「是不是我得換句話說，他有意放過了妳。」

「這傷……」秦北霄兩根手指隨意地搭在沈芷寧脖頸處的地方，那裡已被大夫包紮好，他輕點兩下，抬頭淡聲道：「是妳拿自己威脅了他。」

說得彷彿就在現場瞧見似的。

沈芷寧聽他說到這兒，也不掩藏了，開口道：「當時除了我和他，就只有我和他的兩匹馬，你告訴我，『你』是哪匹馬？」

「還有心情玩笑！」秦北霄輕彈了下沈芷寧額頭，視線卻一直在她的傷口處，平靜道：「我知妳心裡有數，我也不想干涉妳的行事，但莫要有衝動的時候，那時想想我，沒了妳，妳讓我怎麼活。」

波瀾不驚的語氣說出了「波瀾壯闊」的話。

沈芷寧懷疑他在用語氣掩飾自己的心情，忍不住甜笑，蹭了蹭秦北霄的臉說道：「我知道了、我知道了。」

秦北霄突然來了一句。「還有，杜硯把人押送完就會回宮。」

這話有點莫名其妙，沈芷寧後來離開秦北霄的屋子時還不懂這是什麼意思。

睡前又想了一通，終於想明白了。

於是乎，她卷起被子在床上打滾偷笑，心裡暗嘆：好一個大醋罈子啊！

休整一晚，秦北霄等人啟程回京，在杜硯後腳回到京都。

雖不過是前後腳，但回到京都之時，整個朝野已掀起軒然大波。

哪個在朝官員想過這麼荒唐的事？而這麼荒唐的事偏就發生了，且在靖國布局之廣，時間之久，聞所未聞、見所未見。

在這長達幾十年的布局中，靖國不知多少機密被洩露、多少官員被腐蝕，這事牽扯的案子之大，涉案的人員之多，簡直令人瞠目結舌。

此案甚至令人不敢相信到，無數官臣在朝堂上據理力爭，爭得面紅耳赤，眾臣都不敢相信居然在靖國、在京都、在皇城，在他們的眼皮子底下，他國之人滲入靖國之深，還有靖國不少官員聯合起來暗地布局，盼著整個靖國垮了！

真正看到實實在在的犯人與證據擺在面前，朝中不少老臣涕淚橫流，哀號悲呼「臣有罪」。激烈之時，還當場撞死了幾個，至於是心底有鬼還是真心愧對，那就不得而知了。

秦北霄一回京，之前誣陷他的事也清楚明瞭，他先將李知甫的案子處理完畢，再受皇命處理接下來的事，眼下這番，整個京都乃至整個靖國才算真正見識到了他的雷霆手段。

以至於數十年後，在朝的幾位閣老回想前首輔年輕時候的此事，還不住唏噓。

御書房裡，靖安帝看完了秦北霄遞上來的奏摺，不禁龍顏大悅，大笑著連道三聲。

「好！」

奏摺裡皆是近日來的成果，包括與江檀有關的首輔薛義山等派系一一被拔除，趁眾臣人人戰戰兢兢、風聲鶴唳之時，安下人馬以備之後推行新政，一切都往欣欣向榮的方向發展。

靖安帝與秦北霄又商討了不少新政的內容，臨近談話結尾，秦北霄道：「微臣想向陛下討一個恩典。」

「什麼討不討的，你想要什麼，儘管與朕說！」靖安帝說罷又笑道：「看來可不是件小事，不然你這小子自個兒就撒手去幹了，還來討什麼恩典？快說來聽聽。」

「微臣心悅一女子，想向陛下求一道賜婚聖旨。」

靖安帝本還坐著，聽到這話，立即站起身來，走路都帶著一陣風地到秦北霄面前，驚喜道：「賜婚聖旨好說，好說！你要的話朕現在就給你寫，不過朕之前說要給你相看，你一口拒絕，說沒那工夫、沒那心思，現在是有這心思了？與朕說說，是哪家的姑娘啊？」

「三年前，臣在吳州沈家西園進學，那姑娘就是沈家的五小姐。」

「朕記得，你三年前確實在吳州待過，沈家朕也記得，戶部新上任的那個員外郎不就是吳州沈家的？叫什麼……叫，哦，沈淵況，是不是？」

「正是沈大人的千金。」

「好得很、好得很，你特地跑來求聖旨，可見是喜歡得緊。你今兒來，朕還尋思著時候不對啊！恐怕上奏不過是個幌子，現在說的才是正事吧？」

「臣是想，陛下高興，臣也高興，豈不兩全其美？」

聽秦北霄這麼爽快地把事承認下來，靖安帝更樂道：「你小子也不掩飾掩飾，不知沈淵養出來什麼樣的千金，竟把你治得服服貼貼的，心甘情願費這心思來宮裡求旨，朕越想越好奇，下回有機會定要見見。」

說完這話，靖安帝回到案前，提筆寫字。「朕先給你寫好。之前朕打算，你若成婚，朕也添一份禮，所以這旨還得過禮部，你放心，不過是走程序，很快便下來。」

蓋好玉璽後，靖安帝看著聖旨，萬般情緒上湧，嘆了口氣道：「成婚啊！你也該成婚了，像你這般的兒郎早些定下來的，孩子指不定都滿月了，若你父親還在……唉，是朕對不起你父親，更對不起你。」

當年秦擎出事落獄，他身為皇帝竟無能力去救他，害得秦北霄喪父，現在竟無長輩可讓他依靠。

至於秦家那些叔伯，就是群吃人不吐骨頭的東西，與秦擎又有舊怨，若非秦北霄這小子有鐵腕手段，恐怕早就被生吞活剝。現在回過頭來想也是諷刺，戰場上受的傷未傷他根本，在族中被折磨的傷卻動了根本，比如這傷了的右手……唉。

靖安帝想了想，道：「到時候讓禮部定個良辰吉日，把婚事辦了。」

秦北霄一怔。「這臣子的婚禮……」

臣子的婚禮怎的還要禮部定日子？

靖安帝笑道：「由朕來主婚，自然要過禮部那一步。」

秦北霄從御書房出來，等了許久的杜硯上前，臉色多了一絲沈重。「秦大人，江檀……死了。」

秦北霄眼神暗沈，立即前往都指揮司的大牢。

「兵衛一來消息，我就趕緊來見你。他是服毒自殺身亡，也不知哪裡來的毒藥，那兵衛說根本來不及阻止，一吞服，人掙扎了一陣就沒了。」

到了大牢，杜硯一邊跟在秦北霄身後、一邊說道：「會不會是有人害——」

「看過屍體再說。」

江檀的那間牢房已有不少人，見秦北霄與杜硯來了皆一一喊道：「秦大人、杜大人。」

秦北霄未回，專注於江檀的屍體。

確實死了。用的還是明國的赤雪毒藥，毒發之時冰火兩重天、生不如死，恐怕用的劑量不少，死前遭受的折磨非人可想像，可他卻眉頭半點未皺、甚至帶了點解脫之意，是心甘情願赴死。

「秦大人，他手裡還握著東西。」杜硯在旁突然道。

是了，江檀的衣袖雖遮著，但可見拳頭緊握。

杜硯上前費力將其掰開，見到貼著手心的東西，一愣。「這是什麼？」

一個舊小布袋，花紋被歲月磨去了不少痕跡，但主人似乎保存良好，依稀可見上面的蜈蚣、蠍子等圖案。

秦北霄看著它沈默半晌，開口道：「是五毒符袋，江南等地過端午時，香市裡會販賣。」

秦北霄拿著它，對杜硯道：「看好屍首，我去請道旨意。」

沈芷寧從楚州回京之後，便被沈氏夫婦禁足家中。

沈淵況與陸氏哪想得到她這女兒家家這般膽大，還跑去楚州混跡了。

沈淵況與陸氏本以為她不過就是去送個信，結果這案子鬧得整個靖國上下轟動，他們夫婦倆也圖個好奇便問了事情經過。

沈芷寧一下子把話說全了，誰知道爹爹越聽面色越凝重，最後聽完便禁了她的足。

「我可不是搬起石頭砸自己的腳嗎？」沈芷寧下筆都用力了些，墨水一下子暈開了，嘆氣將廢紙揉成一團，丟至一旁。

在旁的雲珠笑道：「可老爺雖是這麼說，外客上門要見妳，老爺是從來沒阻止過的。」

「好啊，雲珠，現在說話也學會拐彎抹角這一套了，不知道跟誰學的。」沈芷寧道：「要說秦北霄就直說大名，難不成我還會吃了妳不成。」

說完這話，有小丫鬟來通報。「小姐，秦大人到堂內了。」

「這麼晚了……」沈芷寧一愣，秦北霄向來不會這麼晚登門打擾，至於偷偷進她閨房就另說了，現在這個點……恐怕出了什麼事。

她放下筆趕過去，見秦北霄站在堂內，身上的官服都未脫。

沈芷寧走近，還聞到了一股輕微的氣味。

這股陰冷潮濕甚至還帶了點血氣的味……他去大牢了，他已不用親自審問犯人，就算審問也不會立刻趕來，除非牢裡有人出事，而且這人秦北霄認為得讓她知道。

沈芷寧問道：「江檀出事了？」

秦北霄嗯了一聲。「他自己服了毒身亡，我剛開始聽到消息，也差點以為跟杜硯的說法一樣，是不是有人下毒殺他，但看到屍首……」

說到這兒，秦北霄沒再繼續說下去。

「對他來說，死亡算是解脫了。」沈芷寧低聲道。

「還有一件東西。」秦北霄從袖中掏出。「他死前握在手裡，我看與當年我們去香市看到的符袋很相似，便拿過來給妳瞧瞧。」

沈芷寧看到秦北霄掌心的那五毒符袋，頓時酸澀湧上，想說什麼，卻又不知說什麼，話全哽在喉間，眼眶漸漸泛紅。

秦北霄嘆了口氣，將人輕摟入懷，撫著她長髮道：「他身分特殊，想來最惦記的是回故土。我已請皇命，由孟岐把屍首護送回去了，蕭燁澤送到城門外，而陳沉不願送，那也不強求。」

沈芷寧泛紅的眼睛多了幾分詫異。「他這等身分，還揹負萬罪，陛下居然同意……」

「沒什麼好不同意的。人已經死了，不少人也看見了。人活著的時候自然對他千恨萬恨，死了卻不在乎他的屍體如何處置。」

「我以為你會……」

「恨他？我確實恨極了他。」秦北霄大手撫上沈芷寧的耳珠，輕輕一捏。「難道妳不恨嗎？」

沈芷寧沈默半晌，點頭。「恨。」

恨是恨的，但很矛盾。尤其知曉江檀的身分時，她也能理解他在其中為難的煎熬，雖感到恨，卻也不由自主為他的處境感到悲涼。

但秦北霄不會矛盾，他確實恨極了，可還是為江檀請了旨。

他在顧及誰？無非是她了。

沈芷寧將頭埋得更深。

秦北霄感受到沈芷寧抱他抱得更緊，於是乎，頰面貼上了她的額，又側過頭輕吻了她一下。

「怎麼了？」

「沒什麼。」沈芷寧悶著聲道：「就是想你了。」

第七十章

賜婚聖旨很快過了禮部，消息也開始傳播。

原來不僅僅賜婚，陛下竟是要親自主婚。

聖旨頒下未多久，禮部受命一道將問名與納吉兩禮負責了，待男女雙方八字占卜後取個好兆頭，秦家便上門送聘禮。

秦家的唱禮人從早晨唱到黃昏，可謂京城的獨一份。次日，宮裡還以皇帝與皇后的名義送來了不少禮，又引起了不小轟動。

這邊，禮部精挑細選了個好日子，定於剛入冬的第一個良辰吉日。

決定好後，秦、沈兩家廣發請帖，吳州老家沈老夫人等人也都趕來京都，在成親前幾日到了沈家。此時的沈家已是張燈結綵，大致都準備完畢了。

「老姊姊，之前寫了多少封信讓妳來，妳回回推辭，妹妹我想見妳一面都難啊！好在有芷寧成親這事，終於把妳這尊大佛請來了。」齊老夫人一邊說，邊在鄭氏的攙扶下，與沈老夫人一道去沈芷寧的院子。

「話裡話外戴高帽子，邊戴邊當著面編排我，該打。」沈老夫人依舊那般不苟言笑的樣子，可這兩日喜慶，她眼角細紋裡也帶了點笑意。

「婆母這話說的，芷寧成親，姑媽哪有不來的理？您愛聽戲、姑媽喜吃齋唸佛，之前姑媽要是真來了，拉著您一道，您指不定還渾身不得勁了。」鄭氏在旁說道。

周圍的陸氏等人都掩面笑著。

齊老夫人佯裝繃起臉道：「就妳多嘴。」

沈老夫人眼角的笑意更深。「好了，今兒個怎麼沒見妳那小孫女？我記得是叫沅君？」

「是叫沅君，哎喲！姑媽您是不知道她，她哪待得住？早就跑到她表姊屋子裡頭了。」

鄭氏說著，餘光瞥見遠處有人過來，捏著帕子指道：「瞧瞧，混丫頭出來了。」

齊沅君與沈芷寧一道出來，沈芷寧一見為首的沈老夫人，馬上奔了過去。「祖母！」

她奔得快、奔得急，到沈老夫人跟前差點摔了一跤，沈老夫人連忙牽過沈芷寧的手。

「都快成親了，怎的還毛毛躁躁的？這孩子，摔著沒有？」

「沒有、沒有。」沈芷寧目不轉睛地看著沈老夫人，分別幾月，不似以前一直在祖母身邊，總覺得祖母髮上又多了幾根白絲，臉上又多了幾條細紋，如此想著，眼眶不禁泛紅。

「祖母。」

沈老夫人上上下下仔細瞧了沈芷寧，平日裡語氣總是無甚情緒，這會兒不自覺軟下來。

「瘦了。」蒼老的手拍了拍她的手，似是安慰她莫哭，道：「走吧，先去妳院子。」

陸氏也道：「是，坐下再說，老夫人這一路過來也累了。」

於是一行人到了正堂。

沈老夫人進院子時便已留意，坐下來時更是了然於心，輕問沈芷寧。「妳這院子，是有隔壁那位的手筆？」

沈芷寧眼微微睜大。「祖母怎麼知道？」

沈老夫人未回答這句話，語氣雖淡。但眼神中多了一分狡黠道：「那妳的閨房，也應該與老宅的差不多吧？」

沈芷寧輕輕「啊」了一聲，本來想再接著問祖母怎麼會知道，畢竟祖母才剛到她院裡來，還未去過她房間呢！

但轉念一想，耳根子瞬間變得通紅。

以前在吳州時，秦北霄從未正大光明進入她的閨房過，又是怎麼把她的閨房規劃得與吳州老宅差不多呢？那就是他絕對偷偷進去過。

這事居然就這麼被祖母發現了，這真是……

「下回見著人，我可得好好說說他。」沈老夫人故意道。

沈芷寧以為祖母生氣了，忙道：「祖母，他也不是故意的，那會兒我心情——祖母，您騙我。」

沈芷寧說到一半，才發現沈老夫人眉眼間溢出來的絲絲笑意。

「老姊姊，別和芷寧說悄悄話了，咱們還有正事呢。」齊老夫人與陸氏先說了會兒話，見沈老夫人與沈芷寧還聊著，出聲笑道。

「瞧我這記性。」沈老夫人道。

沈芷寧聽這話，疑惑齊老夫人說的什麼正事，沈老夫人已喊了下人進來，一個個都捧箱端盤，原來是齊家與沈家其他幾房送來的禮。

一一拿進來，齊老夫人說了一些寓意與吉祥話，屋子裡一片歡笑。

完事後，大夥兒都明白沈老夫人的心思，讓她們祖孫倆單獨說說話，便先離開了。

「這些，是當年出嫁時妳曾祖父母給我的嫁妝，除了這嫁妝，還有妳幾位舅老爺在妳祖父去世後，怕我晚年淒慘，又雜七雜八添的幾家鋪子與田地。」沈老夫人從箱匣裡取出厚厚的一疊書契，清數著，淡聲道：「主要擔心妳父親兄弟幾個不孝順，才添了這般多，實則哪需要？妳大伯、二伯還有妳父親雖不是我親生，孝順還是孝順的。這些，妳都收著。」

「祖母，我不能要。」沈芷寧忙道：「爹爹、娘親已經給我添置了嫁妝，那些聘禮也都讓我帶過去，夠多了，我怎麼還能要您的？」

「孩子，聽我說，這些書契要麼是京都的鋪子與田地，又或是京郊的宅子、山林，我人在吳州，常年還得派人去管著，如今我年紀大了，就算有那心思也沒那精力了，不如交到妳手上，我放心。」

沈芷寧沈默半晌，還是將那些書契放回了小箱匣內，慢慢道：「祖母您這麼說，我自然會幫您管著。只是，我想您要不搬回京都吧。之前住在吳州，是因著祖父致仕，您才隨著一道過去，但吳州並非您從小長大的地方，齊家在京都，舅老爺們也都在京都，您也是在京都長大的，這裡的所有您都熟悉，不如搬回來，住在這裡，我也在隔壁，好隨時過來看看您。」

沈老夫人微皺眉，道：「這怎麼行？」

「並非不行，只是大伯他們還有祖母您沒有想過。現在大伯也調離了吳州，仕途若沒什麼意外，接下來定也要進京任職，屆時大伯與爹爹都來京都，二伯的生意重心雖在江南，但吳州已無人照應，今後發展也會逐漸轉移，到時難道祖母還要一人留在吳州嗎？就算祖母想要一人留在吳州，恐怕兩位伯父與爹爹都不肯。不如趁著此次機會，祖母乾脆搬回來吧。」

沈芷寧說著，給沈老夫人捏起肩來。「到時，祖母與齊老夫人、顧老夫人想什麼時候見面便什麼時候見面，哪還需要什麼書信往來，得一、兩個月才有個音訊呢。您平日裡串串門子，約上齊老夫人她們一道去廟裡，回府裡了還可見著我，到時候我給您捏肩捶腿，可不比您底下的小丫鬟強？我捶起來可有勁了呢。」

說著，沈芷寧還揚了揚小拳頭。

沈老夫人哎喲一聲，戲謔地看著自己這孫女。「還給我捏肩捶腿呢！怕是隔壁不肯。不過妳說的，祖母確實要好好考慮了。」

沈芷寧聽這話，就知祖母有心動之意，直道好。

沈老夫人細細看著沈芷寧，一向平靜淡然的眼神中多了幾分悵然。「居然就要嫁人了，怎麼瞧都不像是個要嫁人的，不還是個孩子嗎？」

沈芷寧酸澀之意頓起，用玩笑掩著淚意道：「祖母出嫁時也跟我差不多歲數呀！」

「這倒是。」沈老夫人嘆了口氣。「但妳始終還是個孩子啊。」

說完這話，沈老夫人停頓了一下道：「來之前我心裡沒底，當年你們在西園時關係確實不錯，鬧得是沸沸揚揚，妳可曉得？」

提及此事，沈芷寧臉微微一紅。

「當時我都能聽上幾嘴，也是妳二伯母話多，有事沒事便要來編排幾句，想那個時候他心裡確實惦記著妳，但這些年過去，他如今身居高位，浮沈於世有多少誘惑，少年時期的情愫可會一直放在心中？那點情愫又可會支撐到現在以及將來的婚姻？還是僅僅因為未有圓滿結局而生出的遺憾與執著？我又想著，這是御賜的婚事，妳要是真想通了這些，他並非良人，也沒辦法推辭，又該如何？」

沈芷寧怔怔地看著沈老夫人、她年邁的祖母。銀絲滿頭。聽聞旨意的多少個深夜，是否都在輾轉反側思慮她的事？

「然而我方才一進妳這院子，心裡就有底了，他確實對妳上心，還不是一般無二的，轉念一想，這御賜的婚事，下來得這般快、這般急，而且我還聽說，陛下還要親自主婚，這哪像沒有他的手筆在？我是該放心了。」

說到最後一句話，沈老夫人釋懷著嘆氣。

沈芷寧頭枕在沈老夫人的膝蓋上，紅了眼眶道：「祖母，我定會好好的。」

沈老夫人輕撫著沈芷寧的髮，黃昏的餘暉照在祖孫二人身上，像是籠上一層淡淡的光圈，溫柔恬靜。

三日後，沈家派了嬤嬤與丫鬟們前去秦家鋪床。隔日，秦家送來了催妝禮。

到了成親當日，沈芷寧天還未亮便被拉起來梳妝，一大群丫鬟、婆子，還有齊、沈二家的女眷圍著，整個屋子前所未有的熱鬧，換上喜服，等待吉時。

到了吉時，陸氏給沈芷寧蓋上一張金紅帕，領著她出了沈府。

沈府門口比裡頭更要喧譁熱鬧，她在一片鑼鼓聲中被陸氏牽著，隨後紅蓋頭下出現了一雙男子的靴子，自己的手也被一隻熟悉的大手緊牽了過去，上了八抬大轎。

秦、沈兩家距離太近，於是迎親隊伍乾脆直接繞了半個京都，再到秦家。

由於陛下親自主婚，禮部接手了一部分親事的操辦，聽說陛下私下還吩咐就按皇子的規格來辦，所以禮儀更為繁複，接下來，便是秦北霄一直牽著她的手過了所有複雜的禮節。

跨火盆、拜堂、撒帳、結髮、喝合巹酒。

至此，禮成。

「我去招待客人一會兒，禮服沈重。」秦北霄將沈芷寧頭上十幾斤重的珠冠拿下，輕按著她脖頸邊和她道：「我讓人另外給妳備了一套衣物，妳換上那套。」

沈芷寧好奇地看著秦北霄。「你準備了什麼衣物？」

秦北霄不答，眼神深沈，離屋前又說了句。「我很快回來。」

秦北霄走後，他身旁的小廝端著一蓋了紅布的托盤進來，雲珠上前掀開一看，驚訝出聲。「小姐，是騎射裝，怎麼要換上騎射裝啊？」

是一套精心準備的騎射裝，樣式還頗為別致，也極合她的尺寸。

沈芷寧也很疑惑秦北霄為何新婚之夜讓她換上這騎射裝，難不成……他有這癖好？雖是這般想著，但她還是將妝髮卸下，換上了這套颯爽的騎射裝，換好沒多久，秦北霄便回來了。

他倚在門框邊，眼神含笑地看著銅鏡前的沈芷寧。

沈芷寧本未注意，雲珠提醒了，她才回頭看到了秦北霄，身著正紅喜服、腰束玉帶，比平日少了一分凌厲，多了一分恣意。

加上他本就俊朗的外表，看得沈芷寧小心臟都有些微顫。

「衣服合身，不過你怎會知道我的尺寸？」

沈芷寧走到他跟前，剛開始以為他未喝酒，走近了才發現他眼中漾著的點點酒意。

他含笑不語，定定看著沈芷寧好一會兒，才低低地道：「前些日子，問妳娘討要的。」

說完，他向沈芷寧伸出左手。「既然都準備好了，那我們走吧。」

沈芷寧笑著將自己的手背在身後。「你不告訴我今夜去哪兒，我可不跟你走。」

話音剛落，她的腰便被秦北霄圈著，順勢抓住了她藏在身後的手，他輕笑，低沈的笑聲帶著不勝情濃的輕顫撲在她耳畔。「來，手給我。」

等真的牽到她的手，秦北霄收了笑意，慢慢且認真道：「帶妳回趟吳州，祭拜一下李先生。」

就今晚，回去告訴李知甫，我們成親了。

沈芷寧眨了眨眼，眨去眼中的濕意，順著他的力道步出婚房。

新婚佳宴，府內賓客觥籌交錯，喧譁熱鬧至極。

在這番熱烈光景之下。

秦家後巷，秦北霄將沈芷寧抱上駿馬，隨之翻身圈她進懷，單手持鞭，策馬而馳。

留下一地的京都月色。

番外一　秦北霄&沈芷寧

或許吳州的床過於陌生，秦北霄與沈芷寧睡得都不怎麼舒坦，二人蓋著被子純聊天了數夜。但秦北霄有沒有在忍耐，沈芷寧就不得而知了，畢竟他正經說話的時候確實很正經。

回到京都秦府後，沈芷寧先去沈府向父母報了平安，再回到主屋，發現門緊閉著，周圍一個丫鬟、婆子都不在，而屋內似乎有什麼聲響。

沈芷寧好奇地走進裡屋的隔間，忽然意識到那裡是他們二人的浴房。

除了秦北霄，還能是誰在裡面？

她腳步隨即停下，可已經走到了隔間內。

高大的身影隱約映在十二摺屏風上，水聲淅淅瀝瀝，但在沈芷寧腳步聲在隔間響起時，水聲立即停止，屏風上的身影也不動了，聲音沈靜中微帶絲冷冽。「誰？」

沈芷寧進也不是，退也不是，只能小聲回道：「是我。」

隨後為了掩飾尷尬輕咳一聲。「我方才見屋外一個婆子、丫鬟都沒有，屋裡還有響聲，以為進小偷了，便進來瞧瞧，既然沒事，我就先走了。」

情況不對，先走為上！

「等一下。」

沈芷寧停下腳步，深吸一口氣，抿緊嘴唇，等待秦北霄接下來的話。

心不知怎的，在這樣的情況下，跳得極快。

「來都來了，幫我遞塊帕巾？」秦北霄慢慢道：「就在進門左手邊的架子上，白色的那塊就是。」

秦北霄的聲音很平靜，這樣的要求也很合理。

畢竟自己和他是夫妻，而且以前也不是沒看過他沒穿衣服的樣子……

所以，不需要緊張，不需要害羞！

沈芷寧給自己打氣，壓著狂跳的心，拿了帕巾準備繞過屏風，可怎麼都邁不開腳步。

他在洗澡的話，那可是沒穿衣服的……老天爺……她終於要見到裸裎的秦北霄了嗎？

「找到了嗎？」秦北霄在裡頭問。

「找到了、找到了。」沈芷寧被秦北霄這麼一問，也顧不上什麼，徑直繞過屏風，看到裡面的秦北霄，愣道：「你怎麼……」

在穿外衣。

他正隨意地將白色單衣穿上，深邃狹長的眼向沈芷寧投來戲謔的目光。「妳以為我沒穿？」

說著，放下了本打算去扣鈕子的手。

敞開的胸膛堅硬健碩，濕髮上的小水珠有些順著凌厲的下頷滑落至脖頸，有些徑直滴落在胸膛上，流至勁腰處，再隱約往下……而身上單薄的兩片衣能遮住什麼？更是多了幾分隱約朦朧。

以前這般模樣，他都是躺在床上還受著重傷。

可如今站起來，加上他那高大的身子，一步步走過來拿帕巾時，壓迫感十足。

沈芷寧下意識後退，也不敢抬頭看他這樣，又羞又臊。

而秦北霄就這麼走到沈芷寧面前，帶著股洗澡後的熱氣，烘得她本就泛紅的臉發燙得更為厲害。

她腿有些發軟，心口酥麻。

感到身子越來越不對勁，還帶了點被戳中心思的惱羞成怒，沈芷寧將帕巾扔在秦北霄懷裡。「誰以為你沒穿?!」

她扔完就要走，被秦北霄拽住手腕拉了回來。「等等。」

沈芷寧掙扎了一下被他握住的皓腕，但秦北霄箝制得更緊，偏要把她拉回來。拉回來後，貼得更近，熱氣更濃，與他相碰的地方都是一片炙熱，被他圈在懷裡，鼻息間也全是他的氣味。

是侵略性極重的氣味。

沈芷寧被強烈滲透得想躲開他，卻被秦北霄大手用力握住腰。「阿寧。」

他的聲音低沈，還帶了一絲情濃的沙啞。喚著她名字時，那本用力的大手，鬆了點力，卻開始緩緩揉捏著她的細腰。

沈芷寧被捏得脖頸與頰面上的粉紅更重。「怎麼了——」

說話的時候抬眸，正撞進秦北霄幽暗的眼裡，暗沈中氤氳著情慾。

他的面容輪廓本就極深，凌厲感又強，被他盯上的人，就算心底沒鬼，也基本會心頭一顫，不過都是害怕得一顫。

這樣的氣質與面容，自然會讓人害怕。可偏偏又是這樣的氣質與面容，一旦沾染上了情慾，會更迷人，不似有些男人藏著掩著的慾望，他是沁著野性，裹著肆意。

沈芷寧與他這樣的眼神對峙。

心都要從胸膛跳出來，深深呼吸，脖頸連著鎖骨那一處也上下起伏，點點晶瑩汗水貼著，在這昏黃燈火下，更顯旖旎與情動。

秦北霄被誘得下意識用一隻手，撫罩在她那纖細白嫩的脖間，帶有繭的指腹流連在她喉間，最後摩挲著她的櫻唇，低低道：「我想親妳。」

說完這話，秦北霄便堵上了沈芷寧的嘴。

他早就想親了。她一進來，是帶著一股清香進來的。

在熱氣瀰漫的隔間裡，那香味越來越濃郁，濃得他心裡發癢。她唇瓣上肯定也塗了香膏，與他說話嬌嗔時，都散著一股甜膩。

真的好甜。秦北霄想。

沈芷寧只感覺秦北霄親得柔、慢、輕，似乎在品嚐什麼東西，自己的腰間還被他的另一隻手捏揉著，舒服極了。

沈芷寧暈暈乎乎應和了他，感覺秦北霄的唇瓣也滾燙非常，而輕碾品嚐了幾下，伸出舌尖開始試探。

舌尖相碰之際，沈芷寧眼睛頓時微睜。

一股戰慄從後頸開始，蔓延全身，她甚至在他放在她腰上的大手中發軟。

這給了秦北霄機會，摟壓地更緊，品嚐著、舔舐著，劃過她唇中的嫩肉。

不知多久後，總算是解了一些渴意，他低沈喘著氣輕放開她，一道銀絲隱約連在二人唇瓣之間。

他的眼是從未有過的暗沈，看不到底。

沈芷寧眼神迷離間，秦北霄看著她。眸光盈盈，唇瓣也紅腫著，像是被欺負得狠了。

秦北霄又傾身覆上她的唇。

這回與方才的輕柔完全不一樣，是發了狠，強硬地撬開她的唇齒，壓著碾著，肆掠地掃過她口中每一處，勾著小舌，又吸又吮。

被吸吮的瞬間，沈芷寧身子一陣陣觸電似地發麻，發麻過後身子更為酥軟。而腰間恰到好處的被他用力扣著，與剛才的溫柔捏揉也不同，是肆意地撫過、強制地禁錮，一點都不讓她逃脫。

沈芷寧被親得只能緊緊拽著他身上那件薄薄的單衣，渾身上下熱得滾燙。

「摟住我。」秦北霄聲音沙啞低沈。「這樣會舒服點。」

在沈芷寧聽話地勾住了秦北霄脖子後，他雙手用力將她抱向床榻。

「等一下……」

沈芷寧開口到一半，咬唇不再發出一點聲音。

這聲音比平日裡不知道要嬌媚多少，又黏膩、又似要滴出汁水來了。

秦北霄果真一頓，可隨後腳步加快。

放入床榻，解下香帳，嬌嫩美人宛若牡丹綻放，聲音還綿柔甜膩地喊著他。

秦北霄一下一下親她，同時腹下脹痛得厲害。

他慢慢解開她的衣物，大掌貼於她的肌膚，等她身子軟些，再輕柔欺入，幾下後，待聲音從剛開始的不適變得似泣似啼，才大刀闊斧動作。

內屋旖旎之氣瀰漫，低沈喘息與泣啼聲不止。

情濃至極時，他發著狠頂著，弄得她香汗淋漓，泣不成聲。

終得釋放。

沈芷寧渾身散架，癱在了床榻上，不再動彈，秦北霄喊人叫了水，抱著她洗過後，任她睡去。

沈芷寧感覺自己睡得迷迷糊糊之中，還能感覺到秦北霄在她額頭上吻著，他吻了一下，似乎又覺得不夠，又吻了幾下，動作輕柔繾綣無比。

「睡吧。」

沈芷寧聽著秦北霄的話，順勢鑽進了他的懷裡，頭枕在他的胸膛上，雪白藕臂搭在他的勁腰上，依戀地輕應著。「我睡了。」

秦北霄將人往懷裡摟得更緊，又貼著她的頰面吻了一下。「我吵醒妳了？」

沈芷寧笑著搖頭，睜眼與秦北霄對視，湊上前也在他頰面親上一口，親完後，趴在他耳邊輕聲道：「沒有吵醒我，但我有事情與你講。」

秦北霄低低道：「什麼事？」

沈芷寧還是趴在他耳邊，聲音更輕。「嗯……就是，難道你不想知道我的感受嗎？」

沈芷寧話音剛落，秦北霄的手便緊握住了她的腰。

沈芷寧輕咳了聲，笑意漸濃，繼續趴在他耳畔處，慢慢道：「就……很舒服。」

秦北霄的聲音越發沙啞。「很舒服嗎？」

沈芷寧不好意思地點頭，說完又覺得特別害羞，將頭蒙在被子裡。「我說過一遍了，不說第二遍。」

秦北霄把被子掀開一角，傾身，又親了下沈芷寧的額頭，順著下去，拂過頰面，最後咬著她的耳珠，低聲道：「阿寧，再說說，我想聽。」

沈芷寧被弄得臉色潮紅，嬌吟著咬了下唇，斷斷續續道：「我不知道了……就……很脹，好像在雲上飄著，又像有浪潮打在身上……」

沈芷寧越說，感覺秦北霄的呼吸聲越重。

最後沈芷寧以為他快堅持不住時，他豁然起身，看她的眼神都帶了點血絲，他幾乎是咬著後槽牙道：「我去沖個涼。」

沈芷寧本想說：其實，也沒關係。

但秦北霄執意要去，回來後摟著她，在睡前低聲道：「總會疼的，以後吧。」

次日。

沈芷寧醒來，睜開眼就見秦北霄目不轉睛地看著她。

被她發現了，他略有些尷尬地避開了眼神。

沈芷寧忍俊不禁，摟過他脖子，輕笑道：「夫君，早安。」

番外二　蕭燁澤&齊沅君

一開春，蕭燁澤得封裕王，離宮立府。

新的裕王府相比於其他幾位王爺華貴奢靡的府邸來說，簡樸許多。但勝在離秦家近，就在後方，甚至與秦家的小花園只有一牆之隔。

蕭燁澤乾脆把那堵牆開了門，每日裡進出秦府宛若入無人之境，秦府的侍衛也不敢攔，直到有次惹得秦北霄惱了，讓人把門給鎖了。

但蕭燁澤覺得那件事怪不得他，誰讓他們夫婦二人白日裡就……咳咳。

後來，沈芷寧偷偷讓人把鎖給開了，就當秦北霄不知道這事。

到了四月，沈芷寧準備辦個春日宴，定下時間的當日，帖子就送到了裕王府上，宴會當日，蕭燁澤悠哉去了。

人是真多啊！

見著他便請安，抄手遊廊上短短的一段路，他停了不下五次，都是面生或面熟的一些官僚以及帶來的家眷。

花廳不少，路過其中一個時，他見著了一個有意思的小姑娘。

好像是齊家的，如果算起來，應該是沈芷寧的表妹，但他不知道她叫什麼。一眼看過去真是乖巧，文文靜靜的，花廳內其他太太、夫人問什麼便答什麼，與其他女子說話也是端莊規矩，雖然有著一副小孩裝大人的腔調。

但她總趁沒人注意時，讓貼身小丫鬟給自己塞上一塊糕點，或是一點蜜餞。再趁沒人注意時，偷偷塞進嘴裡，塞進嘴後，眼睛似乎在發光，衝那小丫鬟頻頻興奮點頭。若這個時候，有其他長輩點到她了，卻立即又恢復了原來那乖巧樣。

蕭燁澤差點沒憋住笑，但怕自己這一笑，擾了廳內說話，沒停留多久就走了。

過了午宴，他打算回裕王府，剛過那道拱門，就聽到了一些輕悄的碎語。

「小姐，要不我們快些走吧？這兒過了牆，已經、已經是裕王府了。」

「翠竹，妳小聲點，招了人來就完了。」

蕭燁澤走過白石道，透過小竹林縫隙看見方才在花廳內的那小姑娘正摘著他家枇杷樹上的枇杷，摘下幾個枇杷，就遞給樹下的小丫鬟放進兜裡。

摘上那麼幾個，也會剝上兩個，自己吃一個，又讓小丫鬟站近些，再餵她吃一個。

摘了半天，兜裡沒鼓出多少，二人倒是打了個響嗝。

蕭燁澤這回沒憋住笑，大笑出聲。

那小姑娘立刻看過來，俐落地下了樹，小丫鬟嚇得要哭了，她趕緊牽著小丫鬟的手打算跑，但跑到一半又不知想到了什麼，竟回過頭將手裡的幾個枇杷塞給了他，再飛快跑回了秦府。

蕭燁澤愣住，盯著手裡的枇杷半天，聳肩拿回了自家屋子。被府裡周公公瞧見了，臉色大變，尖著嗓子喊道：「誰給殿下摘了幾個壞枇杷來？簡直該打！」

蕭燁澤低頭一看。

哦，也不是壞，只是被捏久了，本就熟透的果肉綻開了些，有些汁水還流在他手上。

蕭燁澤乾脆把皮剝了，一口一個塞進了嘴裡。「沒壞，打盆水來我洗個手。」

今日的心情似乎異常的好。

又過了些日子，蕭燁澤剛從衙門回府，就見周公公怒氣衝衝地連著道：「不得了，不得了了，王爺，府裡出小偷了！」

「丟什麼了？」蕭燁澤問。

周公公顯然很氣憤。「丟了不少呢！臨著秦家的那幾棵枇杷、李子、櫻桃樹，都被人摘過了，也沒說實話的，一個個都不肯承認。」

蕭燁澤立刻想到了那日的小姑娘，忍不住笑道：「周公公，想來是哪隻貪嘴的小貓路過吃了，不過幾顆果子，您老就放寬心吧。」

「哪隻貓兒能吃那麼多？」周公公嘀咕道：「也不是普通果子，都是宮裡賞賜給王爺您的御苗，矜貴著呢！」

蕭燁澤眼裡含笑地拍了拍周公公的肩膀，沒說什麼。

次日，因新政推行得不錯，父皇在朝堂之上好好讚揚了他與秦北霄一番，之後在御書房，問他想要什麼賞賜。

蕭燁澤想了想，道：「聽說洪大人從番外回來進貢了一瓜苗，這瓜狀若扁蒲而圓，色極清脆，味甘甜，當地人叫什麼西瓜，要不父皇您就把這西瓜苗給兒臣吧。」

靖安帝哭笑不得。「別人要金銀財寶、綾羅綢緞，你倒好，要個瓜苗，回頭朕要與你母妃好好說道說道。」

蕭燁澤還是拿到了瓜苗，拿回去後給了周公公，讓他在枇杷、李子、櫻桃樹旁，新開一塊地種西瓜。

立夏那一日，是蕭燁澤母妃、也是當今柳貴妃的生辰。

宮裡吹吹打打，熱鬧了一整天，到了晚間，剩靖安帝與蕭燁澤等人，柳貴妃唉聲嘆氣起來，靖安帝問了半天也沒問出個所以然來。

最後柳貴妃說破了心事。「燁兒也該娶妻生子了。」

柳貴妃這事每年生辰都要提一遍，往年蕭燁澤都搪塞著，他今年猶豫了起來，想了想，最後道：「母妃，要不……幫兒子問問齊家的姑娘。」

柳貴妃高興壞了。

齊家好啊！名門世家。

於是很快打聽了一下，齊家就一個嫡女，名沅君。

柳貴妃迫不及待就召進了宮，未見到之前還想著，自己這渾兒子難得提及姑娘，肯定是心裡有數了，就算她再不喜歡，也得憋在心裡，可見著面了，卻是越看越喜歡。

等那齊家女兒一出宮，柳貴妃就立刻張羅起二人的婚事。速度之快，讓齊家都有些害怕，暗地裡打聽這裕王是不是有什麼隱疾。

沈芷寧邊笑邊讓他們放一百個心。

鄭氏卻放心不下，本想再留女兒一年，沒有想到這麼快就要嫁了，在家想著想著都要落淚。

還是齊沅君每日安慰鄭氏。

鄭氏有一日終於憋不住道：「妳這丫頭沒心沒肺的，是要出閣了，以後便不住在齊府，住他人家去了，妳也沒見過那裕王，雖然妳表姊、表姊夫說是極好的，但夫妻倆的事，房門一關其他人什麼都不知道。」

齊沅君回不出話來，結巴了半天道：「那好歹就在表姊隔壁，怕什麼呢？嫁給其他人指不定就嫁遠了。」

齊沅君想得很好，自己的婚事反正做不了主，都是父母安排，對她來說都是一樣的。

既然都是一樣，那自然裕王府最好了。

離秦府近、離表姊近。而且裡面還有枇杷、李子、櫻桃樹……

很快到了二人成親的日子，蕭燁澤到底是個皇子，宮裡、宗廟規矩多得嚇死人。

齊沅君暈頭轉向，整個人都要累趴了。

但自己的夫君，裕王殿下，彷彿沒事人似的，不愧是在宮中待久了的，而且她總覺得裕王殿下在哪裡見過似的，很是眼熟。

洞房花燭夜，齊沅君將極重的冠服都換了，等蕭燁澤回屋，他也未在外面待太久，沒過一會兒便帶著一點淡淡的酒意回屋了。

見她未睡還頗為吃驚。「還不睡？妳不累？」

她累啊，當然累！可這跟娘親與她說的不一樣啊！似乎少了某個環節？

不過裕王殿下都這麼說了，她便打算直接睡下了。

二人躺在床上，中間隔了一枕頭的距離。

齊沅君正準備入睡，但心中陡然敲響了警鐘。她可是齊府嫡女，怎麼可以不顧形象、不顧禮節，在成親當晚什麼都不管就呼呼大睡了呢？要是回門被娘親知道，她會被打死的吧？

於是，齊沅君深吸一口氣，往蕭燁澤那邊靠了一點點。

這一點點的動靜在寂靜的屋裡都顯得很大。

齊沅君剛穩住身子，就聽到了低低的輕笑。「妳幹麼？」

齊沅君一下被問得害羞了，但為了面子，清咳一聲道：「夫……君，我認床，調個舒服的姿勢好睡覺。」

齊沅君感受到了微微顫抖。

意識到他低笑不斷，齊沅君都不知他在笑什麼，也為自己這笨拙的理由感到羞惱。「有這麼好笑嗎？認床、認床不行嗎？」

蕭燁澤笑出聲了。

齊沅君一骨碌轉身，氣呼呼地背對他。

蕭燁澤不笑了。

過了一會兒，齊沅君感到身上被輕柔地蓋上了被，再聽蕭燁澤認真低聲道：「妳還小，以後再說吧。」

齊沅君臉紅得徹底。

娘啊！他居然知道我剛剛想做什麼，丟死人了。

不過他這麼一說，齊沅君也明白他的想法了，大致是相敬如賓，他應付貴妃娘娘，她也解決了婚事，二人各取所需。照目前看來，依這位裕王殿下的和善性格，她說不定能過得舒坦極了！

確實如齊沅君所想。婚後的日子舒坦極了，比在齊府還舒坦。

在齊府裡娘親還會管著自己，在王府裡根本沒人管，下人們都聽她的，裕王殿下也從不會說她什麼。

府裡的周公公也是極好，還親自帶她去摘果子。

就是摘的時候，周公公很奇怪地問了她一句。「王妃以前來過這裡嗎？」

哎呀！太熟練了，太熟練了……

齊沅君臉不紅、心不跳地道：「沒有來過。」

這話被蕭燁澤聽見了，齊沅君也看見他了。那一刻，她總算知道為什麼覺得他面熟，這不就是之前她見到的男子嗎？

齊沅君慌極了，但很快鎮定下來，因為裕王好像沒認出那是她。

她殷勤地衝蕭燁澤打招呼，以掩飾自己的尷尬。

蕭燁澤心裡快笑瘋了，但還是收著笑意道：「宮裡送來了一道魚膾，新鮮得很，帶妳去嚐嚐。」

有吃的，齊沅君自然高興地跟著蕭燁澤去。

魚膾便是將合適的生魚肉給片好，但很少有這樣的海魚，更是很少有廚子能片得好，難得的美味啊！

接下來的日子裡，齊沅君便這樣沒煩惱地在王府裡生活，還會去隔壁秦府串門子。

直到有一天，蕭燁澤晚歸回來。他脫下外衣時，齊沅君聞到了一股淡淡的脂粉味。

「肯定是女人的脂粉香！」齊沅君皺著小臉，眉頭緊鎖著在沈芷寧屋裡走來走去。「其他沒這個味。」

「妳在我這兒重複了半天，不憋啊？」沈芷寧好笑道：「要不我替妳說出來，妳不就是懷疑他在外面養女人了？這事好查，回頭我幫妳問問妳表姊夫。」

齊沅君狠狠搖頭。

不過……裕王殿下真的養女人了嗎？還是去逛窯子了？

齊沅君沈著小臉回府，也是自從成親以來，第一次沒有用午飯，一個人關在屋裡什麼動靜都沒有。

到了晚間，蕭燁澤回府。

周公公壓低聲音道：「王爺，府裡出大事了。」

蕭燁澤認真問道：「什麼大事？」

周公公語氣頗急。「王妃一日都未吃東西，方才我讓人拿進去的小食和點心也全完好送出來了！」

那確實是極大的事了。蕭燁澤想。

他進屋時，發現她把自己悶在被子裡，知道人來了還縮了縮身子。

他不由覺得好笑，問道：「怎麼不點燈？」

「我喜歡暗點。」齊沅君悶悶的聲音傳出。

蕭燁澤回答似地哦了聲，將人從被子裡撈出來，發現眼睛有些許紅腫，但他沒在這時詢問，而是道：「今日我去給母妃請安，母妃見妳上回喜歡吃群仙羹，讓我帶了一份回來。路過食店我還買了一份涼水荔枝膏，待會兒嚐嚐？」

齊沅君更想哭了，酸著鼻子點頭。「好。」

用飯時，蕭燁澤給齊沅君先嚐了一勺荔枝膏。

那荔枝膏滑滑嫩嫩，吃在嘴裡唇齒間還散著一股清甜香氣。京都賣荔枝膏的食店很多，可只有離裕王府最遠的東德軒才能做得出這味道，他肯定是跑去那兒買來的。

可以後，這香香甜甜滑滑的荔枝膏，許是要落在別人碗裡了。

齊沅君一下一下鼓著面頰，抬頭。

眼前俊朗的裕王殿下，恐怕以後也不會是自己一個人的夫君了。

想著想著，齊沅君鼻子又酸了，淚水充盈眼眶。

「哎喲喲，王妃這是怎麼了？」周公公在邊上看得心疼，拿了塊新帕子給齊沅君擦眼淚。

齊沅君淚珠直接掉了下來，嗚咽道：「周公公，以後你還會帶我去栽苗的吧？」

「為什麼不呢？王妃想去明日就可以去。」周公公慈愛道。

好的，以後周公公帶去栽苗的人恐怕也不是她了。

蕭燁澤讓下人都退了下去，下人都走後，齊沅君一個人突然不敢面對蕭燁澤了，努力忍著哭。她鼻尖微微泛紅，因著忍哭、小嘴還抿著，身子一抽一抽，眼睛濕濕潤潤地看著他。

太可憐了。也太可愛了。

「哭什麼，有誰欺負妳了嗎？」蕭燁澤把人抱到腿上。「是誰？我可以幫妳欺負回去。」

齊沅君第一次被蕭燁澤抱，還是這麼親密的姿勢，有些不習慣。

可他身上味道很好聞，還暖洋洋的。

齊沅君捨不得放開了，聽到他這麼輕柔的語氣，不知怎麼，想哭的感覺越來越強烈。最後憋不住，揪著蕭燁澤衣服哭了起來。

但到最後，蕭燁澤也沒問出個所以然來，胸前反倒濕了一大塊，將人哄睡後，無奈地換了衣，決定去一趟秦府。

她嘴巴嚴，不肯說出來，但肯定跟沈芷寧說了。

不過這麼晚上門，秦北霄的臉色不知道會黑成什麼樣……才不管他！

蕭燁澤俐落地跨過了兩府之間的門。

「今日如果你不給一個合適的理由，我明日就上摺子把你之前瞞下的事全捅出來。」

沈芷寧拽著秦北霄來，秦北霄不肯進正堂，披著外衣，靠在門框上冷聲道。那架勢，巴不得蕭燁澤趕緊說完就走。

「公報私仇可是不對的。」

蕭燁澤挑眉，拉著沈芷寧悄聲問了起來。

二人嘀嘀咕咕，似乎討論得很激烈，秦北霄輕皺眉，走過去想聽聽他們在說什麼，沈芷寧警惕地攔住秦北霄。「你剛剛不是不進門嗎？」

「這麼記仇？」秦北霄把人拽過來，捏了一把小臉輕笑道：「胳膊肘就知道往外拐。」

蕭燁澤在沈芷寧這邊了解了事情首尾後，回府後悄悄進屋，躺到齊沅君邊上。

他心頭是從未有過的脹甜，但又覺得好笑。

想著想著，他將人摟在懷裡睡覺。

結果齊沅君醒來後，發現自己緊貼著蕭燁澤，腿還大剌剌地壓著他的腳。

昨天晚上發生了什麼？她睡著後開始對裕王殿下動手動腳了？簡直太放肆了！

齊沅君動都不敢動，趁天還沒亮，蕭燁澤還沒醒，悄悄地滾到了自己的那一側。

這一醒以至於齊沅君接下來都未再睡著，到天亮時開始有點睡意，迷迷糊糊聽見蕭燁澤在自己耳畔道：「今晚等我回來，有事與妳說。」

齊沅君又驚醒了。

有事要說，還這麼正式。看來是要挑明了……

齊沅君唉聲嘆氣過了一天，快到晚間時，她在案前正襟危坐，等待蕭燁澤回家，沒想到等回來了一個蓮花紋金質胭脂粉盒。

齊沅君好奇地一聞。

好熟悉的味道。啊，這不就是那日在夫君身上聞到的那股脂粉味嗎？

再一抬頭，只見蕭燁澤戲謔的笑容。「母妃宮裡最近請了一有名匠人在製胭脂，我給妳帶了一盒來，好聞嗎？」

「好、好聞。」齊沅君知道自己誤會了，趕緊收起胭脂，想逃出這個屋子。

蕭燁澤繼續道：「我前幾日去的時候，不小心沾染了些，聽說妳……」

齊沅君羞得撲上前，用小手捂住蕭燁澤的嘴。「我沒有。」

「什麼沒有？」蕭燁澤問。

齊沅君簡直欲哭無淚，又尷尬、又覺得臊得慌，輕跺幾下腳。「什麼都沒有！」說完就跑開了。

她才沒有因為這事茶飯不思，甚至還打擾了表姊整個上午呢……

齊沅君躲了蕭燁澤數日，碰著面了都像老鼠見著貓似地逃開，周公公有時都會好奇問：「王妃近日是與王爺鬧彆扭了嗎？」

齊沅君自然連連擺手。

哪是鬧彆扭？是她單方面丟人……唉！

初秋時分，秦府傳來好消息，沈芷寧有孕了。沈家、齊家、連帶著宮裡都送來好些東西，有時裕王府都能聽到動靜。因著這事，齊沅君還回了一趟齊家。

「新打了個金鎖，還有些雜七雜八的，娘都給妳寫在單子上了，妳且照著準備。」鄭氏用指頭細細撥弄托盤上的幾件金飾，對一旁的齊沅君提醒道：「雖說你們兩家關係親近，但該有的禮數都要有的。」

齊沅君嗯嗯點頭應著，卻只擺弄著手裡的那件小衣裳，眼中皆是喜愛，這小衣裳真是可愛極了。

鄭氏也到了想含飴弄孫的年紀了，開口道：「妳這麼喜歡，自個兒回頭生一個就是，不過你們二人成親也有些時日了，怎的還沒動靜？」

齊沅君頓時支支吾吾。

鄭氏皺眉，立刻讓下人退下，留她們母女說些私房話。

「怎麼了？是有什麼問題？可找過大夫？」

「沒找大夫……」

「哎呀！既然有問題，那肯定要找大夫調理，是妳還是裕王殿下？」

「娘！我能有什麼問題？夫君他……他……」

「果然啊！當初著急忙慌地要成親，果然是有什麼問題，瞧瞧，現在上了賊船下都下不來了，這可怎麼辦？」

「娘！我們都沒問題！就是……」

齊沅君在屋裡轉來轉去，就是不知道該怎麼說。

這種事，該怎麼開口嘛！

鄭氏也急了。「妳轉得我頭暈眼花的，倒是說啊，妳要急死我啊！」

齊沅君被逼急跺腳，下了決心靠在鄭氏耳畔嘀嘀咕咕了幾句，鄭氏的臉色越來越震驚。

「什麼？你們還沒圓房?!」

這會兒鄭氏也急了，一道在屋裡轉來轉去。「都多久了，你們成親都好幾個月了吧？怎麼還沒圓房呢？怎麼就沒圓房呢……怪不得一點動靜都沒有，連圓房都沒圓，難不成讓孩子從石頭縫裡蹦出來啊！」

鄭氏著急，但很快冷靜下來，在齊沅君回王府時還送了她一箱籠帶回去，特意囑咐這是給他們夫婦倆的，要藏在內屋裡。外人不可以打開，丫鬟、婆子都不可以。

齊沅君回府，乖巧地聽了鄭氏的話，將箱籠擺放在內屋裡。

「那是什麼？」蕭燁澤靠在床榻上看書，隨意瞥了一眼。「老沈的樣子。」

「是娘親給我們的東西，說是好東西，還不准我讓其他人知道呢！」齊沅君很是得意地道：「好了，我去換件衣裳。」

等齊沅君走後，蕭燁澤開了箱子，發現裡面是——鹿茸、當歸、黨參等大補藥材。還有無數小匣子與白瓷瓶，裝的是圓潤飽滿的藥丸。全是各種各種壯陽的東西塞滿了這偌大的箱籠，而最下面的一層，則是一本本精美的春宮圖。

蕭燁澤鬼使神差翻開，一頁頁看過去，整個人繃緊，燒得發燙，也難受極了。

等齊沅君換好衣物回來，見到的是樣子很不對勁的蕭燁澤。

那看她的眼神，特別像餓了好多天的野狼，她突然感覺到幾分危險，下意識倒退。「要不，我今日睡隔間……」

話未說完，人便直接被摟過去，薄紗被迅速褪去，大手就算隔著腰間的裡衣，還是能感覺到一片炙熱貼著，耳畔是他沙啞低聲的話語。「別走。」

紅鸞翻被，纖細帶有微微薄汗的手從裡緊抓香帳，又被拉回，來回幾次，顫抖嬌喘不停。

次日，齊沅君軟綿綿地趴在床上賴了好一會兒才起床，揉著腰走向那箱籠。

娘給的到底是什麼東西？昨天讓蕭燁澤跟發情了的野獸一樣瘋狂。

齊沅君打開後，瞪大了眼。

娘，您莫不是要害慘我……

番外三　沈安之＆宋玡兒（上）

秦北霄入閣的那一年，也是靖安帝與他聯合推行新政的第一年。新政的其中一條——允許身殘之人也可下場考試。消息傳開之後，沈氏夫婦高興得喜極而泣，沈安之則愣在原地半晌，許久都沒什麼動靜。

沈芷寧拉了拉沈安之的袖子，沈安之這才回過神來低頭看向沈芷寧。她的哥哥，沈安之，天資聰穎絕頂，性子溫和良善，若能入仕途，定是個入閣拜相、為民請命的好官。但因為天生的啞疾，他想唸書識字，想考取功名，都不得法，只能待在小小的沈府，做著管家的活計。

哥哥以前看著那些去學堂進學的男子，眼神是無比豔羨的。等到終於下定決心去西園書塾旁聽，也就只是偷偷地聽幾耳朵，但還是被發現，趕了出來，甚至被不少人嘲笑了一頓。

好在後來李先生去尋了大伯，讓哥哥在學堂有了個位置。但就因著李先生放了有啞疾的哥哥進學堂，深柳讀書堂不少人還鬧事，覺得跟一個身殘低賤之人在同一個學堂唸書，丟臉極了。

哥哥怕給李先生添麻煩，說什麼都不肯再去學堂，也再也沒提過要唸書的事。

這是沈芷寧前世的記憶，而在重生後，李先生也與上一世一樣，讓哥哥進深柳讀書堂唸書，但卻沒有發生鬧事，想來是秦北霄與江檀等人替哥哥說話了。

但無論是前世，還是今生，哥哥因為這啞疾沒少被冷嘲熱諷、被羞辱，甚至被踐踏到泥土裡，踩在腳底下，活得太苦、太難了。

然而，活得再苦再難，他的臉上依舊帶著善良的溫和笑意，他的眼眸永遠澄澈乾淨。眼下聽到這消息，不管受了多少屈辱與委屈都從未流過一滴淚的哥哥，眼眶泛著紅，回過神後，緊張慌亂地比著手語：這是真的？

沈芷寧給了一個確定的回答，還想去隔壁把秦北霄拉過來，給哥哥定心神。

沈安之自然攔住了她，之後進了自己屋子，許久都沒有出來。

沈芷寧沒有去打擾。她明白，這世上許多事，大悲需要時間來消化，但大喜，可能也需要一定的時間來接受。

次年秋闈，沈安之奪得解元。

春闈會試，又中會元，引得京都轟動一片，若說奪得解元之時還有流言蜚語，還有人嘲他啞疾，但高中會元的時候，沒有人敢再說一個字了。

殿試之上，靖安帝親點探花，沈安之成了靖朝第一位身有殘疾的探花。

未過多久，沈安之任秘書省校書郎，也成了朝中第一位不會說話的官員。

說來，舉子進官場，基礎官職數不勝數，但最有展望的官職，當屬校書郎。

靖國多數宰輔或是內閣閣老，也都是此出身，這代表著一個文官清流起步的絕佳官職，無論是秘書省的校書郎，還是崇文崇賢館的校書郎，都有著一片光明前途。

正如《通記》等政書所說：「掌讎校典籍，為文士起家之良選。」

所以不乏有舉子進官場任此職時，父母、師長、同窗，無不恭喜道賀的，更有甚者，還會大擺流水席。當然，世代簪纓的人家自然不會弄得如此隆重，只在府內小心慶祝便好了。

沈安之在秘書省任職整一年，過得無比勤懇且低調，以至於都無人知曉他是京內那個沈家的嫡子，如今在京都最讓人說道的，與秦家、齊家、國公府都有著千絲萬縷的沈家，只當他是窮人家出身，又身患啞疾，可憐他但又時不時把一些別人不肯幹的累差給他幹。

但沈安之都一一幹著，無論是上級交給他的，還是同僚塞給他的，都一絲不苟地完成，無一點差錯。

都說校書郎清閒，可放在沈安之身上，那是忙得沒邊了，不回家的日子在秘書省當值，回家的日子倒頭就睡，剛任職一個月，整整消瘦了一大圈。

陸氏在沈芷寧回府時，忍不住抹著淚心疼道：「當初妳哥哥得了這一職位，我聽妳祖母說，最是悠閒不過了，等以後升上去就沒這麼清閒。可、可哪閒了？他的臉色越來越差，身子骨兒越來越瘦，再這麼下去怎麼得了？恐怕那秘書省的人，欺負妳哥哥有疾，什麼事都壓在他身上。」

這番話被沈安之聽見了，他只溫和寬慰陸氏。

此職主要整理、校對、抄寫書籍，為以後為官做好基礎，我並非為他人，而為自己，為自己又怎麼能說是負擔？況且，現在的日子，是以前想都未曾想過的日子，我已心滿意足。

這樣的沈安之，幸而還有愛才的官員賞識，其長官秘書省秘書丞就對他頗為讚許，時常在同僚中誇讚他。

但就算如此，在勢利的官場上，多數人眼中的沈安之不過是窮苦人家出身，沒背景、沒後臺，而且身有啞疾，這樣的人就是提拔他，以後的官路也走不長，那何必給他好的職位與機會？

於是乎，在沈安之做滿一年校書郎任期後，得了一縣尉的職位。

這縣尉雖說是升職，但明升暗貶，與校書郎的待遇相比，是一個天上、一個地下，而且也有外放去其餘各州縣的縣尉，許久都無法回京的例子。

況且，沈安之還是被派去遠在邊疆的潼川府下的瀧州，瀧州所轄有一個名叫彭平的小縣。

這個彭平縣在潼川府的最邊緣，連著梁國，是真正的與他國接壤之處。聽說，那些邊疆之地民風野蠻彪悍，不少文官過去，死於非命的不在少數。這些話傳多了，自然沒有多少人願意去，就算真要被派去，哪個不讓家中人拚命走關係避開的？

但沈安之向來是不會說的，若非秦北霄還記得他這個時候調任，特地去吏部尋吏部侍郎問了句，才知有這麼一回事。

以沈安之的能力與品性，及他在上一職位的恪盡職守，怎麼會被派去潼川府那地？

秦北霄頓時大發雷霆，又接著問責了涉事的大小官員，繼而想將沈安之派去他原本應該能去的好職位上。但卻很快得知消息，沈安之已拿好文書出城了。

他再派侍衛去追，然而侍衛回來了，沈安之卻沒回來，侍衛無奈道：「沈大人怎麼都不肯跟屬下回來，一路往潼川府去了，屬下、屬下也不好硬抓回來。」

聽到這話，秦北霄揉著緊皺的眉，慢慢道：「阿寧要是知道這事，恐怕真要把我趕出房睡了……沈安之，你可把我害慘了。」

沈安之趕了數月的路，終於在年前到了彭平縣，將任職文書交給了彭平縣的縣丞黃祿。

黃祿斜眼上上下下把沈安之打量了個遍，最後隨意打發了個人把他帶去上一個縣尉住的地方。

「朝廷是沒人了嗎？居然派個啞巴過來！」

沈安之還未踏出門，就聽到黃祿在身後罵罵咧咧，他頓了頓腳步，繼續跟著那個小廝走。

彭平縣的縣尉住所離縣衙很遠，天氣又冷又寒，風裹挾著雪粒吹到臉上，刺得人生疼，那小廝裹著外衣走了幾步就極不耐煩了。

「喏，你就沿著這條巷子走，再左拐，有個藥鋪，順著那條路過去，再左拐，還可以見到一家打鐵鋪子，那打鐵鋪子的夥計知道縣尉的住所在哪裡，你且問去吧。」那小廝抖著肩膀，縮著脖子，道：「真是的，這麼冷的天，不派別人偏派我來帶著這啞巴。」

邊埋怨嘀咕著，邊趕緊走了，就怕沈安之還要他帶路似的。

沈安之上前幾步，那小廝跑得更快了。

沈安之嘆氣。

等一下問打鐵鋪子的夥計，得怎麼問？罷了，先過去再說吧。

沈安之按照小廝所說，走到了打鐵鋪子。這時，他的長靴已然全濕了，冰冷的雪水浸進靴內，冷得沒有任何知覺。

「你做什麼來？」在鋪子內百無聊賴的年輕小夥計見著面生的沈安之，操著一口潼川地帶的口音道：「不像是我們彭平縣的，你有什麼事？」

沈安之先用手比劃了幾下，見那年輕小夥計一臉疑惑，便解了包袱拿出紙筆，挑了簡單的字寫下，再將紙遞給那小夥計。

小夥計皺眉接過，橫過來、豎過去，終是看懂了幾個字，明白似地哦了聲。「你要找縣尉官爺的住處啊？可那縣尉官爺已經走了啊，你找他做啥？」

沈安之還想多寫幾個字，但此時鋪子來人了。

先進來一個年約十五、六的女子，穿著俐落，朝那小夥計喊道：「小刀！前幾日我家將軍放你們這兒的長槍修好了嗎？」

「修好了、修好了！」那小夥計連忙丟下手中的紙張，拿了一柄長槍來。「在這兒，林瑛姊姊，妳拿回去給將軍吧！」

那個名叫林瑛的女子接了長槍，哈哈笑道：「小刀啊小刀，不愧是你家鋪子修的，這槍變漂亮了許多呢。」

沈安之被這話吸引，視線也落到了那柄長槍上。

極好的白蠟杆為柄，槍頭磨得光亮，串著鮮紅的纓穗，而那紅纓穗下隱約有著一朵桑蘭花暗紋，凌厲中又不乏溫柔。

沈安之不由對這女子所說的將軍有些好奇。

那叫小刀的小夥計見林瑛對這柄修好的槍很滿意，眼珠子骨碌轉，瞥了一眼一旁的沈安之，對林瑛道：「林瑛姊姊，這人穿著一看就知道不是我們這兒的，不知道從哪兒來，一句話不說就遞紙過來，好像要問縣尉官爺的住所，也不知道是不是梁國派來的奸細。」

聽了這話，沈安之一愣，隨後反應過來，這小夥計是把他當奸細了？

他怎麼會是奸細？

沈安之有些焦急，下意識用手比劃。

「林瑛姊姊！妳看、妳看這個人，比劃什麼也不知道，奇怪死了——」

「他在說。」小刀的話音剛落，一位內穿暗紅長袍、外披玄色大衣的人走進來，清冷的眼神看了沈安之一眼，淡聲道：「他就是前來任職的縣尉。」

沈安之一愣，這人身著男袍，身形頗為俊氣瀟灑，聲音卻是女聲。

他再仔細一看，確實是女子，不過扮了男裝。

小刀聽了這話，眼中出現了一絲驚愕，隨後看向沈安之。「原來這位就是新來的縣尉官爺啊？」

沈安之點頭，然後手指往外點了點。

小刀這才算是明白了，連忙換上了笑嘻嘻的面容。「是小的眼瞎，認不得官爺！官爺是想問住處在哪兒吧？過這條街巷右轉，看見兆西巷的牌子，就到了！」

沈安之作揖道謝，轉身就要走。

臨走之時，與那女子擦肩而過，沈安之也朝她作揖道謝，隨後離去。
女子挑眉，掃過沈安之的背影，再收回視線，對林瑛道：「槍修好了嗎？」
「修好了！將軍！」林瑛把紅纓槍遞過去。「將軍，剛剛那人是個啞巴嗎？妳怎麼知道他是什麼意思？」
宋玡兒把弄了下手中長槍，慢慢道：「以前軍中有一梁國俘虜，擅長啞語，我讓他教了我幾句。」
林瑛明白似的點點頭。「原來他真是個啞巴，可啞巴怎麼能做官？」
宋玡兒沒說話，眼中似乎只在意自己的紅纓槍。
但過了一會兒，宋玡兒淡聲反問道：「啞巴為什麼不可以做官？」
沈安之找到了縣尉的住所，在兆西巷最裡邊的院子。
院子破舊，屋舍簡陋，推開木門後，沈安之發現屋頂還在漏水，滴在案桌上，結成了一道冰柱。
想來上一任的縣尉也沒在這兒住多久。
至於其他的什麼被褥，自然通通都是沒有的，整個屋子空盪盪一片。
沈安之花了好些天才安置好，實則將近年關，而且彭平縣位處邊疆，好些東西都沒賣。

沈安之剛來彭平縣，本還想著帶著這點銀兩恐怕不夠，但要添置的東西沒得買，此處物價又不如京都昂貴，實際上也夠了。

接下來的日子，便是上任縣尉一職，承接上一任縣尉的工作。

一般州縣有六個縣尉，分管功、戶、倉、課、兵、法。

離京都較近的州府下的縣，縣尉是肥差，自然都是齊全了的，可越偏遠、越貧窮、越危險的地方，縣尉向來是不全的。好一點的，縣丞底下會有四個，稍微差一點的，也有兩個，但彭平縣，如今只有沈安之一個縣尉了。

再來，靖國州縣按經濟與政治劃分為上中下縣，上縣縣尉為地位崇高的赤縣尉，中、下縣尉則是低賤的，沈安之這彭平縣縣尉一職實乃下下等的縣尉。

這一個最下下等的縣尉，要管六個縣尉才能管全的事，可想而知有多忙碌。

平日裡忙完了在縣衙的事，黃昏時分還得封縣印、點算刑徒，這也是縣尉生活中，較為危險的事。

彭平縣冬日的黃昏時分，已然是昏暗無比，看人都得往上提提燈籠，把臉照清了。

但沈安之不用提燈，這裡的人也不用提燈。

主要是因著風雪太大，就算燈罩護得好，燈火也很快就滅了，還不如不提的好，實在看不清了，可能才會拿出火摺子稍微照一照。

這日，沈安之如同以往，在昏暗的天色下，前往縣獄點算刑徒。

在雪地裡，沒走幾步，他的靴子又浸了雪水，等到了縣獄，縣獄的縣役們看見沈安之，眼睛一亮。「沈大人來了！」

「沈大人，那我們就先走了！」

「沈大人回見！」

那些縣役知道沈安之會鎖好門，也不等到最後了，畢竟外面實在天寒地凍得很，不如早點回去喝口燙酒往床上那麼一躺，那才舒服。

沈安之點算好刑徒出來，便拿著鎖鏈與鐵鎖，鎖著縣獄的大門。

這時，腳已經凍得發疼。

為了緩解疼意，沈安之邊鎖邊跺了跺腳，還哈著氣好讓身體有點暖意，拿著這鎖鏈實在太冷些了。

那些縣役總不在意，每每將鎖鏈放在外頭隨意一扔就算了，可這麼冷的天氣，拿起來外面都結了一層冰了，難弄得很。

「將軍在看什麼？」

暗處，林瑛無意中看到自家將軍的視線一直看向遠處，也順著視線看過去，發現是那縣衙裡新來的縣尉，於是開口道：「哦，那幾個縣役黑心得很，來的這麼幾次，他們都先跑了，也不管這個小縣尉得在雪裡站多久弄那鎖鏈，好歹平時也把那鎖鏈放屋裡，晚上也不會這麼難解啊。」

說了這話，林瑛似乎打開了話匣子，又道：「我說得對吧！將軍，還有那縣衙的人，就欺負他呢！誰不知道這點算刑徒都是輪著去的，沒有縣尉，縣丞也得輪著去點算，我們來這縣獄幾次，回回見得都是他，平時肯定也是他來點算，他們就看他是個啞巴，還什麼都不懂，使勁欺負他。」

宋玡兒沒說話。

宋玡兒身邊的一俊朗少年，與京都的少年不同，膚色是健康的古銅色，有神發亮的眼睛，在夜晚中都很難讓人忽視。

他聽了林瑛這話，聳了聳肩，隨意道：「這縣衙裡的人哪個是好東西，偷懶耍滑，自己管轄之內的事情從來沒有做好的，還真沒出過幾個好的縣尉。不過管這麼多幹麼？我們不過來這縣轉轉，明日就走了。」

林瑛瞥了瞥嘴。「這個書生相的，長得真不錯，跟我們這裡的男人也不太一樣。」

那少年嗤笑一聲。「是不太一樣，像他這樣的，我一拳就可以撂倒了！林瑛啊，妳的眼光越來越差了，妳問宋玡兒，她一天到晚待在軍營，知道這種男人最不頂揍了！」

林瑛瞪了那少年一眼。「魏戈！你就喜歡找碴是不是？我問就我問，將軍，妳覺得他是不是長得好看啊？」

宋玡兒不說話。

魏戈道：「看吧，宋玡兒才不會瞧上他，也就妳眼瞎。」

「是，我眼瞎，怎麼比得了你啊？魏大少爺！」林瑛氣死了，轉身不再理魏戈。

「妳叫我什麼？」魏戈也氣了。「跟妳說過了，不要喊我少爺。」

「你本來就是少爺，我這麼喊你不行嗎？」

二人開始鬥嘴，鬥了一會兒，才發現宋玡兒不見了。

「將軍呢……」林瑛抬頭，只見宋玡兒俐落翻過矮牆，往那縣尉的方向走去。「將軍，妳去那裡幹麼——」

這邊的沈安之，剛把鐵鏈解開，就聽到一道冷不丁的聲音。「你叫什麼名字？」

沈安之轉身，發現一個女子不知什麼時候靠在了旁邊的那道長牆上，見女子眼熟，他想起是他來彭平縣第一日，在打鐵鋪子裡見到的那女扮男裝的女子。

她今日未著男裝，著湘色長裙，但與京都女子的長裙不同，她的裝束極為俐落乾淨，沒有束縛，披的也是那日見到的玄色大衣，戴有額帶，長髮高束。

她面色淡淡的，雖說在問沈安之，但彷彿也不是在問他。

沈安之雖好奇她怎麼在此處，還這麼突兀來問他的名字，但未多問，溫和地笑了笑，用手開始比劃道：「沈安之。」

宋玡兒在沈安之比完，道：「我不懂中間的字，我學過的和你比的不一樣。」

這把沈安之難倒了，眼下也沒有紙筆。

宋玡兒沈思一會兒，攤開手來，對沈安之道：「你寫在我手上。」

男女授受不親，這似乎不太合適。

但沈安之垂眼看到她攤開的手心，從食指根部連著手腕處有一道長而猙獰的刀疤，愣了一下，抬手輕輕寫了一個「安」字。

「是安字。」宋玡兒道：「沈安之，我叫宋玡兒。」

她正式地說了這句話，便沈默了，但那雙清冷的眼睛一直看著沈安之。

沈安之沒多說什麼，指了指縣衙的門，道：「我要鎖門了，天冷，妳快些回家吧。」

宋玡兒哦了聲。

沈安之轉過身，將鐵鏈掛上，再用鐵鎖鎖好門，隨後準備回家。

但走了幾步，發現宋玡兒沒走，只是離遠了一點站。

月光照在雪地上，似裹上一層銀裝。

宋玡兒在這片銀色天地中，風吹起她高束的墨色長髮，也轉著彎兒撩了下她的玄色大衣，使得暗紅衣裳微露，更顯颯爽。

她見沈安之看見她了，也沒有躲起來，大大方方走過來，道：「對了，我是潼川人，你呢？」

沈安之抬手，手指指向南邊方向，再比劃道：「吳州。」

宋玡兒又沈默了，或者說，不知道該說點什麼。

她向來不知道怎麼與人說話。自然也沒什麼話好說。

但她想和他說話。也不知道為什麼。

二人站在雪地裡，站了半晌，沈安之剛想抬手比劃什麼，宋玡兒以為他又是想說讓自己回家的話，先淡聲開口道：「天氣冷，我請你喝酒。」

這麼直接的邀請，沈安之還是第一次見，而且對方還是只和自己見了兩次面的陌生人。

可沈安之心底竟有那麼一絲想應下她的話。

他認真看著她。

宋玡兒被看得撇過頭，似是隨意道：「我想喝酒，你不想去也沒事。」

「那我請妳吧，宋姑娘。」

沈安之眉眼出現了一絲笑意，那一絲笑意宛若吳州的春水溫柔。

天氣確實冷，是該喝點酒暖暖。

宋玡兒看到他的話，一愣，哦了聲。

說來這還是第一次有人請她喝酒，軍營禁酒，出去了，她也不好意思讓自己底下的小子請，她好歹是個將軍。很新奇，但也有點奇怪的感覺。那奇怪的感覺中，有著希望還有下一次的期待。

宋玡兒帶沈安之去酒肆。

沈安之雖說只在彭平縣待了一個月，但這點時間也夠他上上下下摸清情況，只是他不去茶館、酒肆等地，本地味道好的酒肆還是宋玡兒熟悉。

這酒肆離縣獄有點路，二人走在路上，未說一句話。

快到時，宋玡兒突然抬手，指了指不遠處一個較簡陋的鋪子，鋪子外掛著一布招牌，上面寫著「長生酒肆」。

鋪子的木門是緊緊關閉的，但隱約可見昏黃燈火，還有上頭散出的一縷縷炊煙。

沈安之似乎還聞到了一股濃厚的肉香，就算外頭這麼大的風雪，也遮蓋不住這股味。

宋玡兒上前握拳用指骨敲響了木門，邊敲邊對身旁的沈安之道：「我之前也沒來過這家，但魏戈說不錯。哦，魏戈是我朋友，下回介紹你們認識。」

敲了幾下後，小二來開門。「兩位客官快進來！別讓雪粒飄進來了！」

宋玡兒與沈安之進了鋪子，隨便找了個位置坐下，宋玡兒掃了眼掛在牆上的陳舊木牌，木牌上寫了幾種酒，因長年下來，都已經模糊不清了。

宋玡兒也沒多看，先問沈安之。「你要喝什麼酒？」

沈安之回道：「妳選吧，宋姑娘。」

宋玡兒直接道：「來兩斤青茝酒，再上碟白切肉。」

小二哎了聲。

宋玡兒說完後，發現沈安之已經給自己拿好了碗筷，又說了聲。「謝謝。」

之後宋玡兒就不知自己該說點什麼好了。

剛開始沈安之還有點不明白宋玡兒為什麼問完他之後，總是不說話，過會兒卻會有一個新問題，但這麼一、兩回下來，沈安之似乎有點明白了。眼前的這個姑娘看似清冷，性子卻極為耿直，平日裡想來也不與人多交談，不善言辭。

這般想來，沈安之抬手道：「木牌上字跡不清晰，宋姑娘怎麼知道有這酒？」

「哦，潼川府與梁國相接的這一片地界都有這酒，是拿這裡盛產的青茝製成的，每家酒肆都賣，很容易喝出哪家釀得好。若這酒釀得好極，那其餘的自然也不會差。」

宋玡兒的話沒有任何情緒，就如平常一樣，但沈安之一問，她便馬上回答，似乎就在等著沈安之問她問題似的。

「吳州在江南，沒有苦寒之地的青茝，你要是想看，我可以給你拔一株回來。」宋玡兒又道。

「我來彭平縣有吃過青苣做成的菜餅，味道很香。我方才說吳州，宋姑娘知道是江南？」

宋玡兒點頭。「我當然知道在江南，靖國的地圖我很熟。」

沈安之聽到這句話，突然想到了她攤開的手心，那猙獰的刀疤就這麼橫陳在她的手心與手腕處。

哪個女子不珍惜自己的每一寸皮膚？就算燙上那麼一小塊，留下一個極小的疤痕，對於一個女子來說也是一個沈痛的回憶。更何況是這麼一道刀疤，就在顯眼處，還每日都可看見，許是看一次，心裡都會難受一次。

眼前的宋姑娘出生在邊疆之地，還說對靖國地圖很熟悉，她到底與尋常女子不同，且看來……

沈安之過了一會兒道：「潼川駐軍可讓女子上戰場嗎？」

「只要有實力，誰人都可以上戰場。」宋玡兒那清冷的眸光瞬間落到了沈安之的身上。「你眼睛尖，看出來了。」

宋玡兒在剛聽到這話時，似乎身上帶了點刺，但看見沈安之那溫和的面容，神態與她之前遇到的那些冷嘲熱諷的人不同，立刻恢復成平淡的她。

她繼續道：「反正誰強誰上，不過你這樣的身板不行，你看起來太瘦。」

沈安之笑了笑，比道：「可能看起來瘦，但真要上戰場還是可以的。」

宋玡兒眼睛一亮，將手肘放在桌上來，道：「來比比。」

沈安之真順著宋玡兒的意思，與她扳起手腕來。

沈安之的性子溫和內斂，放在從前，與一個認識沒多久，沒說過幾句話的女子在大庭廣眾之下扳手腕，這等事，不為其他，單單為了這女子的名聲，他都不會這麼做。

可眼前的宋玡兒不同。雖然他說不上有什麼不同。

宋玡兒不知沈安之的想法，但握上沈安之手的那一刻，本來那鬥志昂揚的氣勢消了些。

她向來只管贏的，軍中有些男子也贏不了她。

林瑛和她說，這世道，男子輸給女子，總會心情鬱悶。

雖然她不太明白這有什麼好鬱悶的，強就是強，弱就是弱，比不過回頭繼續努力就是，這關性別什麼事。

可她若贏了他，他心情鬱悶可怎麼辦？她不太想他心情鬱悶。

要不等會兒偷偷放水？是的，偷偷放水。

宋玡兒有了這個打算，低低喊了聲「開始」便使力，在雙方都用力的那一刹那，宋玡兒的眼中出現了一絲詫異，看向沈安之。

他真沒這麼瘦弱，使力的時候，臂膀處也都是鼓起來的。不賴嘛！

二人僵持了一陣，宋玡兒好勝心上來，用盡全力贏了沈安之。

可真把他的手扳下去時，宋玡兒緊抿了唇。

她贏了，那勁頭一上來竟然忘了剛剛想的要給他放水，但她贏了，他會不會不高興？

宋玡兒抬頭看沈安之。

沈安之欣然認輸，正在揉手腕，朝宋玡兒溫和一笑，指了指她的手，再比劃道：「妳贏了，恭喜，待會兒再請妳一罈酒慶賀。」

沈安之比劃完，小二剛巧把他們方才點的酒與肉上了。

酒當真是好酒，肉也是好肉，拿一大盆裝著，底下還有濃厚的湯汁。

宋玡兒從袖腕處抽出一把小刀，刀刃鋒利，起身俐落地劃了一片肉，再用手遞到沈安之嘴邊。「你吃。」

沈安之愣住了。

宋玡兒又認真道：「手不髒，用雪洗過。」

話說到這份上，沈安之也只能張開嘴，將她手上拿的那塊肉咬進了嘴裡。

其實，他也不是嫌手髒。只是……唉！

沈安之突然覺得耳朵有點發燙。

宋玥兒餵沈安之後坐下來，給自己劃了一塊，肉貼著刀尖，她橫咬了一口，咀嚼幾下後，視線不自覺落到沈安之身上。

他解下了外邊的灰色氅衣，露出裡面月白色竹紋長袍，一派清朗和煦。

脫了外衣後，他用店家給的剪子將一部分肉剪開，剪成整齊的一塊又一塊，店家給的剪子她從來都不用，她身邊的人也都不用，剪子不方便，不如刀好使，但見他這麼用，宋玥兒想著以後也試試。

剪好了，沈安之才用筷子挾了一塊，放入碗中，撒了點佐料，再用筷子挾起放進嘴中。

這些動作一整套做下來，行雲流水，讓人賞心悅目。

宋玥兒嘴裡還在咀嚼，但視線一直在沈安之身上。他吃東西也是極斯文的，細嚼慢嚥，不似很多男子大快朵頤，吃得桌面一片狼藉。

「怎麼了？」沈安之被宋玥兒盯得終於忍不住比劃。

宋玥兒道：「你吃東西的樣子好看。」

好看？沈安之看了看自己，忽然明白了宋玥兒的意思，回道：「家裡對這方面規矩很嚴，小時候我也被打了幾頓板子。」

「好看歸好看，但因為這個打板子。」宋玥兒淡聲道：「那沒意思。」

「是沒意思。」沈安之輕笑，含著笑意看著宋玥兒點點頭。

宋玡兒翻過兩個酒杯，拿起酒罈倒滿，一杯遞給沈安之，一杯放在自己面前，她先舉杯聞了聞，再一飲而盡，下了結論。「不錯，你嚐嚐。」

沈安之點頭，也同她一樣，一飲而盡。

辛辣的酒水灌進了肚，一下子整個身子暖了起來。

他在吳、在京，常聽人冬日裡會說上那麼幾句，喝幾杯熱酒暖暖身子，但他不愛吃酒，也沒這習慣，便很少真正體會過這喝了一口子身子就像燒起來似的感覺。

可來了這彭平縣，喝了這口酒，沈安之是真體會到了，或許這才是真正天寒地凍的日子。

沈安之與宋玡兒，你一杯、我一杯喝完了一斤，後來二人喝得盡興，乾脆拿碗來喝，還又叫了一罈。

宋玡兒喝得面色通紅，醉意頗濃，可見眼前的沈安之面色卻跟方才沒什麼變化，就是耳根子那兒微微泛紅。

宋玡兒給自己灌了一口，指著沈安之的耳朵道：「你這樣不行，你要是在我們那兒喝，就算喝醉了，旁人只當你沒喝多少呢，大缸子酒等著灌你。」

沈安之笑了笑。

他確實沒醉，腦袋有些暈乎乎，但意識很清醒，也清醒意識到不能再喝下去了，對宋玥兒道：「我確實要醉了，明日還要去縣衙，我們回去吧。」

宋玥兒看了一會兒沈安之，哦了聲。

沈安之披上灰色氅衣，將宋玥兒的外衣遞給她，再從袖中拿出銀子給了店家。

出了長生酒肆，二人又回到冰天雪地中，天色更晚，比來時更冷，風更大。

沈安之問：「妳家在哪裡？我送妳回去。」

宋玥兒搖頭。「不用你送，我自己會回去，一般人都打不過我。」

「要送的。」沈安之也搖頭。

這麼晚的天，他做不到讓她一個人回去。

宋玥兒認識沈安之的這兩日，還是第一次見他這麼執拗，她覺得新奇，也想和他多待一會兒，於是便讓他送了。

宋玥兒現在的住處在一間客棧，離長生酒肆不遠。

沈安之將她送到客棧門口。

臨走之時，宋玥兒對沈安之道：「彭平縣等地，一般的長靴都不好使，容易浸濕，你得專門去買一種用獳皮製成的靴子，那最好用。」

說完，宋玥兒進了客棧。

客棧房間內，林瑛瞇睡著，一聽到屋門打開的動靜，她立刻跳起來。「將軍！將軍！妳回來了。」

宋玡兒淡淡嗯了聲，沒多說一個字。

或許聽見了這邊的動靜，隔壁的魏戈過來敲門，把門敲得砰砰響。「開門！」

林瑛上前開了門，魏戈衝了進來，對宋玡兒道：「妳還知道回來！妳和那縣尉幹什麼去了？一身酒味，你們不會一起去喝酒了吧？」

宋玡兒又嗯了聲。「去了，你說的那家長生酒肆，肉不錯。」

魏戈滿腔的怒火被宋玡兒這平靜的話噎在那裡上不去也下不來，堵得難受，一屁股坐在一旁，冷哼一聲撇過臉。

「剛剛本來想跟上去，但將軍妳使眼色不讓我們跟，我就拉著魏戈走了，我們等妳到現在呢！」林瑛噘著嘴，話鋒一轉道：「不過，將軍妳怎麼就和那縣尉去喝酒了？」

「想喝就喝了。」宋玡兒道：「哦對了，我之前的假一日未休，林瑛妳明天啟程回軍營，幫我休假。」

「休假？妳休假幹麼？」魏戈跳起來道。

「再留點銀子給我。」宋玡兒沒理魏戈，繼續與林瑛道。

「妳不會要留在彭平縣找那縣尉吧？」魏戈意識到了宋玡兒要做什麼。

林瑛聽到這話，也驚訝道：「是嗎？將軍，妳要留在彭平縣不回去了嗎？」

宋玡兒認真點頭。「嗯，留一段日子。」

番外四　沈安之&宋玡兒（下）

因著宿醉，次日沈安之頂著頭疼去縣衙。

這一日處理縣衙的公務，與平日不太一樣，沈安之感到頭疼，有時也會想起昨日宋玡兒跟他一樣喝了這麼多酒，會不會也疼得厲害。

她住在客棧，恐怕只是暫時路過彭平縣，或許今日就走了。

昨日他應該多問幾句，沈安之想。

混亂地想了一整天，沈安之頭更疼了，好在縣丞看他確實不大舒服，今日未讓他再去縣獄點算刑徒。

於是沈安之回了兆西巷的院子，剛走進院子，就聽到熟悉的聲音。「你今日沒去縣獄點算刑徒。」

沈安之一愣，抬頭看向聲音傳來的方向。

只見自家與隔壁院子之間的牆，宋玡兒就坐在那牆上，單腿曲著，手臂枕在膝蓋上，見沈安之看過來，她又問道：「我能下來嗎？」

沈安之點頭，上前了幾步，就怕她跳下來的時候摔著。

「沒事的，這種事我很擅長。」宋玡兒俐落地跳下來，說完這話，意識到不對勁，道：「當然不是偷進院子的事，我都是問過才進的。」

沈安之笑著比劃道：「好，明白的，先進屋吧。」

宋玡兒隨著他進屋，但總覺得沈安之誤解了她的意思。她可是將軍，當然不會幹這種溜門撬鎖的事，她指的是軍營裡相關的訓練。

沈安之把宋玡兒帶進屋，問她要喝什麼茶。

宋玡兒平日裡不喝茶，只喝酒，喝茶那是文雅人喝的。不過也是，沈安之在她眼裡就是個文雅人。

宋玡兒道：「你有什麼我就喝什麼。」

沈安之笑了笑，走進了另一個隔間，從塞滿石灰的瓦缸裡翻出一盒最好的茶葉來，彭平縣不是京都，這存茶葉的方式也是他聽縣丞說的。

拿出後他給宋玡兒泡了一杯。

二人好好坐下來，沈安之才問道：「妳怎麼在隔壁？」

宋玡兒先看了一眼自己手中的茶杯，再回道：「我搬到隔壁了。」說完這話，她頓了頓，繼續道：「我這段日子要待在彭平縣一陣子。」

沈安之只當她軍營休假，來這處玩耍了，她沒有多說，他也不多問，只問他們二人之間知道的事。

「妳今日頭疼嗎？」

宋玡兒回道：「疼的，不過正常，明日就好了。」

說了這話，宋玡兒開始喝自己的那杯茶，她想一口飲盡，但沈安之事先阻止道：「妳慢點喝，茶水很燙，不能像酒水很快下肚。」

宋玡兒哦了聲，貼著杯口抿了抿。「這樣？」

「也可以再多喝一點。」沈安之笑著比劃。

宋玡兒多抿了幾口，越喝越喜歡，平日那無什麼情緒的語氣都帶了一絲喜愛。「不錯。」

「是我妹妹給我的，妳喜歡喝就好。」

「你還有妹妹？」宋玡兒放下茶杯。「在吳州？」

沈安之再給宋玡兒的茶杯添了點熱水，添好後才緩緩比劃道：「有一個，在京都，我來這裡她還不知曉。」

這事沈安之心裡一直有愧。

他應該要與芷寧說一聲再走，可芷寧說不定到時怎麼都不肯讓他來這偏遠之地，他那妹夫在外、在朝廷無人不怕、無人不懼，別人以為他在家，自然也是所有人都怕他、懼他，甚至他的妻子都要仰仗著他的鼻息生活，可哪是這樣呢？

秦北霄這人，嘴巴上不說，心裡把芷寧的事看得最重了。要是芷寧因著他官職的事在家茶飯不思，或許都不用茶飯不思，只要唉聲嘆氣一聲，秦北霄恐也要盤問府內人半天了。

官場上的人慣會見風使舵，秦北霄知道，總要照顧他這個啞巴。

可他不想總依靠著旁人，他想靠自己，走走自己的路。

宋玥兒道：「真好，我沒有兄弟姊妹，家中就我一個。那你妹妹會來看你嗎？」

「太遠了，就算她想來，我妹夫也是不肯的。」沈安之道。

「這倒是。」宋玥兒淡聲道：「京都離潼川確實太遠了。」

沈安之笑笑。

宋玥兒沒再說話，喝著茶，目光掃了掃沈安之這屋子，彭平縣偏遠，這偏遠之縣的縣尉住所自然誰人都不上心。

宋玥兒第一眼見沈安之就知他不是什麼貧苦人家出身，她見過無數貧苦人家出來的男丁，不是這樣的。但她也想過，或許江南富奢之地與京都繁華之地出來的貧苦人家不同，不過他的談吐與氣質當真不一樣。

她也碰到過沈安之衣物，實際上也不需要碰，看也能看出來，不是什麼便宜貨；再喝了他的茶，諸如此類，她心裡有數，他出身是好的，可這麼好的出身，卻甘願來這彭平縣，實在奇特。

宋玡兒許久沒見到這麼純粹、長得又這麼好看的人了。

接著聊到天黑，二人甚至都忘了要用晚膳，還是宋玡兒的肚子先叫了，才想到該回自己院子了。

臨走時，宋玡兒問：「你的字好看，你能教我認字、寫字嗎？」

沈安之好奇宋玡兒怎麼看過他的字。

宋玡兒爽快地從懷裡掏出那日在打鐵鋪子拿來的紙張，給沈安之瞧了一眼，又塞了回去道：「能教我嗎？」

沈安之突然覺得好笑，點頭。

「能的，以後我盡快把縣衙中的公務處理好回來教妳。」

其實他向來在任上是極其認真的，處理公務一絲不苟，但這日有了對宋玡兒的這一句承諾後，沈安之似乎能更快更好地去處理。

他依舊要去縣獄清點刑徒，但每次宋玡兒都會在不遠處等他，說是幫他一起看著。

「以前彭平縣縣獄出過事，就你的上上上任縣尉，被殺了，腦袋都被砍下扔在雪地裡。後來駐軍有人路過彭平縣，會幫著巡邏幾日。」

宋玡兒和沈安之一起走在雪路上，一起回兆西巷。

「我來時聽過傳言，原來是真的。」沈安之道。

宋玡兒嗯了聲。「是真的，所以還是很危險，我每日過來和你一起鎖門也好，一個人在家很無聊。」

「無聊嗎？看來每日給妳布置的功課得要多加點了。」沈安之道。

宋玡兒眉頭慢慢緊鎖起來，憋出了兩個字。「不要。」

沈安之笑了。

這樣的日子，就是他們在彭平縣的整個冬日，這個冬日中，除了寫字練字，宋玡兒還去學了做飯。

她一股腦地燒，燒好了便給沈安之端過去，她嚐一口覺得難吃的，就開始皺眉不開心，沈安之則笑著把那些剩下的吃完。

可這樣，宋玡兒更覺得不開心了，她想燒得好吃些的。

「都很好吃。」沈安之安慰她。

某一日，宋玡兒兌現了她的諾言，或許對她來說是一個諾言，她神神秘秘拿了一布包到沈安之面前。

用那平靜、沒有情緒的語氣讓沈安之猜是什麼。

沈安之掃過那布袋，猜了幾次沒有猜到。

「是青苣，大青苣。」宋玡兒將布袋打開，把一株青苣從裡面拿出來，認真道：「我之前說要送你一株的。」

沈安之哭笑不得。

實際上這事他早忘了。但他小心翼翼收下這株青苣，宋玡兒以為他會丟掉，沒有想過沈安之會藏起來好好保管。

送青苣的事過了幾日，沈安之想，宋玡兒都給他送了禮物，他也應該回禮。

於是在一次宋玡兒做飯再次失敗，黑著臉在院子裡不知道搗鼓什麼時，沈安之拿了一小盒子給她。

宋玡兒打開，是一把極為精緻的小刀，與她現用的那把差不多大小，但一看就知道這盒子裡的這把更好。

宋玡兒進屋問沈安之。「你為什麼要送我一把刀？」

沈安之似是隨意簡單地道：「回禮。」

過年也是兩個人一起過的，沈安之與宋玡兒逛了好些鋪子，買的東西二人都快拿不動，好在還是拿回去了。

下午時分開始做年夜飯，宋玡兒本來說一個人包管，但中途沈安之過來道他太餓了，於是宋玡兒就與他一起。

這次的飯或許是宋玡兒做得最滿意的一次。

寒冷冬夜啊，但團圓佳節，平日裡蕭瑟的彭平縣都熱鬧了起來，放了好一陣的煙火。

宋玡兒與沈安之吃著菜，喝著酒，又是宿醉。

這個冬日就這麼過去，到了開春，宋玡兒的字已經有模有樣了，這一日，宋玡兒從外頭拿回了一朵花。

「它叫桑蘭花，只有潼川府才有。」宋玡兒惋惜道：「冬天開一次，初春又會開一次，這還不是最好看的，到初春那時開得更好看。」

沈安之想到了那柄紅纓槍上的桑蘭花暗紋，看向宋玡兒道：「確實好看。」

宋玡兒給沈安之送了花再回自己的院子，來了一個不速之客。

「妳是不回軍營了嗎？在這裡小日子過得有滋有潤，被那小縣尉迷得魂都沒有了吧？妳還是以前那個宋玡兒嗎？」魏戈怒道。

「有事說事。」宋玡兒平靜道。

「事？」魏戈嘲諷道：「我來帶妳走，妳這麼下去像什麼樣子？難不成還想和他成婚？」

「不行嗎？」宋玡兒反問。

魏戈氣得上前就拎住宋玡兒的領子。「妳腦子被狗吃了？天底下什麼男人沒有，妳找一個啞巴？」

宋玡兒眉眼狠戾一壓，反拎魏戈衣領，一拳揍在他臉上，冷聲道：「嘴巴放乾淨點。」

魏戈氣得幾乎快說不出話來。「妳為了這半途不知道從哪兒冒出來的啞巴，打我？打從小和妳一起長大的朋友？好啊，我嘴巴不乾淨！我他媽就是不乾淨，說他怎麼了？還不讓說了，他媽的他就是個啞巴——啊！」

宋玡兒又揮了一拳。

魏戈氣極。

二人開始扭打在一塊兒。

直到林瑛跑進來把兩個人拉開。「別打了、別打了！」

魏戈很快走了，但離開彭平縣之前，他去縣衙找了沈安之，開門見山道：「放了宋玡兒，你配不上她。」

沈安之定定地望著他。

「我知道你家世不錯，我也找人查過。你是江南沈家三房的嫡子，當今首輔秦北霄還是你的妹夫，你背景確實厲害。我不知道你為什麼來彭平縣，尋個富庶州縣當縣尉不成？跑來邊疆作啥？體驗生活嗎？」魏戈嗤笑道：「但無論是什麼，你就算是天王老子，皇帝的親兒子，你都配不上宋玡兒，你是個啞巴啊！你身有殘疾，真與她成親了，以後生出個孩子，也是個啞巴，你要讓她痛苦一輩子？放過宋玥兒吧。」

沈安之一直沈默。

「這些話，不只是我的意思，還有玥兒父親鎮南侯的意思，你好自為之。」魏戈眼神複雜地甩下了最後一句話，走了。

等魏戈走後，那縣丞黃祿獻媚道：「沈大人，你還認識潼川都護大人家的小少爺啊！真沒想到你還有這本事，下回可得幫我說說好話。」

沈安之感覺頭很痛。

他頭疼欲裂，從未這麼痛過。

他第一次告假回家，回家後，發現宋玥兒在院子裡，淡聲跟他解釋自己這掛彩的臉。

「撲地上了，摔了個狗吃屎。」

要是沈安之沒看到魏戈那同樣掛彩的臉，或許他就信了。

沈安之笑道：「那我給妳塗點藥。」

宋玥兒立刻應了聲「好」，隨沈安之進屋。

就這樣平平淡淡過了一月，一日晚飯時，沈安之似是無意問道：「妳是不是潼川駐軍鎮南侯麾下的右將？聽說那是個女子，也姓宋。」

宋玥兒難得慌亂，但很快鎮定回道：「是我。」

沈安之問道：「妳在彭平縣這般久，不用回軍營嗎？」

「不用。」宋玡兒搖頭道：「對，現在無戰事，我就把之前的假休了。」

沈安之緩緩比劃道：「妳不回軍營，我要回京都了。」

宋玡兒一愣。「你要回京都？」

沈安之點了點頭。

「可能在彭平縣考功不錯，給了回京都的機會，父母也來信讓我盡快回京，催我成家。」

「你要回京成家。」宋玡兒的聲音越來越淡。

沈安之沈默著，最後又堅定地點了點頭。

宋玡兒哦了聲。「京都好，不錯。你吃這個，這個好吃。」

這是宋玡兒說的最後一句話。

次日沈安之去她的院子，發現人與物都空了，她似乎從來沒有出現在這個院子，沒有出現在他的人生過。

再過兩月，沈安之被調回了京都，離開彭平縣的前幾日，他沒日沒夜地去找桑蘭花。

後來聽當地人說，這花難找，都長在很危險的地方。

但沈安之還是找到了一株，一路上細心呵護澆灌著，想把它帶回京都。

可惜半途中因為氣候不宜，還是枯死了。

沈安之回了京都，先進了翰林，翰林出來後進了刑部，一年任職，又入大理寺，到大理寺少卿的位置，他花了五年。

無比順遂的官場升遷，自然也與他在每一任那驚人的功績有著極大關係。

而大理寺少卿的這位置，剛開始還有些質疑的聲音，畢竟他不會說話，審案怎麼審？盤問怎麼盤？但在沈安之連續破了兩件大案後，這些聲音也消失了。

哥哥的官運亨通，越來越高升，沈芷寧實則應該高興才是。但她總覺得，哥哥沒有以前高興，或者說，哥哥似乎把自己內心封起來了，不讓別人知曉。

有一日她回沈府，去了哥哥的院子，沒讓下人通報，看到了哥哥對著一株枯花發呆，發現她來了，溫和笑了笑，繼而一起喝了盞茶。

彷彿剛剛對那枯花出神，整個靈魂不在軀殼的樣子不是他。

父母則隨著哥哥官位的升遷，越來越擔心他的婚事，像哥哥這個年紀的男子，大多已經成家了，快的孩子都滿地跑了。

但哥哥一直沒著落。其實是有人家中意的，像哥哥這樣性子、官場前途又一片光明的，想過得安穩的人家自然有意願。

「這些時日我就不回娘家了。」沈芷寧邊踏進了屋、邊對坐在榻上的秦北霄道。

秦北霄拿著書卷，隨口道：「怎麼？又為沈安之的婚事鬧了？」

「爹爹和娘親急上天了，我怎麼勸他們也放不下那個心。」沈芷寧嘆了口氣道：「哥哥不想成親，硬逼著他去成親，哪裡會舒服？方才我走時，哥哥第一次連飯都沒吃就走了，可見被爹娘逼得不輕。」

秦北霄的視線依舊在書卷上，慢慢道：「這事妳只得再去勸勸我那岳父、岳母大人，莫要再無用功了，沈安之不可能成親的。」

「我一直在勸呢。」沈芷寧坐到了秦北霄身邊，委屈道：「嘴皮子都說乾了。」

秦北霄挑眉輕笑，抬頭看向沈芷寧，伸手捏了捏她的臉頰，讓她的小嘴鼓出來些，好笑道：「嗯，確實乾了。」

沈芷寧哇嗚往旁咬秦北霄的手，秦北霄也沒躲，任由她咬上，另一隻手將人摟進懷裡，親了親額頭。「屬狗的？」

沈芷寧才不理會秦北霄的話，腦海裡還在想秦北霄說的那句「沈安之不可能成親的」，不禁疑惑道：「你為什麼這麼肯定說哥哥不會成親，這事都是不一定的吧，真遇上喜歡的，難道還不成親？」

「真遇上喜歡的，以沈安之的性子，更加不會去娶人家。」秦北霄慢慢回道：「況且他心裡確實有人了，所以這事只能勸妳父母放寬心。」

沈芷寧被「心裡確實有人了」這句轟了一下，一下似乎沒怎麼明白秦北霄的意思，被秦北霄輕笑嘲諷了一句。「這腦子轉不過彎來了。」

沈芷寧噘嘴掐了把秦北霄的腰間，秦北霄倒抽了一口氣。

「我明白了。」沈芷寧明白了秦北霄的意思，其實父母想得簡單了些，哥哥成親這事實則難如登天。

在哥哥看來，不喜歡，何必禍害人家。喜歡，更不要去禍害她。

沈芷寧面容耷拉了下來，低聲道：「你說得沒錯……不過你剛剛說哥哥心裡有人了，是誰啊？」

秦北霄屈指彈了下沈芷寧額頭。「他什麼時候變得最厲害？」

沈芷寧細想了一下。「好像是從潼川府回來後……啊，哥哥喜歡的女子在潼川？」

是了，一定在那裡。哎！

沈芷寧不知想到了什麼，又長嘆一口氣道：「過幾日，要麼在府內辦個小宴，讓蕭燁澤、沅君、我堂姊他們夫婦，還有我哥哥一道來用個便飯，我也好寬慰寬慰哥哥。」

秦北霄自然覺得無所謂。

可到了這日，剛落坐沒多久，就有邊疆急報傳來，說梁國邊境與靖國邊境起了衝突，爆發了小規模戰爭，鎮南侯駐軍有一支精銳追敵千里，消失不見。

沈安之聽到消息，臉色煞白，慌亂緊張地離席，跑出了秦府。

秦北霄與蕭燁澤等人也跟著一道出去。

這麼大的消息，就算現在不去宮城，回頭聖上肯定也會傳召，果不其然，幾人騎馬至半途，就碰見了來傳召的公公。

到了御書房，不少大臣都在，還在說著另一封急報。

急報上說是精銳斬殺敵首已回，但不聽軍令，擅自行動，差點使一支精銳損傷殆盡，實屬軍中大忌，定要嚴懲以示軍威。

「還是個女娃娃，是鎮南侯的獨女吧？」靖安帝道。

「是鎮南侯的獨女，聖上之前還封了其為宋大將軍的右將，聽說驍勇善戰，在邊疆長大，一直與其父鎮守邊疆，可謂女輩之楷模。」

「朕有印象，他們父女倆為朕安定邊疆多年，是朕虧欠了他們啊，特別是鎮南侯的獨女，唉！」

「聖上仁厚，如今這宋小將軍雖不聽軍令擅自追擊，但也因此，梁國對我國更為忌憚，近年來我國國力強盛，梁國也定不敢犯，聖上何不召回鎮南侯與其女，好生在京內過幾年呢？」

靖安帝聽了這話，連忙道：「對！你說得對，傳旨下去，召鎮南侯與其女回京，朕要好好賞賜他們！」

沈安之出御書房時，腦子裡只回盪著靖安帝的話。

秦北霄自個兒回府，沒有喊魂不守舍的沈安之，想來喊了，他也未必搭理。

秦北霄回府後，沈芷寧趕忙問道：「怎麼樣？」

「虛驚一場。」秦北霄把御書房發生的事，還有靖安帝說的話說給了沈芷寧聽。

「那我哥哥呢？他方才走的時候臉色好差。」沈芷寧道。

秦北霄輕笑不語。

「你還不說話了，哥哥怎麼了，為何這麼急得跑出去？」

「這麼急跑出去，無非是擔心心上人。」秦北霄笑道：「鎮南侯父女要回京了，等他們回京，沈安之恐怕還有急的時候。」

兩月後，鎮南侯宋珩與其女宋玥兒到京，宋珩多年未歸京，原先的鎮南侯府邸也廢棄了，靖安帝新賞了一座宅子，讓他們安頓下來。

回京的第一晚，在宮內擺了大宴宴請，朝中五品以上文武官員皆在邀請之列，沈安之作為大理寺少卿，自然在這邀請之列。

宴會上佳餚美酒，輕歌曼舞，文武百官在場觥籌交錯，熱鬧得緊。

沈安之在較遠的位置，視線落在同鎮南侯出列向聖上謝恩的宋玡兒身上，盯了不知多久，他一飲而盡杯中酒，起身離席。

「這馬車悶得慌，還不如我們自己騎馬回去。」

宮宴結束後，林瑛與宋玡兒一道坐於馬車內回府，林瑛過來的時候還很新奇，眼下坐久了，不由得覺得難受。

「宮裡規矩多。」宋玡兒淡聲回道。

「我知道，要是沒這什麼規矩，將軍早騎馬回去了。」林瑛眨著眼道：「將軍，妳還記得五年前那小縣尉嗎？我進京後聽了幾嘴，聽說他極厲害，現在已經是大理寺少卿了，不過既然是大理寺少卿，今天在宮宴怎麼沒見著他人？」

「或許在躲我。」宋玡兒瞇眼回道：「不過，不需要他來，我自己會讓開。」

最後的那一句話，宋玡兒似是自言自語道。

正如宋玡兒所希望的，就這麼平淡地在京內過了些日子，這些日子，她都沒有碰到過沈安之。

直到後宮的一道懿旨下來，是宮裡淑妃邀她進宮。

林瑛聽到這道懿旨還很高興。「竟是宮中娘娘！將軍，我還未見過宮中娘娘，還沒去過宮裡，妳說他們用的碗碟是不是都用金子做的？」
宋玡兒沈默沒說話。
這次進宮應該不會像名義上說的是邀她進宮賞花，果不其然，宋玡兒在淑妃宮裡待了沒多久，淑妃的姪兒，一個名叫周宸的男子也來了。
宋玡兒出了淑妃宮裡，鋪天蓋地的話也傳了起來，大多就是鎮南侯獨女與周家嫡子見面後，互有意向等等之類的話。
傳開的第一天，已經變成了二人即將要訂親了。
當晚，沈安之遞帖上門。
「大將軍拒了，似乎不想讓他進來。」林瑛打探了消息回屋跟宋玡兒道：「大將軍怎麼會拒絕呢？他是大理寺少卿，大將軍總得給點面子吧？」
宋玡兒語氣沒有情緒道：「是啊，總得給點面子。」
今天沒給的話，說明有貓膩，這貓膩無非是幾年前，父親與沈安之有過或多或少的接觸。
「那沈大人不肯走。」林瑛出去了一趟又回來。「一直在我們府門口等著。」
宋玡兒豁然起身，快速走向府門，最後幾步放緩了速度，繞過朱門，看到了等在府外的沈安之。

沈安之一見到宋玡兒，焦急比道：「周宸不能嫁，他不是個好人。」

宋玡兒淡聲道：「知道了。你走吧。」

說罷，宋玡兒轉身回府。

沈安之得了宋玡兒這句話，當下心稍微安定了些，可回府一想。

不對，她就是這樣的性子。

不管是誰，不管什麼事，她總會先答應了，至於是不是真的知道，就算是真的知道，但會不會聽進去，用行動去做，那就是另外一回事了。

沈安之在府裡急了幾日，最後下了個決定。

彈劾周宸。

沈安之當朝彈劾周宸的這一日，秦北霄是大笑回來的，對沈芷寧道：「今日，妳真該去朝廷上看一眼，沒想到沈安之還有這一面啊。」

沈芷寧好奇極了，忙問道：「什麼？你快說！」

「沈安之今早彈劾了周宸，參他以權謀私數十條罪名，還把淑妃的母家周家連著參，要不是臺諫的幾個老油條拉著他讓他悠著點，恐怕連淑妃都要參了，那真是在打聖上的臉，不好收場了。」

「你莫不是在跟我開玩笑吧？我哥哥？沈安之？」沈芷寧推開秦北霄，道：「世上沒有比他更溫和良善之人了，從來不和人起衝突，當然啊，審訊那都是公事，不能相提並論，他怎麼會主動參人呢？被你這麼一說，好像還挺狠。」

「豈止是狠？他的摺子寫得極為鏗鏘有力，我向來佩服他文辭佳，聖上到底是凡人，惜才、愛才，看到這些摺子，自是要好生查問。」秦北霄坐下，喝了口茶道。

「以哥哥的性子，斷然不會誣陷他們，定是真有這些罪名，那有得查了。」沈芷寧疑惑道：「不過哥哥怎麼突然去參周家？」

秦北霄沒說話，沈芷寧想了一會兒最近的傳言。

最近的傳言，無非就是周家要與鎮南侯府訂親，那鎮南侯是從潼川府過來，獨女宋玡兒自幼長在潼川，哥哥從潼川回來後，性子變化大了……

沈芷寧睜大眼。「原來她就是我嫂子啊！」

「八字都還沒一撇呢。」秦北霄好笑地敲了一下她的腦袋。

宋玡兒是提著紅纓槍上了沈家的門。

儘管宋玡兒很有禮貌地對沈氏夫婦說：「我沒有別的意思，你們別怕，我是來找沈安之的。」

但她面色向來冷淡，語氣又清冷，沈氏夫婦還是被嚇得夠嗆。

隔壁的秦府與王府很快得到消息，沈芷寧拉著齊沅君，秦北霄旁邊是蕭燁澤，四人都來沈府看熱鬧了。

「你從來對這些事不感興趣，今兒怎麼也來了？」蕭燁澤用手肘撞了撞秦北霄的胳膊。「也不怕傳出去被人笑話，堂堂內閣首輔，不好好在家處理公務，跑來看熱鬧了。」

秦北霄橫了蕭燁澤一眼，悠悠道：「哪裡算看熱鬧？是岳父、岳母家出了點事，我特地前來看著，以免事情鬧大。」

蕭燁澤憋了半晌，吐出三個字。「算你行！」

沈芷寧與齊沅君則討論著完全不一樣的話題。

這是她們二人第一次見到鎮南侯獨女，聽說她生在邊疆、長在邊疆，跟隨父親鎮南侯征戰多年，駐守潼川，還有著聖上親封的將軍之名。

女將軍啊！

「她真的，」沈芷寧目不轉睛地看著宋玡兒，喃喃道：「好帥氣。沅君，她是我見過最帥氣的女子了。」

齊沅君比沈芷寧更激動，捏著沈芷寧的手。「我也這麼覺得！表姊，她手裡的那把長槍，簡直了……」

齊沅君說完這話，頓了頓，似乎又想起什麼重要的事，興奮地靠在沈芷寧耳畔道：「有她在，我們今年馬球定會奪冠！」

「行了，妳們哥哥來了，讓他們說會兒話，先走吧。」秦北霄在背後道。

宋玥兒一直在大堂內坐著。

沈安之得了傳話過來，走進大堂。

宋玥兒一見來人，握緊長槍柄，以破空之勢，直指沈安之，槍刃架在沈安之脖頸上的那一剎那，他的髮絲微飄。

沈安之未躲，看著宋玥兒。

宋玥兒淡淡道：「你毀我姻緣。」

沈安之回道：「是我不對，但周宸並非良人，吃喝嫖賭樣樣有，周家瞞得好——」

宋玥兒沒等沈安之比劃完，又重複了一遍。「你毀我姻緣。」

沈安之沈默半晌道：「是，我是毀了妳這段姻緣，但我不悔，再給我一次機會，我依舊會參他們周家一本。」

宋玥兒冷聲道：「我不會原諒你。」

沈安之眼眸黯淡，但還是扯出了個慘澹的笑。

「除非——」宋玥兒又說了兩字，沈安之抬頭，與宋玥兒眼神對上那一刻，宋玥兒繼續道：「除非你再給我尋一段姻緣。」

大堂一片安靜。

宋玡兒收了長槍，道：「沈安之，你聽好，我的夫郎要滿足我以下的要求——

「他要有俊朗的外表。

「極好的文采。

「脾氣不能差。

「寫得一手好字，做得一手好菜。」

躲在暗處的沈芷寧緊張地搓著手，低聲道：「越說越像我哥哥。」

宋玡兒列了七、八條，似是想起來了什麼，道：「哦，他要不能說話，不然我嫌吵。」

「她就在說表哥！」齊沅君興奮地低聲道。

蕭燁澤嘖了聲。「本以為來尋仇，原來是逼婚來了。」

沈安之聽完了宋玡兒的這幾個要求，眼中複雜至極，那是心疼、欣喜與無盡的自卑等無數情緒雜糅。

他的身子微顫，抬手要比劃什麼。

宋玡兒皺眉道：「沈安之，你想清楚你的回答。」

沈安之手中動作一頓，繼而抬手道：「想好了，我有一個人選符合你的要求。」

宋玡兒眼神越來越淡。「好，今日打擾貴府了。」

說罷，握緊紅纓槍就要離去，沈安之拽住了她的胳膊。

宋玡兒皺眉使力，想掙脫，可竟然絲毫掙脫不得。五年前扳手腕還比不過她的沈安之，五年後居然能做到這個地步，好一個沈安之。

「妳聽我說完。妳要俊朗的外表，我不知我的外表如何，但應該稱得上一句俊朗；我的文采自認不錯，向來也很少動氣發火；至於寫得一手好字，做得一手好菜，這些我都擅長……以及妳說的最後一點，我不會說話。」

沈安之比到這裡，動作微顫。

顫抖之際，宋玡兒徑直抓住他的手。「我就喜歡不會說話的沈安之。」

暗處的沈芷寧與齊沅君看到這場景，難以抑制興奮，兩人互相抓著手。「這宋姑娘，不不，我要改口叫嫂子了！嫂子好膽量、好魄力。」

齊沅君也興奮道：「今年馬球賽有強將了！」

沈芷寧決定不蹲著了，起身趕忙去告訴爹娘這個好消息，讓他們準備好趕緊去鎮南侯府提親。

說來，鎮南侯怎麼都不想自己唯一的這女兒嫁給一個不會說話的啞巴，但他自然拗不過宋玡兒，眼下這情況，也只得同意了這門親事。

訂了親後，兩家商議得很快，三書六禮也都備全，還決定了成親的日子，就於六月初。成親的日子還未到，有時沈芷寧會收到宋玡兒準嫂嫂送來的……奇奇怪怪的物件。嗯，應該可以說奇奇怪怪，比如一種農作物，比如一些攤子上擺放的極小的或極大的裝飾物。

她的嫂嫂好像很有關於大小方面的愛好。

她回府與哥哥說笑時說到這事，哥哥眼中的笑意總是溫柔的。

「她就是這樣，妳別見怪。」

好嘛，這話說的，對妹妹都已經要說「別見怪」這樣的客套話了，哥哥當真是把新嫂嫂護在心口上。

沈芷寧收到了兩件宋玡兒送來的禮物，覺得還是要登門拜訪一下，第一次登他們鎮南侯府的門，沈芷寧是在練武場看到宋玡兒的。

她來的那個時候，宋玡兒正在和家丁們比摔跤，那一個個粗壯的家丁，竟沒一人摔跤比得過宋玡兒。

「嫂嫂，妳真的好厲害。」待宋玡兒下場歇息，沈芷寧立刻道：「他們一個個人高馬大的，卻每一個都被妳摔下了。」

「看著壯，沒有力量，也不會技巧，自然就摔下了。」宋玡兒回道。

沈芷寧明白宋玡兒的意思，可儘管如此，那麼大的塊頭，被看似纖瘦的宋玡兒這麼摺倒，看著還是有點嚇人的。

沈芷寧沒再多說什麼，把自己手裡的盒子遞給宋玡兒道：「我來給嫂嫂送件禮。」之後，沈芷寧沒有多留，很快便走了。

宋玡兒等沈芷寧走後，打開盒子，發現裡面是茶葉，這茶葉還很是眼熟。

她想起了以前在彭平縣住沈安之隔壁時，他常常會泡茶給自己喝。離開沈安之的那五年，她未再喝過一口茶，但並非沒有得喝，只是碰上這些與他相關的東西，她心口就堵得慌。

剛開始的一、兩年，她甚至見也見不得男子穿白衣，看不得男子溫柔說話，好在軍營裡這樣的男人幾乎沒有，不然她肯定瘋了。

後來她看開了。

就算不去接觸這些所謂在她心中能代表他的東西，但他還是存在的，不僅存在，可能還活得不錯。

比如，聽到他步步高陞的消息。

他確實應該有這樣的前途，當時若留在彭平縣，可能他的路就不一樣了，所以他是對的，宋玡兒想。

不過有時候也會看不開。

他是對的，可他們數月的感情，本以為再這麼下去，她真以為他要與她成親的，結果卻只有那一句冰冷的「我要回京都了」。

想到這句，宋玡兒的心口又哽在那裡，於是立即換了衣物，騎馬去沈府。

沈府的下人都司空見慣了，這鎮國公府的獨女與京內其他女子不同，很是灑脫恣意，有下人腦子裡的枷鎖重，背地裡會說一句沒規矩，但也總有人駁回去。「再沒規矩，那宋姑娘也是聖上親封的女將軍啊！」

女將軍入府，尋了沈安之。

沈安之正在看大理寺的卷宗，宋玡兒將盒子推到他面前。「喏。」

沈安之瞧這盒子眼熟，打開一看。

「這不是芷寧那兒才有的茶葉嗎？她今日送妳的？」

宋玡兒嗯了聲。

「那我去給妳泡兩杯來。」沈安之溫柔地笑了笑。

宋玡兒點頭。「好。」

沈安之很快拿了茶具與火爐來，在宋玡兒面前泡上一杯，先遞給她一杯，宋玡兒接過，如同他們第一次在兆西巷那般，她抿了一小口。

同樣的茶葉，同樣的味道。

沈安之的視線一直在宋玡兒身上，見她那平日裡沒有什麼情緒變化的面容，突然多了一絲委屈，委屈出現的那一剎那，她眼眶紅了。或許意識到自己的失態，宋玡兒立刻轉過身子。

沈安之把人轉過來，恰見她眼裡的淚珠滾了一滴下來，落在了他手背上，沈安之心口那處，瘦脹、疼痛各種情緒充斥，把人輕輕摟進懷裡。

許久之後，沈安之才鬆開宋玡兒，嘆了口氣。

這五年的日日夜夜，實則他都在回想那日他與宋玡兒說的每一句話，做的每一件事。

他總想，那日他應該做一頓好吃的，而不是讓記憶停留在那麼簡易的飯菜上。

他也想，那日他應該說得委婉些，而不是那麼絕情。

還想著，那日說完他應該去宋玡兒的院子裡看看她，這樣他們的分別就不是那麼隨意。

他想了許久，執著於每一個字、每一個詞，若他想出了一個更好的字、詞能代替那日所說的，他又是整夜整夜的睡不著。後來，他徹底明白，他並非後悔那日沒有更好的去與她道別，他是悔恨說了那番話故意趕跑了她。

可他，畢竟是個啞巴。

誰會嫁一個啞巴？就算嫁，他真能讓她嫁給他嗎？她本可以有更好的。

就算別人勸慰許多，說他相貌俊朗、才情橫溢、官運亨通，以後定能入閣拜相。他也能明白，宋玡兒喜歡著他。

可不一樣，總歸不一樣。在心底的她面前，任何的完美都是應該，就算是一點小缺陷，都會被放大，更何況是如他這麼嚴重的事。

宋玡兒聽到沈安之的嘆氣，沈默了一會兒，起身，沈安之坐著個子正好到她鎖骨處，宋玡兒張開臂膀道：「我可以給你抱一抱，就像剛剛你抱我。」

沈安之笑了。

日子過得很快，一眨眼就到了二人成親的日子。

吹吹打打，喜慶至極，熱熱鬧鬧過了一切禮節流程，拜完堂，喝了合巹酒後，沈安之出來招呼賓客。

過了一會兒，蕭燁澤過來道：「沈安之！你娶的女人也太厲害了吧！」

這是個什麼說法？

沈安之被蕭燁澤帶過去，有個地方裡三層、外三層人群圍著，撥開一看，原來這裡臨時搭了個臺子，宋玡兒還穿著嫁衣，手裡拿著紅纓槍站在上頭。

臺下的齊沅君還幫著喊道：「這樣，各位！平日裡那些個喝酒沒什麼意思，今日就來個擂臺比賽，誰打輸了我家嫂嫂，誰就喝一大碗，嫂嫂若是輸了，讓沈大表哥替喝，怎麼樣?!」

蕭燁澤掩著面。「媽呀！丟死人了。」

這形式在婚禮上倒從沒見過，所以齊沅君說完，周遭人都一片歡呼，有些人摩拳擦掌想上場。

宋玥兒視線掃過全場，見沈安之也來了，給了他一個放心的口型。

擂臺很快開始。

擂臺的過程不細說，但聽說那日散得極早，那新婚的大理寺少卿一口酒都沒被灌，賓客全被灌得滿臉通紅的出府。

番外五　裴延世&沈嘉婉

江檀死後，策劃的一切事情全部暴露，涉事人等皆被抄家、流放或是關進牢獄，等待判刑。

裴延世因有立功，靖安帝免了其罪。但因為他與江檀一道生活這般久，又是罪臣安陽侯的嫡子，這敏感的身分，也注定他官場之路走得坎坷。

不少人對其冷嘲熱諷，眼睛不是眼睛、鼻子不是鼻子的，但裴延世是什麼人？最不喜歡順人的心意，尤其那陰戾冷酷的性子，正常人瞧著都怕。有過幾次正面衝突，同僚們討不著什麼好處，反而被陰陽怪氣罵了一頓，自從那以後，他們都知道裴延世不好惹了。

他的能力與本事也強，在官場沈浮幾年，最後進了刑部，得了個嚴刑酷吏的名聲，以至於京內有小孩聽到他的名字都會被嚇得哇哇直哭。

但他確實是皇帝的一把好刀。

這把刀，染了不知多少官吏、犯人的血，依舊鋒利冷峭，可每一把刀都有刀鞘，裴延世也一直在等著他的刀鞘。

他去吳州尋了沈嘉婉數次，次次她都避而不見。他本以為沈家要把她許配他人，可一直也沒等到她訂親的消息。

因此，他依舊孑然獨立於世。

京都沈府，陸氏這日從另一個沈府回來。

兩年前，吳州的沈家也都搬來京都了，兩個沈家自然時常來往。

沈芷寧正與嫂嫂宋玡兒玩棋，這棋子的新玩法是嫂嫂在邊疆時從幾個梁國人那兒學來的。

陸氏進屋嘆氣。「妳哥哥一成婚，可急壞妳大伯母了，如今這家中還未成親的就妳堂姊一人，她還是女兒身，年紀已經大了，再拖下去可怎麼好？」

宋玡兒向來不懂公婆的一些說法。

比如這女兒身，年紀大了，再拖下去彷彿天要塌下來似的。可女子並非一定要嫁人不可，報效祖國、上陣殺敵，那也是另外一種活法。

她把這話好奇地問沈安之。

沈安之當時溫和笑了笑，繼而認真比劃。

「不是所有女子的出身與境遇都相同。像嘉婉、像沅君，甚至是我妹妹芷寧，生在這種人家、長在這種人家，真要讓她們活出與母輩、祖母輩不同的活法，那得有多少人指指點點、拚命阻攔，每一步都要踩在刀尖上的，就算踩在刀尖上，到最後還得剝下那層皮，也不知道能不能活下來。被束縛的女子都是苦的。」

沈安之揉著她的髮，又比道：「其實芷寧與沅君，都很羨慕妳，妳就活成自己的樣子，我也會為妳保駕護航。」

自從那日聽了沈安之的話，宋玡兒似乎明白了許多，這會兒聽了婆婆的話，她抬頭問道：「娘，大伯母沒給堂姊相看嗎？」

以宋玡兒那冷淡的表情與平日的性子，配上她突然問的這句話，陸氏有些被嚇愣了，感覺太陽都打西邊出來了。

「相看了、相看了，怎麼會沒相看呢？可嘉婉執拗得很啊！一直不肯嫁，連面都不肯露。對了，芷寧，以前娘聽說，嘉婉與那裴延世……她是不是在等著他呢？」

沈芷寧回道：「先前或許有等的意思吧，可偏偏那裴延世也是個傲氣的，定要考上了進士後才去找堂姊，可考上之後，堂姊好似就不見他了。」

陸氏聽罷，繼續嘆氣。「妳大伯母愁，愁到妳祖母跟前，妳祖母罵了妳大伯母一頓，但心裡也愁啊。」

再過一月，陸氏又從沈家回來，慌慌張張帶回了一個消息，隔壁的沈芷寧也聽聞了。

「嘉婉去道觀當姑子了！」

沈芷寧一愣，但回過頭一想，像是沈嘉婉真實性格會做出來的事。

「妳大伯母，硬是給她定下一門親，還把人鎖在屋裡，打算等要成親了才把人放出來，可嘉婉直接逃了，還逃到了三清觀，絞了頭髮做姑子。」

沈芷寧皺眉搖頭。「大伯母這行事也不改改，成親哪有趕鴨子上架的？」

陸氏嘆氣道：「可不是？我剛回來的時候，妳大伯母在府裡哭得死去活來，可人都已經在道觀了，說什麼都沒用。我記得以前我們在吳州，嘉婉是最乖的，現在怎麼……」

沈芷寧慢慢道：「或許現在的日子，才是她想要的。」

這樣的生活確實是沈嘉婉想要的。

三清觀坐落在京畿外老虞山上，風清水秀，景色宜人，因上山之路極為難走，鮮有大批遊人上山，大多是虔誠的道教信徒才會上山。

而沈嘉婉上山第二日，觀中人便來說：「有人尋妳。」

這日父母及家中不少人都已來勸過她，這個時候會是誰來呢？

沈嘉婉走到觀舍外，見裴延世站在這庭院的枯井旁，正值仲秋之際，杏黃葉鋪了一地，他就著了一身玄衣，似乎還是以前那般俊俏桀驁。

沈嘉婉定定地看了他一眼，隨後轉身。

「嘉婉，一起走走。」裴延世喊住她。

「好啊。」沈嘉婉翩然轉身，那笑容彷彿就纂刻在臉上，可說出來的話卻是極為冷漠的。「走了這一趟，以後我們便再不相見。」

有「閻王」之名的裴延世，聽了這話，一句話不吭，沈默半晌，吐出了一個字。「好。」

沈嘉婉聳肩。「那走吧。」

二人剛走在一起時，因著到底許久未見，總有點尷尬，可走了一段路，似回到了以前在西園二人相伴的時候。

但沈嘉婉卻拉開了點距離。

裴延世見她這舉動，走路也慢了一步，稍稍落後於她，以免讓她感到不舒服。

走了幾步，裴延世先開口道：「我聽說妳來了三清觀，便來找妳。」

「是了，不僅我家裡鬧得極大，這消息恐怕傳得滿京都都是了。恐怕像我這般膽大、驚世駭俗的女子，回頭定要被各家長輩回去當反例給自己女兒訓話，罷了，我無所謂，我樂得清閒自在。」

「我的名聲更不好。」裴延世低聲道：「我也無所謂。」

沈嘉婉頓住腳步，轉身看向裴延世，問道：「你今日來尋我，到底有何事？有事說事，沒事我要回觀裡了。」

裴延世微皺眉，沈嘉婉直接就要走，被裴延世拽住了手腕。「我就是來看看妳，沒別的事。」

沈嘉婉冷笑著掙脫他。「你莫不是還要說什麼膩膩歪歪的話，想我？歡喜我？愛我？笑話，你以為我會信？我們不是孩子了，西園的日子都是多少年前的事了，清醒點裴大人，別活在過去，好好找個人成親生孩子吧。」

說完，沈嘉婉走了。

沈嘉婉緩緩走了幾步，又趕緊往前跑幾步。

她這次說話說得重，希望裴延世不要再來找她了。也對，以他那麼傲氣的性子，被她這麼一頓說，恐怕怎麼也不會來找她了。

可沈嘉婉似乎想錯了。

次日、後日，裴延世都來了，接下來的每一日，裴延世日日都來，就算公務繁忙，忙到深夜，他還是會上山，若道觀關門了，他便尋個小舍將就一晚。

他也不執著於見沈嘉婉，可就是日日來，或是吃齋飯，或是參拜，或是幫著做事，日子久了，觀裡的人都不忍，還幫著勸沈嘉婉，就見他一面吧。

被勸久了，沈嘉婉氣極。

一日在庭院抱著一把銀杏樹葉，跑到正在打井水的裴延世邊上，把懷裡那一把銀杏樹葉都撒在了他身上，跺腳道：「你滿意了吧？道觀裡的人都說我心狠呢！要個清淨都不行！」

裴延世撥掉在自己頭上的銀杏樹葉，又想伸手取下黏在沈嘉婉衣物上的一片，被沈嘉婉躲開，裴延世眸底暗沈，低聲道：「妳可不是心狠嗎？」

沈嘉婉聽這話，冷聲道：「是啊！我就是心狠，沒有人比我更心狠。以前的我都是裝的，現在的我才是我本來的面目，可憎吧？可惡吧？你還在這兒做什麼？你喜歡的是那種無害的小白兔，又不是我這種心腸狠毒的女人，何必要自己騙自己，令人作嘔──」

沈嘉婉的話沒說完，腰間便被裴延世狠狠摟過，接著兩隻手被他一隻手箝制在她背後，他又騰出手來扣住沈嘉婉的後腦。薄唇覆上沈嘉婉的唇瓣，用的力幾乎要把兩個人的嘴唇給咬破，沈嘉婉掙扎得越厲害，裴延世親得越狠戾。

沈嘉婉終於狠下心用力一咬，咬得裴延世吃痛，稍稍鬆開了她，沈嘉婉乘機抽身，順便甩了他一巴掌。「你瘋了?!」

裴延世大拇指指腹抹去薄唇上的鮮血，再伸指一瞧，看著那抹鮮血似乎很高興，道：「是了，妳說妳是個毒婦，我就是個瘋子，毒婦配瘋子，也是絕配。」

沈嘉婉瞪著他，剛想說什麼，裴延世又道：「我從來不會自己騙自己，我清醒得很。妳以為我是現在才知道妳是這樣的人？在西園時我就發現了！別人給妳的胭脂水粉，妳當面笑著接受，回頭就扔湖裡；別人以為妳純真善良，連隻螞蟻都捨不得踩死，哪裡知道妳屋子裡專門有個丫鬟，給那些受傷的貓貓狗狗治病。妳每次當著眾人面前裝得一副白兔模樣，見著受傷的貓狗就抱回去，實則帶回去了就扔給了那丫鬟，這些事多著呢。妳虛偽、惡毒，我比所有人、甚至比妳認識妳自己都要早，但我就是放不下妳，我喜歡的就是沈嘉婉，死在妳手裡，我心甘情願。」

沈嘉婉睜著眼一直看著他，袖中的手微顫，終於忍不住喊了一聲。「瘋子！我不和你說！」她轉身跑開了，跑到一半又回來，跺腳喊道：「瘋子，你別再來了！」

可裴延世還是來了，甚至比之前來得更勤快、更久。

沈嘉婉真不知怎麼辦才好，慌亂了一陣，後來決定平常心對待，他來任他來，自個兒管自個兒。

有時候沈嘉婉心情好，還會帶裴延世上山採果子，嚐到特酸的就騙他吃下去，實則也不需要騙，她每每遞過去的東西，裴延世總是盯著她，一口就吃下了。

山上還有庭院裡也有不少銀杏果，沈嘉婉與裴延世就會撿一塊木頭，把銀杏果扔進去烤，烤到差不多了，再拿出來剝開殼，那香味四溢，比山上的酸果子好吃多了。

到了冬日，裴延世會帶上行裝與弓箭，與沈嘉婉進山打獵，若回去晚了，便架上篝火過上一整夜。

這樣的日子自是豐富多彩的，就這樣過了一個秋、一個冬，到了開春，裴延世煮雪水的時候，對沈嘉婉道：「妳的心結還未解。」

沈嘉婉撥弄著等一下要放入雪水煮的茶葉，隨意道：「笑話，我哪有什麼心結？」

裴延世沈默半晌，道：「沈嘉婉，我年少之際，滿身的自負輕傲，做錯了不少事，後來家道中落，雖有所收斂，可到底改不掉，得罪了不少人，可妳要說我後悔做了那些事、得罪了那些人，我是從來不後悔的。」

沈嘉婉嗤笑一聲。「所以才說你自負，不自負的人會說出這種話？」

裴延世繼續道：「但有一件事我後悔。我自以為要有功名、有家底才有資格去尋妳，卻讓妳一直等著我——」

「雪水煮好了，我放茶了。」沈嘉婉打斷了他的話，面色淡淡。

對話到此為止。

裴延世也順了她意，不再提，二人依舊像之前那樣相處，過了一月後，沈嘉婉突然道：「聽說京內新開了一家寶蝶軒，製的簪釵一絕。」

「妳又沒頭髮，可戴不了這些。」裴延世道。可說完這話，他似乎明白了沈嘉婉這話的意思。「妳要蓄髮，要還俗了嗎？」

沈嘉婉不理裴延世這句話，自顧自道：「我要工藝最精細的那一款。」

裴延世欣喜地把沈嘉婉抱在懷裡，抱起來轉了好幾圈。「等一下就給妳買！」

「放我下來，頭暈！頭暈！」

沈嘉婉喊著，可見裴延世這麼高興，不由得也笑了起來。

——全書完

2022年2月出版

大器婉成

文創風 1039～1040

穿越成一個壞女人也無妨，扭轉命運就是了！
雖說莫名活在別人仇視的目光中讓她難受得很，
不過只要拿出誠意真心「悔過」，一定能化解所有難關……

溫情動人小說專家／夏言

雖說自己不是沒幻想過成為小說中的人物，
但是一覺醒來就變成書中的反派女配角卻是始料未及，
不僅因為個性太過差勁而被討厭，
更不知好歹地嫌棄自家夫君，大大方方搞起婚外情，
真是讓她啞巴吃黃連，有苦說不出……
好在目前尚未鑄成大錯，一切還有挽回餘地，
紀婉兒決定「洗心革面」上演一齣全能印象改造王，
先烹調美食收買人心，再與害羞的丈夫來個「真心話大冒險」！
正當她欣喜於努力逐漸發揮效果、餐館事業有了進展時，
舊情人追上門求關注不說，親娘也覺得她怪怪的……
OMG！難道她精心策劃的劇情要爛尾了嗎 ?!

漁家有女初長成，一身廚藝眾人驚／元喵

2022年3月出版

小漁娘大發威

爹娘不僅相信她的廚藝是夢中一個老神仙傳授的，
對於她想改善家境所出的主意也都點頭同意，
甚至連她要招贅這種事都毫不猶豫地答應了，
這……說他們不是一家人，誰信啊？
從今以後，她就是他們的女兒沒錯，親生的！

文創風 1041 1

說起來，老天爺待她黎湘確實是有那麼一點點不公的，
從小她就失去親人，如今又是胃癌末期，眼看著生命就要到頭了，
沒想到在急救失敗睜眼後，她竟成了個剛被人從水裡撈起來的小姑娘！
所以說，上天也覺得對她很壞，讓她重活一次嗎？但讓她變成古人是哪招？
而且她一個對甲殼類食物過敏的人卻穿成小漁娘，確定這不是在整她嗎？
也罷，既來之則安之，幸好她擁有好廚藝，開間小館子過活應該不成問題，
豈料這小漁娘家太窮了，不僅窮，還負債累累，欠了村中過半人家的錢！
這個家如今連吃塊肉都不容易，哪來的錢開館子？得想法子先掙錢才行啊！

文創風 1042 2

黎湘又驚又喜，因為這小漁娘的身體對甲殼類食物不會過敏，
這代表什麼？代表她夢寐以求的各類蝦蟹貝終於可以盡情開吃了啊！
村人都說毛蟹有毒，但那八成是沒弄熟，上吐下瀉後又沒錢醫才會死一堆人，
且她是誰？她可是手藝一流的廚師耶，經手過的菜餚就沒有不熟、難吃的，
眼下是蟹正肥的時候，她打算買來大量毛蟹，把禿黃油和蟹黃醬先做出來！
不管是拌飯、拌麵，或是當成饅頭、餅類的抹醬，這兩大醬根本打遍天下無敵手，
她已經看見錢在對她招手了，問題是，她得先說服爹娘掏點錢讓她買材料呀，
如果謊稱她落水昏睡時夢到一個老頭非要傳授她廚藝，不知會不會太扯？

文創風 1043 3

真不是黎湘自誇，她做的蟹醬根本輾壓這時代一些滋味普通的昂貴肉醬，
靠著這個，她發了筆小財，還上城裡賣起包子配方，賺到了開館子的本錢，
雖說她目前還只是個小漁娘，但她不會一直窮下去，未來可是要開大酒樓的，
不過眼前有件棘手的事得先解決，這時代的字長得太奇怪，她完全看不懂，
要做生意的人，卻是個妥妥的文盲，就連簽個契約都得請人幫看，多沒保障，
幸好，她偶然發現身邊就有個能讀會寫的，便是鄰居伍家的四子伍乘風，
這四哥也是個絕世小可憐，自出生起家裡對他的打罵就沒少過，
每天去碼頭扛貨，賺錢上繳親娘還吃不飽、穿不暖、睡柴房，壓根兒撿來的吧？
……等等，那他哪來的錢讀書識字？看來他也並非她以為的愚孝受氣包嘛！

文創風 1044 4 完

失蹤多年的親哥回來、酒樓生意極好，黎湘很滿意這闔家團圓又錢多多的生活，
真要說的話，確實是還有個小遺憾，就是她的終身大事，
倒不是她想嫁人了，而是她不想嫁，但卻不得不成親啊！
原來這朝代有規定，女子年滿二十還未婚會被官府直接許配人，
可古代女子嫁人後受限太多，她實在無法忍受關在後院伺候一家老小的生活，
若運氣壞點，再遇上伍乘風他娘那樣的惡婆婆，那日子真是沒法兒過了，
所以她幹麼要嫁人？要也是委屈一下招個贅婿回來，乖乖聽自己的話啊！
欸不是，她說要招贅，四哥一臉開心、躍躍欲試是為何？

重生學得趨吉避凶，意外撿到優質相公／淺語

2022年2月出版

娘子馴夫放大絕

前生瞎了眼睛，選了個負心郎，落得與女兒含怨身死，
這一世她重活了，必得好好為自己打算，先穩了家再談其他；
但待她到了京城以後卻驚覺，怎麼重生回來的似乎不只是自己一人？

文創風 1035 1

楊妧悔了，當初怎就瞎了眼，看上那翻臉無情的前夫，落得與女兒身死的下場，
如今重生回到未嫁的少女時代，許多從前沒看清、不明白的事都瞭然於心；
只是這世卻多了個小妹妹，母親與自己關係也多有不同，
更奇異的是，京城的姨祖母——鎮國公府的秦老夫人來信邀她們幾個晚輩進京，
可怎麼前世待自己客氣有禮的老夫人，現在卻是處處維護、真心疼愛？
為了在國公府安穩度日，她處處小心謹慎，卻依然惹來一堆後宅糟心事，
躲了那些明槍暗箭，她險些忘了自己最該避開的是那個前夫啊！

文創風 1036 2

在鎮國公府的日子過得越來越舒心，雖然多少有些寄人籬下之情，
但秦老夫人待她更似親孫女，時而默默觀察，時而徵求意見，提點一番，
甚至出門作客也帶著她，讓她越來越熟悉京城的人事，不但遇上前生好友，
也學了更多人情世故，更明白前世的自己究竟犯了多少錯，又錯過了什麼……
怪的是，國公府的世子爺、名義上的表哥楚昕這一世卻「熱絡」得很，
要麼是心氣不順就與她作對，要麼是拐彎抹角地為她出頭？

文創風 1037 3

他都把話挑明了，楊妧哪能聽不懂？
可她與楚昕說穿了只是遠房親戚，門戶差得太多，她如何在國公府站穩？
只是老夫人認準了她，楚昕更是硬起了脾氣，磨得她心都軟了；
哪裡想得到曾經愛鬥嘴、鬧事的少年，如今卻能為她如此柔軟？她也不捨啊……
最後宮裡一道聖旨下來，他們便是板上釘釘的皇帝賜婚，誰也阻止不了！
沒想到她處心積慮避開了前世的孽緣，卻逃不過這世的冤家……

文創風 1038 4 完

前世的恩恩怨怨，在這一世似乎既是重演，卻又有著意外的發展……
但她已非長興侯夫人，而是鎮國公府世子夫人，一生所求不過是值得二字，
楚昕愛她、寵她，她自然願意做他堅實後盾，為他打理好國公府；
不過她這廂把家宅治理得穩妥，遠在邊關的楚昕卻不知過得如何，
與其在京城擔心，小娘子乾脆動身尋夫！待她到了邊關總兵府，卻發現——
別人早已瞧上她夫君了，連身邊侍女也動了心眼，只有傻夫君什麼都不知情！

文創風 1060

緣來是冤家 3 完

國家圖書館出版品預行編目資料

緣來是冤家 / 明檀著. --
初版. -- 臺北市 : 狗屋出版社有限公司, 2022.04
冊 ; 公分. --（文創風 ; 1058-1060）
ISBN 978-986-509-318-1（第3冊 : 平裝）. --

857.7　　111003270

著作者	明檀
編輯	林俐君
校對	沈毓萍
發行所	狗屋出版社有限公司
地址	台北市104中山區龍江路71巷15號1樓
電話	02-2776-5889～0
發行字號	局版台業字845號
法律顧問	蕭雄淋律師
總經銷	知遠文化事業有限公司
電話	02-2664-8800
初版	2022年4月
國際書碼	ISBN-13　978-986-509-318-1

本著作物由北京晉江原創網絡科技有限公司授權出版

定價260元

狗屋劃撥帳號：19001626

網址：love.doghouse.com.tw　E-mail：love@doghouse.com.tw